革命是一件血腥的事。

火藥法師

❶ Promise of Blood

血之諾言

〔上〕

The Powder Mage Trilogy

布萊恩・麥克蘭——著　戚建邦——譯

Brian McClellan

各界好評推薦

這本書真是太棒了。我發現自己在享受每一刻，創新的魔法、節奏迅速的情節和有趣的世界。我玩得開心極了。

——布蘭登・山德森，《迷霧之子》系列作者

這本書以個性鮮明的角色引領讀者進入錯綜複雜的世界，推薦。

——羅蘋・荷布，「刺客正傳」系列作者

《血之諾言》是一部極具潛力的出道作品。槍械、劍和魔法組合在一起，還能要求什麼？緊張的動作、難忘的角色、不斷升級的利害關係和酷炫的魔法，這不僅是我讀過最優秀的火槍奇幻小說，也是最有趣的。布萊恩・麥克蘭真材實料。

——布蘭特・威克斯，《馭光者》系列作者

火藥和魔法，一個爆炸性的組合。《血之諾言》是我讀過最好的出道作。

——彼得・布雷特，《魔印人》系列作者

我喜歡布萊恩・麥克蘭建立的世界，火藥法師手持火槍與戴白手套的榮寵法師爭奪一個國家的命運。《血之諾言》是個了不起的開始。

——謙柯・韋斯樂，《禁忌圖書館》系列作者

麥克蘭的首部作品引發了強烈的回響……這是個非常令人滿足的故事，會讓讀者等不及要讀後續篇章。

——《科克斯書評》（*Kirkus Reviews*），星級評論

麥克蘭的首部作品充滿了強烈的吸引力……受歷史啟發的奇幻冒險，充滿了陽剛之氣、陰謀和魔法。

——《*SciFi Now*》雜誌

麥克蘭巧妙地將陰謀和動作融合……在一個工會、火藥軍團和引起爆炸的「火藥法師」等新興勢力，與傳統魔法、信仰發生衝突的社會中。

——《出版人週刊》（*Publishers Weekly*）

火藥法師

1 血之諾言・上

目次

給爸——

你從未懷疑過我能走到這一步，

即使當你該懷疑時也一樣。

1

阿達瑪裹緊外套，把鈕釦扣到最上面，對抗彷彿要將他溺斃在濕夜裡的空氣。他拉拉衣袖，盡可能把袖子拉長，又扯了扯卡在腰間的過緊外套。他已經有半輩子沒見過這件外套了，但國王在這種時間召見，他根本來不及去裁縫師那裡拿他的好外套，而這件夏季外套完全無法應付馬車車窗灌入的寒意。

天快亮了，但黎明難以驅趕這種霧氣。阿達瑪感覺得出來，艾鐸佩斯特即使在早春依然很潮濕，比諾維的冰凍腳趾還冷。無人巷中的占卜師說那是惡兆，不過這年頭誰會相信占卜師？阿達瑪合理推斷自己會感冒，暗自納悶什麼國王會在這種天殺的夜晚召見他。

馬車經過天際王宮的正門，沒有停車，繼續前進。阿達瑪抓住褲管，望向窗外。哨所沒有守衛，更奇怪的是，當他們穿過噴泉間的寬闊道路時，沒有一盞燈是亮著的。平時的天際王宮燈火通明，即便是烏雲密布的夜晚，也能在城內各地看見這裡的燈光。今晚的花園卻一片漆黑。

阿達瑪對此沒有意見。曼豪奇已經拿太多人民繳納的稅金花在私人娛樂上了。他凝視花園深處的樹籬迷宮，幻想有人影在草地上迅速移動。那是什麼……啊，只是雕像。阿達瑪往後靠，深吸口氣。他心驚膽跳，能聽見自己的心跳聲，同時胃部緊繃。或許他們應該點亮花園的燈……

他內心曾經身為警隊督察的那部分笑了出來，會在這種夜晚的暗巷中獵捕小偷和扒手的那部分。冷靜點，老頭，他對自己說。從前你才是從黑暗中凝視街道的人。

馬車突然停下。阿達瑪等著車夫開門。就在他以為自己會等上一整晚時，車夫敲了敲車頂。

「你到了。」一個粗啞的聲音說道。

真沒禮貌。

阿達瑪下了馬車，才剛拿出帽子和手杖，車夫已經抽動韁繩，駕車駛入黑夜。阿達瑪暗罵一聲，接著轉身打量天際王宮。

貴族把天際王宮稱作「艾卓之寶」。王宮坐落在艾鐸佩斯特東部的高丘，每天早上太陽都會高掛其上。曾有特別膽大包天的報社把它比喻成戴著鑽戒的飢民。在這艱困年代，算是很貼切的比喻，畢竟國王的自尊可餵不飽人民的肚子。

他站在正門口。白天，這是條大理石板和噴泉組成的大道，通往兩扇巨型銀板門，不過這兩扇門在艾卓境內最高大的建築正前方顯得微不足道。阿達瑪留意著黑爾衛士巡邏的腳步聲。據說國王的私人護衛在這座花園中無所不在，監視著所有偏僻角落，火槍隨時上膛，刺刀卡至定位，黑白相間的飾帶參雜在綠金交雜的景觀中。但他並未聽見腳步聲，噴泉也沒有噴水。他曾聽聞這些噴泉只有在國王駕崩時才會停止運作。當然，曼豪奇要是死了就不會宣召他來這裡了。他整了整外套前襟。此地鄰近王宮，有幾盞燈被點亮了。

黑暗中走出一道身影。阿達瑪緊握手杖，隨時準備拔出藏在杖中的劍。

那人穿著制服，但在如此昏暗的光線下幾乎看不清楚。他拿著一把來福槍或火槍，槍口指向阿達瑪，頭戴有硬挺帽舌的扁平軍便帽。只有一件事可以肯定……他絕不是黑爾衛士。黑爾衛士的羽飾高帽十分好認，他們隨時都戴著那種帽子。

「你一個人？」有個聲音問。

「對。」阿達瑪說。他舉起雙手，轉了一圈。

「好，走。」

士兵迎上前去，用力拉開一扇巨大銀門。銀門慢慢朝外開啟，儘管士兵使盡全力，還是顯得十分沉重。阿達瑪湊過去打量士兵的外套，深藍色飾以銀穗，是艾卓軍方。理論上，軍方直屬於國王，但實際上，艾卓的軍權掌握在一人手中——戰地元帥湯瑪士。

「退後點，朋友。」士兵說。他聲音中透露出一絲不耐，可能來自某種看不見的壓力，也可能是門的重量所致。阿達瑪依言後退，直到士兵打了個手勢才上前，進入大門。

「直走。」士兵指示。「看到大王冠右轉，穿過鑽石廳，繼續走到接見廳。」身後的大門緩緩移動，在沉悶撞擊聲中關閉。

阿達瑪獨自站在王宮前廳。*艾卓軍方*，他心想。為什麼王宮裡會有士兵，而黑爾衛士反倒都不見蹤影？最可怕的答案搶先浮現心頭。權力鬥爭。軍方奉命來鎮壓叛變？艾卓境內有很多強大勢力，亞頓之翼傭兵團、皇家法師團、守山人和不少貴族，隨便哪個勢力都可能給曼豪奇帶來麻煩。不過這些都不合理。如果是權力鬥爭，王宮內院會淪為戰場，或被皇家法師團徹底摧毀。

阿達瑪經過大王冠——仿艾卓王冠的大型雕飾——注意到這玩意兒和傳說中一樣庸俗。他進入鑽石廳，牆壁和地板都一片緋紅，飾以金葉子和數以千計的小顆寶石，在天花板一盞燭台吊燈的光線下閃閃發亮，這正是「鑽石廳」之名的由來。吊燈的微弱火苗在風中搖曳，房裡很冷。

越接近鑽石廳末端，阿達瑪心裡越是不安。他沒見到半個活人，唯一的聲響就是自己踏在大理石地板上的腳步聲。有扇窗戶碎了，這倒解釋了廳內為什麼這麼冷。是國王出了名的壞脾氣造成的，還是另有原因？他能聽到自己心跳的怦怦聲。窗簾後面好像有一雙鞋？阿達瑪伸手在眼前晃了晃。看來是光線的錯覺。為求心安，他走過去拉開窗簾。

陰影中躺著一具屍體。阿達瑪彎下腰去觸摸屍體肌膚，還有暖意，但肯定死了。此人身穿側面滾白條紋的灰褲子和同款外套，一頂白羽毛高帽掉在附近的地板上。是黑爾衛士。陰影投射在沒有蓄鬚的年輕面孔上，神色平靜，除了頭顱側面有個洞，地上是濕黏的深色污跡。

他猜對了，某種權力鬥爭。是黑爾衛士叛變，軍方奉命前來鎮壓？依舊不合理。黑爾衛士對國王忠心到近乎狂熱，而且皇家法師團會解決天際王宮內的所有問題。

阿達瑪暗自咒罵。問題越來越多，他懷疑自己能在短時間內得到答案。

阿達瑪把屍體繼續留在窗簾後。他舉起手杖，扭轉杖柄，露出幾吋鋼刃，走向一道挑高門廊。廊道兩旁各有一座頭戴兜帽、手持權杖的雕像，他在兩座古老雕像中間停步，深吸一口氣，目光停留在刻於門廊中的神祕咒文。接著，他走了進去。

接見廳讓鑽石廳相形失色，兩側各有一座樓梯，每座都有三輛馬車寬，通往沿著接見廳而建的兩道挑高門廊。除了國王和皇家法師團的榮寵法師，很少有人進過這裡。

接見廳中央有張椅子，立於一隻手掌寬的平台上，面對一排專供榮寵法師晉見用的跪墊。廳內光線充足，但看不出明顯的光源。

一個男人坐在阿達瑪右側的樓梯上。他年紀比阿達瑪大，看起來六十出頭，頭髮銀白，整齊的小鬍子中夾雜些黑鬚，下頷結實卻不顯大，顴骨十分明顯，有著被太陽曝曬過的黝黑皮膚，嘴角和眼角都有很深的紋路。他身穿深藍色部隊制服，心口處別著一枚銀色火藥桶標誌，右胸繡有九條金色的服役條紋，一條代表在艾卓軍中服役五年。他的制服沒有軍官肩章，但棕色眼睛綻放疲憊又老練的神色，讓人毫不懷疑他是在戰場上領軍作戰的人。他身旁的台階上放著一把手槍，擊錘已經拉開。他拄著一把插在鞘中的短劍，眼看著一條血流緩緩流過每一級台階，在黃白色的大理石上劃過一道深色線條。

「戰地元帥湯瑪士。」阿達瑪說。他收起杖劍，扭轉卡至定位。

對方抬頭。「我想我們沒見過。」

「有。」阿達瑪說。「十四年前。奧曼領主舉辦的慈善舞會上。」

「我很不會認人。」戰地元帥說。「抱歉。」

阿達瑪目光無法從那道血痕上移開。「先生，我受到召喚而來，沒人告訴我是何人召見，或是召喚的理由。」

「對。」湯瑪士說。「是我召見你。我有個叫森卡的標記師推薦你，他說曾和你一起在第十二區的警隊服務。」

阿達瑪心中描繪出森卡的模樣。他是個矮子，鬍鬚雜亂，喜歡紅酒和美食，上次見到他已是七年前。「我不知道他是火藥法師。」

「我們試圖用最快的速度找出任何有天賦的人。」湯瑪士說。「但森卡的天賦顯現得比較慢。總而言之——」他揮手。「我們遇上了麻煩。」

阿達瑪眨眼。「你……要我幫忙？」

戰地元帥揚起一邊眉毛。「這要求算很不尋常嗎？你以前是很不錯的警隊調查員，是很棒的艾卓公僕，森卡告訴我說你擁有完美的記憶力。」

「我仍然是，先生。」

「呃？」

「我現在仍然是調查員。雖然沒在警隊服務，但我還在接案，先生。」

「很好。那我雇用你，應該不會太奇怪？」

「噢，是不會。」阿達瑪說。「但是，先生，這裡是天際王宮，有個黑爾衛士死在鑽石廳，還有……」他指向那道血痕。「國王在哪裡？」

湯瑪士腦袋側向一邊。「他把自己鎖在禮拜堂裡。」

「你發動政變。」阿達瑪說。他眼角餘光察覺一點動靜，看見一名士兵出現在樓梯上。那人是戴利芙人，深膚色的北地人，身穿和湯瑪士同樣的制服，右胸上有八條金條紋，制服左邊胸口繡有銀火藥桶，是標記師的標誌。又是一名火藥法師。

「我們有很多屍體要處理。」那名戴利芙人說。

湯瑪士瞥了下屬一眼。「我知道，薩邦。」

「他是誰？」薩邦問。

「森卡推薦的調查員。」

「我不喜歡他跑來這裡，」薩邦說。「可能會危及一切。」

「森卡信任他。」

「你發動了政變。」阿達瑪重複說道，語氣更加肯定。

「我待會就去幫忙處理屍體。」湯瑪士說。「我老了，時不時須要休息一下。」戴利芙人點頭離開。

「先生！」阿達瑪說。「你做了什麼？」他握緊杖劍。

湯瑪士抿了抿嘴。「有人說艾卓皇家法師團擁有九國全境最強的榮寵法師，僅次於凱斯。」他輕聲說道。「但我剛剛把他們都殺了。你認為我會應付不了一個老調查員和他的杖劍？」

阿達瑪鬆手。他覺得反胃。「我想不會。」

「森卡讓我相信你是個務實的人。如果是這樣，我打算雇用你。如果不是，我現在就會殺了你，然後去找別人解決問題。」

「你發動了政變。」阿達瑪又說一次。

湯瑪士嘆氣。「我們一定要回到那個話題嗎？有那麼難以置信？你認為艾卓境內有理由推翻國王的勢力會少嗎？」

「我以為沒有任何勢力能推翻國王，」阿達瑪說。「或膽敢這麼做。」他目光回到樓梯上的血痕，接著思緒飛奔回他此刻已上床就寢的妻子和孩子上。他盯著戰地元帥。對方頭髮雜亂，外套上有血滴，仔細看的話會發現，是很多血滴，看起來就像有人把血濺在湯瑪士身上。他有很重的黑眼圈，還有種超越年齡的疲憊感。

「我不會盲目接案。」阿達瑪說。「告訴我你要什麼。」

「我們趁他們熟睡時殺了他們。」湯瑪士開門見山地表示。「要殺榮寵法師沒有捷徑，這就是最好的做法。有人犯錯，於是我們開打。」湯瑪士表情閃過一絲痛苦，阿達瑪懷疑那場打鬥沒有湯瑪士預期中順利。「我們獲勝了，但好幾個榮寵法師死前都說了同一句話。」

阿達瑪等他說下去。

「『你無法破除克雷希米爾的承諾。』」湯瑪士說。「那些法師死前這麼對我說。你知道是什麼意思嗎？」

阿達瑪撫平外套，開始翻閱從前的記憶。「不，『克雷希米爾的承諾』……『破除』……『粉碎』……等等──『克雷希米爾的破碎承諾』。」他抬頭。「那是一個街頭幫派的名稱。二十……二十二年前。森卡不記得？」

湯瑪士繼續說。「森卡覺得有點耳熟，他很肯定你會記得。」

「我不會忘記任何事。」阿達瑪說。「克雷希米爾的破碎承諾，是一個擁有四十三名成員的幫派，全都是年輕人，有些還是小孩，年紀最大的還不到二十歲。我們當時想要抓出幾個領導人，阻止一系列竊案。他們行事作風奇特，專門闖入教會搶劫牧師。」

「後來怎麼了？」

阿達瑪忍不住又看向樓梯上的血痕。「他們某天突然消失了，全部消失無蹤，包括我們的線人。我們幾天後找到他們，四十三具屍體全部塞在排水溝裡，就和醃豬腳一樣。他們死於強力法術，死狀異常淒慘，顯然是國王的皇家法師團幹的。調查就此結束。」阿達瑪壓抑著發抖的衝動。他從未見過那種景象，在那之前或之後都沒有。他曾見過行刑、暴動和謀殺現場，但都沒有那個畫面可怕。

戴利芙士兵再度出現在樓梯上。「我們有事要找你。」他對湯瑪士說。

「查出那些法師為什麼在嚥下最後一口氣時說這種話。」湯瑪士說。「可能和你說的幫派有關，也可能無關。無論如何，給我一個答案。我不喜歡死人留下的謎題。」他迅速起身，身手宛如年輕二十歲的男子，跑上樓梯去找戴利芙人。他的鞋子濺起血花，留下血紅腳印。「還有，」他轉頭喊道。「在處決之前不要透露在此看見的一切。處決會從中午開始。」

「但……」阿達瑪說。「我要從何查起？我可以找森卡談談嗎？」

湯瑪士在樓梯頂附近停步，轉身。「如果你能和死者溝通，歡迎找他談。」

阿達瑪咬牙。「他們是怎麼說那些話的？」他問。「命令式，還是陳述事實，或者……？」

湯瑪士皺眉。「是祈求，彷彿鮮血流出體外不是他們迫切關注的事。我得走了。」

「再問一件事。」阿達瑪說。

湯瑪士看起來耐心即將耗盡。

「如果要我幫你，告訴我這一切是為了什麼？」他向樓梯上的血比了個手勢。

「我有事要忙。」湯瑪士警告。

阿達瑪覺得自己下巴緊繃。「你是為了奪權嗎？」

「我做這些是為了自己，」湯瑪士說。「也為了艾卓，為了不讓曼豪奇簽那紙會讓我們全部淪為凱斯奴隸的協議。我這麼做，是因為那些滿腹牢騷的大學哲學生只會裝叛逆。國王的年代已死，阿達瑪，我殺了它。」

阿達瑪打量湯瑪士的臉。所謂的協議是和凱斯國王簽訂的合約，該合約將免除所有艾卓的債務，但要向艾卓課重稅並制定嚴格法規，讓艾卓成為凱斯的附庸國。戰地元帥一直公開發表關於協議的看法，而接下來發生的事可以預見——凱斯處死了湯瑪士的妻子。

「確實。」阿達瑪說。

「那就去幫我弄到那該死的答案。」戰地元帥轉身消失在上方走道。

阿達瑪記得幫派成員的屍體被拉出泥濘排水溝的那個畫面，記得刻劃在死人臉上的恐懼。答案很可能充滿血腥。

2

「拉喬斯快死了。」薩邦說。

湯瑪士步入榮寵法師儀仗官柴克利的住所，迅速通過客廳進入臥房。這個房間比大部分商人的家還大，牆壁是靛青色的，掛滿許多描繪艾卓皇家法師團歷屆儀仗官的畫像。有幾扇門通向附屬的房間，廁所或儀仗官的廚房。通往儀仗官私人妓院的門被打爛，房內到處都是不比手指大的碎片。

儀仗官的床單被抽掉，屍體被丟到旁邊，讓一名受傷的火藥法師躺在床上。

「你覺得如何？」湯瑪士問。

拉喬斯虛咳一聲。標記師比常人強壯，加上拉喬斯攝取的火藥正在體內流動，他不會感到多痛。湯瑪士知道這一點，但當他凝視著朋友時，心裡仍然十分沉重。拉喬斯的右臂少了半截，肚子上有個甜瓜大小的洞，能活到現在已經算是奇蹟了。他們給他吸了半根牛角火藥筒的火藥，光是那些火藥就足以害死他。

「好一點了。」拉喬斯說。他又咳嗽，嘴角滲血。

湯瑪士拿出手帕幫他擦血。「不會太久了。」他說。

「我知道。」拉喬斯說。

湯瑪士捏捏朋友的手。

拉喬斯無聲說道：「謝謝你。」

湯瑪士深吸口氣，眼前突然一片模糊，他用力眨了眨眼。拉喬斯的呼吸聲戛然而止。湯瑪士正要縮手，拉喬斯卻突然抓住他，睜開雙眼。

「不要緊，我的朋友。」拉喬斯說。「你做了必要之事，問心無愧。」他目光聚焦在其他地方，然後靜止不動。他死了。

湯瑪士用指尖合上朋友的眼睛，轉向薩邦。戴利芙人站在房間另一側，檢視垂在門框鉸鍊上的後宮門碎屑。湯瑪士來到他身旁，看向後宮內部。女人都在一小時前就被士兵帶走，和其他榮寵法師的妓女一起集中在王宮某處。

「一個女人的怒火。」薩邦喃喃說道。

「是啊。」湯瑪士說。

「我們不可能料到這種情況。」

「去對他們說。」他朝地上的四具屍體點頭，還有很快就要加入他們的第五個人。五名火藥法師，五位朋友，全都是因為多了一名意料之外的榮寵法師而死。當時湯瑪士才剛往儀仗官的腦袋裡塞入一顆子彈——一名經常和他握手交談的男人，他的標記師圍在他身邊，以免老頭還有能力反抗，他們完全沒料到還有另一名榮寵法師躲在妓院裡。她以斷頭台切開甜瓜之勢劃開那扇門，用戴有榮寵法師手套的手指操弄魔法，將湯瑪士的火藥法師撕成碎片。

火藥法師能讓子彈射中一哩外的目標，能用意志力讓子彈轉彎，還能攝取火藥讓自己變得比常人更強大更快，但沒辦法近距離對抗榮寵法師。

當時只有湯瑪士、薩邦和拉喬斯有時間反應，而他們也只能勉強擊退她。她逃了，掀起魔法摧毀王宮的陣陣迴響。這或許是為了阻止他們繼續追殺而作的戲，但她的臨別一擊對拉喬斯造成致命傷，而這記攻擊還是隨機的。片刻前死在床上的可能是薩邦，甚至是湯瑪士本人。這個想法令湯瑪士不寒而慄。

湯瑪士目光自門口移開。「我們得追上去除掉她，放著她不管很危險。」

「交給破魔者？」薩邦問。「我想知道你為什麼讓他跟在身邊。」

「他是我不想用到的備案。」湯瑪士說。「希望我能派個火藥法師和他一起去。」

「他的夥伴是榮寵法師。」薩邦說。「一名破魔者加上一名榮寵法師，應該足以應付一個榮寵法師團。」他向殘破的門比了比。

「面對皇家法師團，我不喜歡公平作戰。」湯瑪士說。「還有記住，皇家法師團的榮寵法師和傭兵法師還是有差別的。」

「她是誰？」薩邦問。他語氣中帶有情緒，或許是責備。

「我不知道。」湯瑪士說。「國王的法師團成員我全都認識。我見過他們，和他們一起用過餐。她是外來者。」

薩邦默默承受湯瑪士的怒意。「別國法師團的間諜？」

「不太可能。妓院的女人都經過調查，她看起來不像妓女。她很強，有年紀，或許是儀仗官的情人。我這輩子從未見過她。」

「會不會是儀仗官祕密訓練的學徒？」

「學徒向來不是祕密。」湯瑪士說。「榮寵法師生性多疑，不會允許這種事。」

「他們多疑通常都有很好的理由。」薩邦說。「她也不會平白無故出現在這裡。」

「我知道。我們會盡快解決她。」

「如果其他人有在場……」薩邦說。

「那就會死更多人。」湯瑪士說。他又數了一次屍體，好像這次數字會變少一樣。他手下共有十七名火藥法師，其中五名死在這裡。「我們就是為此而分成兩隊。」他目光從屍體上移開。

「坦尼爾有消息嗎？」

「他進城了。」薩邦說。

「很好。我會派他和破魔者一起去。」

「你確定嗎？」薩邦問。「他才剛從法特拉斯塔回來。他需要時間好好休息，去看看他的未婚妻……」

「芙蘿拉和他在一起嗎？」

薩邦聳肩。

「希望她盡快趕來，事情還沒結束。」他揚手阻止對方發表意見。「坦尼爾可以等政變結束再休息。」

「必須完成的事情總會完成。」薩邦輕聲道。

他們陷入沉默，凝視戰死的夥伴。片刻過後，湯瑪士在薩邦布滿皺紋的黑臉上看見一絲笑意。戴利芙人雖然疲憊憔悴，卻仍壓不住一股喜悅之情。「我們成功了。」

湯瑪士看著朋友的屍體——他的部下——又看一眼。「對。」他說。「我們成功了。」他強迫自己偏過頭。

角落有幅畫框鍍金的巨幅畫作架在銀腳架上，畫上是皇家法師團的傳令使者。湯瑪士打量著那幅畫，畫裡的柴克利正值人生頂峰，身強體壯，肩膀寬厚，眉頭深鎖。

畫像和地上那具年邁佝僂的屍體相去甚遠。那顆射入腦袋的子彈令他瞬間斃命，但他毫無生氣的喉嚨還是吐出了和其他法師同樣的話：「你無法破除克雷希米爾的承諾。」

在第一批榮寵法師死前喊話之後，森卡的臉色就蒼白如默劇演員。他要求湯瑪士把阿達瑪找來他們的犯罪現場。湯瑪士希望森卡弄錯了，他希望調查員一無所獲。

湯瑪士離開法師團居住的側廊，薩邦緊跟在後。

「我需要一個新保鏢。」湯瑪士邊走邊說。在拉喬斯屍骨未寒之際提起此事令他十分痛苦。

「要標記師嗎？」薩邦問。

「沒有多餘人手了，現在沒辦法。」

「我有在留意一名技能師。」薩邦說。「名叫歐蘭。」

「是軍人嗎？」湯瑪士問。他好像聽過這個名字，手掌抬到雙眼下方。「大概這麼高？黃棕色頭髮？」

「對。」

「他有什麼技能？」

「他不用睡覺，永遠不用。」

「很有用處的技能。」湯瑪士說。

「沒錯。他的第三眼能力也很強，能注意到榮寵法師。我會向他說明情況，在處決前把他調來你身邊。」

技能師不如火藥法師有用。技能師更常見，他們的能力比較類似天賦，而非魔法。但如果他能利用第三眼察覺魔法，就能提供一點優勢。

湯瑪士走到禮拜堂的鐵柵門前，兩名士兵從牆邊陰影處步出，舉起火槍。湯瑪士對他們點頭，往門口方向一比。

一名士兵拔出腰間的長匕首，插入門縫。「他拴上了主教的門閂，」士兵說。「但沒有刻意推東西堵門。要我說的話，顯然抵擋得不是很積極。」他挑起門閂，和同伴一起推開門。

禮拜堂很大，和王宮裡所有房間一樣，不同之處在於，禮拜堂沒有受到國王週期性改建的隨興念頭影響，看起來還是和兩百年前差不多。拱頂天花板高得不像話，牆壁一半高處設有皇室成員和高階貴族專用的包廂，包廂之間以牛車般粗的石柱分隔。地板用大理石馬賽克拼湊出各種大小的圖案，天花板則鑲有板畫，描繪聖徒在真神克雷希米爾的注視下成立九國的景象。

禮拜堂前有兩座聖壇，比長板凳稍高一些，旁邊有座黑木布道台。第一座聖壇比較小，更接近群眾，用以膜拜艾卓的建國聖徒——亞頓。第二座聖壇較大，兩側以大理石雕刻，覆以綢緞，用以膜拜克雷希米爾。艾卓君主曼豪奇十二世，與其妻塔朗尼女公爵娜塔莉雅，就縮在這座聖堂旁邊。娜塔莉雅仰頭凝視聖壇後方，對著克雷希米爾聖繩無聲禱告。曼豪奇臉色蒼白，雙眼血紅，嘴唇抿成一條線。他一臉迫切地對著主教低聲說話，在湯瑪士走近時住了口。

「等等。」主教大叫，舉起一手。國王跑下聖壇台階，神色堅定地衝向湯瑪士。主教蒼老的臉上滿是皺紋，聖袍因匆忙逃入禮拜堂而縐巴巴的。

湯瑪士看著曼豪奇向自己靠近，注意到他一手藏在背後，高貴優雅的年輕面容上滿是憤怒。拜皇家法師團的高強魔法所賜，看起來不到十七歲的曼豪奇，實際上已經三十好幾了。這麼做本意是彰顯國王青春永駐，但湯瑪士覺得自己始終沒辦法認真看待外表如此年輕的人。湯瑪士停下腳步，打量著國王，看著他搖搖晃晃走向自己。

曼豪奇在距離五步之外亮出手槍，槍口迅速指向湯瑪士。這種距離下他不可能射偏，畢竟教國王槍法的人正是湯瑪士。不過，曼豪奇如此與外界脫節的行為，實在令人遺憾。

他扣下扳機。

湯瑪士釋放意志力，吸乾火藥爆炸的能量。他感覺那股能量竄入體內，如一口好酒般溫暖身體。他將火藥的能量導入地板，擊碎國王腳下的一塊大理石磚。曼豪奇從裂磚上跳開，彈丸滾出他的槍管落在地上，滾到湯瑪士腳邊。

湯瑪士迎上前去，握住槍管奪下國王的槍，彷彿感受不到槍管的溫度。

「放肆！」曼豪奇怒斥。他一臉粉末，雙頰漲紅，被汗水浸濕的絲質睡衣凌亂不堪。「我們信任你，讓你保護我們。」他微微顫抖。

湯瑪士看向曼豪奇身後，主教依然待在聖壇旁邊。老牧師靠牆而立，高高的花紋聖帽看起來隨時會從頭上掉下來。「我猜，」湯瑪士說著，晃了晃手槍。「這是你給他的？」

「我不是要他開槍打你。」主教喘著氣說。「是給國王自己用的，讓他可以榮譽自盡，不必死在不信神的叛徒手上。」

湯瑪士釋放感官，找尋更多火藥，但一無所獲。「你只帶來一把手槍，一顆子彈。」湯瑪士說。「帶兩把才是仁慈的做法。」他看向還在對克雷希米爾聖繩祈禱的王后。

「你不敢……」主教說。

「他不會！」曼豪奇蓋過對方的聲音。「他不會殺我們，他不能殺。我們是神選之人。」他一邊發抖，一邊深深吸氣。

湯瑪士為國王感到可悲。他知道曼豪奇比外表年長，但在現實中，他不過就是個小孩。這並非完全是他的錯。貪婪的顧問，愚蠢的家教，養尊處優的法師。他會變成糟糕的——不，爛透了的國王，其實有很多原因。然而，他畢竟還是國王。湯瑪士壓下那股同情。曼豪奇得面對後果。

「曼豪奇十二世，」湯瑪士說。「我以極端忽視人民之罪逮捕你。你會以叛國、詐欺、透過飢荒謀殺等罪名接受審判。」

「審判？」曼豪奇低聲道。

「現在就開庭。」湯瑪士說。「我是你的法官兼陪審團，你在人民和克雷希米爾的見證下被判有罪。」

「別假借神的名義說話！」主教說。「曼豪奇是我們的國王！克雷希米爾親自授權的王！」

湯瑪士悲傷地笑道：「只要事情對你有利，你就會立刻抬出克雷希米爾的名號。你把姘頭裹在絲綢床單裡，或在享用足以餵飽五十個平民百姓的大餐時，可曾將神放在心上？神的身邊沒有你的位置，主教。教會批准了這場政變。」

主教瞪大雙眼。「如果有這種事我會知道。」

「大主教會什麼都告訴你嗎？我想並不會。」

曼豪奇鼓起勇氣，直視湯瑪士的雙眼。「你沒有證據！沒有證人！這不算審判。」

湯瑪士往旁邊一揮手。「我的證據都在外面！人民沒有工作，都在挨餓。你的貴族在嫖妓、打獵、吃大餐、喝美酒，普通百姓則在陰溝裡挨餓。證人？你打算下週把整個國家透過協議簽給凱斯。你為了清償你的債務，不惜把我們全都變成外來勢力的奴隸。」

「漫無根據的說法，出自叛徒之口。」曼豪奇無力低語。

湯瑪士搖頭。「你將在中午和你的顧問、王后，還有幾百名親戚一起被處決。」

「我的法師團會將你毀滅！」

「他們已經被解決掉了。」

國王臉色更加蒼白了，開始劇烈顫抖，癱倒在地。主教緩緩走上前來。湯瑪士低頭看向腳邊的曼豪奇，推開浮上心頭關於年輕王子的記憶——那時的他大約才六、七歲，在自己的膝頭跳上跳下。

主教來到曼豪奇身旁，跪倒在地。他抬頭看湯瑪士。「這是為了你的妻子嗎？」

「不是。」湯瑪士大聲道：「不是。這是因為曼豪奇證明了一國人民的性命，不應該斷送在近親交配的蠢蛋一時興起的念頭上。」

「你推翻神選統治者，成為一代暴君，還敢自稱愛著艾卓？」主教說。

湯瑪士看向曼豪奇。「神不再同意這個統治者了。如果你沒有被你的鑲金聖袍和年輕姘頭蒙蔽雙眼，你也會看出這個事實。曼豪奇無視人民，該下地獄。」

「你肯定會在地獄和他重逢。」主教說。

「我不懷疑，主教。我敢說我們的同伴絕對不會無聊。」湯瑪士把空槍丟在曼豪奇腳邊。

「你可以趁中午之前與你的神講和。」

3

坦尼爾在貴族議院大門前最上層的台階停下腳步。這棟建築在清晨時分就和墳場一樣漆黑死寂。台階、街道和大門處都有士兵間隔站崗。他認得身穿深藍外套的人，他們是戰地元帥湯瑪士的手下。不少人一眼就認出他來，而沒認出他的人也看到了他羊皮外套上的銀火藥桶徽章。其中一人揚手跟他打招呼，坦尼爾回應對方，然後拿出一個鼻菸盒，在手背上倒了一排黑火藥。他吸光火藥。

火藥令他精神奕奕、活力十足，讓他的感官變敏銳，心智也更清晰。火藥能讓他心跳加速，舒緩緊繃的神經。對標記師而言，火藥就是命。

坦尼爾感到肩膀被人拍了一下，於是轉身。他的夥伴比他矮一個頭，身形和青少年一樣瘦小。她身穿一件及地旅行風衣，稍微凸顯身材，同時也讓她保持溫暖。一頂寬沿帽遮蓋了她大半面容。早春的寒意籠罩著空氣，而卡波的故鄉遠比此地溫暖。

她疑惑地指著眼前的建築，露出長著雀斑的小手。坦尼爾提醒自己，卡波從未見過貴族議院這種建築。這棟艾卓行政中心有六層樓高，和戰場一樣寬闊，大到足以容納所有貴族辦公室和他們的工作人員。

「我們到了。」坦尼爾的聲音在清晨的寂靜中顯得特別響亮。「他的士兵叫我們來這裡找他。他在這裡沒有辦公室。事情是昨天晚上發生的嗎？是我的話，就會選更好的日子……」他越說越小聲。

他在對一個啞巴喋喋不休，洩露出自己有多麼緊張。湯瑪士聽說芙蘿拉的事情後，恐怕會大發雷霆。當然，那又會是坦尼爾的錯。坦尼爾注意到自己還拿著鼻菸盒，手在發抖。他又在拇指上拍了一點黑粉末。他吸入火藥，腦袋後仰，心跳加速。黑暗中的輪廓變清晰，聲音變響亮，而他為火藥狀態所帶來的安慰嘆了口氣。他對著街燈伸出一手，手已經不再抖了。

「波。」他對女孩說。「我一陣子沒見到湯瑪士了。除了幾個親信外，他對所有人都很嚴厲。薩邦、拉喬斯，那些人是他朋友。我只是一個普通士兵。」卡波透過寬沿帽下的碧眼打量他。「妳懂嗎？」他問。

卡波輕輕點頭。

「來。」坦尼爾說，伸手摸出外套裡的素描本。那是本老書，因長年使用和帶出門旅行而顯得陳舊，包在褪色的小牛皮裡。他迅速翻頁，翻到戰地元帥湯瑪士的畫像，交給卡波。畫像是用炭筆畫的，長年下來變得有點髒，但戰地元帥不苟言笑的五官不太可能認錯。卡波看了畫像一會兒，把素描本還給坦尼爾。

坦尼爾推開大門步入大廳。大廳一片漆黑，只有坦尼爾左手邊的樓梯旁有些微光源。牆上掛著一盞提燈，燈下有道疲憊的身影正坐在僕役椅上打盹。

「看來湯瑪士平步青雲了。」

坦尼爾聽著自己的聲音在大廳裡迴盪，滿意地看著薩邦從椅子上跳起來。薩邦的黑臉上多了不少皺紋，坦尼爾得在火藥狀態下才能看清這些細節。在上次見面後短短兩年間，薩邦看起來老了十歲。

「我不喜歡這樣。」坦尼爾從肩膀上甩下他的來福槍和背包，丟在紅絨地毯上。他彎下腰去，想將坐了二十小時馬車的腿揉出一點知覺。「冬天太冷，夏天太寂寞，而且這麼大的空間只用來招待貴客。」

薩邦輕笑著走了過來。他用力握住坦尼爾的手，把他拉近身前擁抱。「法特拉斯塔的情況怎麼樣？」

「官方的說法？還在和凱斯打仗。」坦尼爾說。「非官方說法，凱斯打算停戰，除了幾支軍團外，其他部隊都已經返回九國。法特拉斯塔打贏了獨立戰爭。」

「你有幫我殺一、兩個凱斯榮寵法師嗎？」薩邦問。

坦尼爾把來福槍拿到光線中。薩邦伸手觸摸槍托上的刻痕，吹聲口哨表示讚歎。「還殺了幾個勇衛法師。」坦尼爾說。

「那些傢伙很難殺。」薩邦說。

坦尼爾點頭。「勇衛法師一顆子彈殺不死。」

「雙槍坦尼爾。」薩邦說。「你過去一年都是九國的話題人物，皇家法師團全被你嚇壞了，他們想要曼豪奇下令將你召回來。標記師殺害榮寵法師，即使殺的是凱斯的榮寵法師，都是不好的先例。」

「恐怕太遲了。」坦尼爾說，環顧漆黑的大廳。不然他不會出現在這裡。如果一切依照計畫進行，湯瑪士已經殺光了皇家法師團，擒獲曼豪奇。

「幾個小時前就結束了。」薩邦說。

坦尼爾隱約在老兵眼中看見一絲冷酷。「不順利？」

「折損五人。」薩邦說出了五個名字。

「願他們在克雷希米爾身旁安息。」雖是這麼說，坦尼爾仍覺得這句禱文很空洞。他皺眉。「湯瑪士呢？」

薩邦嘆氣。「他……很累。推翻曼豪奇只是第一步而已，我們還得執行處決和建立新政府，並對付凱斯、飢荒、貧困。清單無止盡。」

「他預見人民會惹麻煩嗎？」

「湯瑪士什麼都預見了。人民中會有保王分子。在數百萬居民的城市裡不可能沒有保王分子，只是我們不確定有多少人、組織得有多嚴密。湯瑪士要你幫忙——你和芙蘿拉兩個人一起。她沒和你一起來？」坦尼爾瞥了卡波一眼。大廳裡除了他們兩人，就只剩下她。她把坦尼爾的裝備留在地上，緩緩在大廳中繞圈，抬頭望著在陰暗光線下只能勉強看見輪廓的畫像。她的背包還掛在一側肩膀上。

坦尼爾感覺下巴繃緊。「沒。」

薩邦後退一步，忽然把頭轉向卡波。

「她是我的僕人。」坦尼爾說。「戴奈斯人。」

「蠻族，嗯？」薩邦若有所思。「戴奈斯帝國終於開放邊界了嗎？這可是大新聞。」

「沒有。」坦尼爾說。「有些戴奈斯部族住在法特拉斯塔西邊。」

「她看起來沒比小男孩大多少。」

「別亂叫人小男孩。」坦尼爾說。「她對這個有點敏感。」

「那就是女孩。」薩邦說，斜眼看坦尼爾。「能信任她嗎？」

「我救她命的次數比她救我還多。」坦尼爾說。「蠻族非常看重這種事。」

「那就不算太野蠻。」薩邦喃喃說道。「湯瑪士會想知道芙蘿拉為什麼沒來。」

「讓我去應付。」湯瑪士會在問起法特拉斯塔前先問芙蘿拉。坦尼爾還沒蠢到以為兩年會有多少變化。見鬼了，真的有那麼久了嗎？兩年前坦尼爾離鄉背井，短暫輪調至凱斯殖民地法特拉斯塔，湯瑪士當時說，這是為了讓他「冷靜一下」。結果法特拉斯塔在坦尼爾抵達後一週就宣布要脫離凱斯獨立，導致他被迫選邊站。

薩邦輕輕點頭。「那我帶你去找他。」

薩邦拿起掛在牆上的提燈，坦尼爾則去收拾他的東西。卡波跟在他們後面幾步，穿越漆黑走廊。貴族議院又大又陰森，厚地毯隔絕了他們的腳步聲，讓他們像鬼一樣無聲前行。坦尼爾不喜歡這種寂靜，讓他聯想到潛伏敵人的森林。他們拐過一個轉角，走廊末端的房間裡發出亮光，還有人聲，並且在憤怒中逐漸提高音量。

坦尼爾停在一間明亮的起居室門口——某名貴族辦公室的前廳。裡面有兩個男人站在一座超大火爐前吵架，他們相距不到一呎，都握緊拳頭，看起來隨時可能會打起來。第三個男人是一名保鏢，身材比大部分人高大，五官和拳擊手一樣歪七扭八，神情困惑地站在一旁，不知道該不該插手。

「你早就知道！」較矮小的人說。他面紅耳赤，踮起腳尖，努力想壓過對手的身高。他推高鼻梁上的眼鏡，但眼鏡又滑了下來。「告訴我實話，你是不是本來就這麼打算？你早就知道要提前行動？」

坦尼爾看著戰地元帥湯瑪士舉起雙手，掌心朝外。「我當然不知道。」他說。「我早上會解釋清楚。」

「在處決的時候解釋！這是什麼政變……」矮小男人注意到坦尼爾，隨即住口。「出去，」他說。「這是私人談話。」

坦尼爾脫下帽子，靠在門框上隨手搧風。「但事情才剛剛變得有點意思。」他說。

「這小子是誰？」矮個子問湯瑪士。

小子？坦尼爾瞄了戰地元帥一眼。湯瑪士不可能料到他今晚會出現，卻沒有露出絲毫驚訝的神色。湯瑪士不是會顯露情緒的人，坦尼爾有時懷疑湯瑪士到底有沒有情緒。

湯瑪士嘆氣。「坦尼爾，很高興見到你。」

是嗎？湯瑪士看起來一點也不高興。他頭髮比兩年前稀疏，小鬍子也灰多於黑。湯瑪士老了。

坦尼爾向戰地元帥緩緩點頭。

「請見諒，」湯瑪士停頓了一下才說。「坦尼爾，這位是總管大臣昂卓斯。昂卓斯，這位是標記師坦尼爾，我的火藥法師之一。」

「這裡不是小伙子該來的地方。」昂卓斯看見坦尼爾身後的卡波，瞇起眼睛。「……還有蠻族。」他把話說完，再度瞇眼，彷彿不確定自己有沒有看錯。他嘟囔了一句。

湯瑪士用火藥法師的身分來介紹坦尼爾。他對戰地元帥而言就僅止於此？只是名普通士兵？

湯瑪士張嘴欲言，但坦尼爾搶先開口。

「先生，」他說。「我是法特拉斯塔部隊的上尉，艾卓部隊的標記師。我知道政變的事。我可以從一哩外一槍擊斃兩個榮寵法師，我幹過這種事好幾次了。我可不是什麼小伙子。」

昂卓斯哼了一聲。「啊，是了，湯瑪士，這位就是你那有名的兒子。」

坦尼爾用舌頭頂了頂牙齒，看向他父親。所以我是他兒子，對吧？很高興你提醒他，昂卓斯，他常忘記這件事。

「坦尼爾有權待在這裡。」湯瑪士說。

昂卓斯打量坦尼爾片刻，怒氣慢慢被老謀深算的表情取代。他深吸一口氣。「我要承諾。」他對湯瑪士說，聲音中的情緒消失了，彷彿一切公事公辦，但那種危險的感覺比之前生氣的模樣還要嚇人。「其他人會和我一樣生氣，但如果你在處決開始前讓我拿到王家帳本，我就會表態支持你。」

「真好心。」湯瑪士冷冷說道。「你是國王的總管大臣，本來就有王家帳本。」

「沒有。」昂卓斯一副和小孩解釋的模樣。「我是本城的總管，我要的是曼豪奇的私人帳冊。他過去十年都像昂貴妓女般在珠寶店揮霍，我打算打平那本帳。」

「我們同意要拿他的金庫去救濟貧民。」

「等我打平帳冊再說。」

湯瑪士考慮了一下。「成交。你可以看那本帳冊直到處決開始，到正午。」

「好。」昂卓斯拄著拐杖穿過房間，指示旁邊的壯漢跟著他走。他們推開坦尼爾，走過陰暗走廊，腳步聲在大理石地板迴盪。

「連句『抱歉』都不說。」坦尼爾說。

「對昂卓斯而言，這個世界就是數字和算數。」湯瑪士做了個輕蔑的手勢。他示意坦尼爾上前，兩人握手。坦尼爾注視父親的眼睛，不知道他會不會把自己當成久未謀面的同伴拉近擁抱。湯瑪士皺眉看著牆壁，心思明顯在其他事情上。坦尼爾拋開這個想法。

「芙蘿拉呢？」湯瑪士問，好奇地看了卡波一眼。「你來的時候沒順道去捷爾曼找她嗎？」

「她坐另一輛馬車。」坦尼爾說，努力保持語氣平淡。湯瑪士問的第一件事理所當然是她。

「坐下。」湯瑪士說。「我們有很多事要談。先從這個開始，她是誰？」

卡波把坦尼爾的背包和來福槍放在角落，正饒富興味地觀察著這個房間和窗簾。她待在九國城市的時間都很倉促，為了盡快趕回艾鐸佩斯特，她和坦尼爾一輛馬車接著一輛馬車趕路，並睡在車上。

「她叫卡波。」坦尼爾說。「她是戴奈斯人，來自法特拉斯塔西邊的部落。」坦尼爾介紹。「波，把帽子脫下。」他對父親露出滿懷歉意的笑容。「我還在教她艾卓的禮節，他們的處事方式和我們大不相同。」

「戴奈斯帝國開放邊境了？」湯瑪士語氣懷疑。

「法特拉斯塔荒野上有些原住民與戴奈斯人通婚，但是戴奈斯和法特拉斯塔之間的摩擦，讓他們不必遵守表親的孤立主義。」

「戴奈斯人擔心法特拉斯塔的將領嗎？」

「擔心？光想到就令他們心痛。但是戴奈斯內戰完全沒有停止的跡象，他們短時間內不會去管國外的情況。」

「凱斯呢？」湯瑪士問。

「我離開時，他們已經開始和談。」

「太可惜了，我還指望法特拉斯塔能繼續牽制他們。」湯瑪士上下打量坦尼爾。「你還穿著邊境的服裝。」

「有什麼問題嗎？我把所有錢都花在旅費上了。」坦尼爾拉了拉羊皮外套。「這是邊境最好的衣服，保暖又耐穿。我都忘了艾卓天殺的有多冷了。我很慶幸有這些衣服穿。」

「明白。」湯瑪士走到卡波面前，仔細打量她。她雙手拿著帽子，大膽地迎向湯瑪士的目光。她有著火紅的頭髮，白皙的皮膚上布滿雀斑，這些在九國中很少見。她的五官嬌小細緻，完全不符合九國人對戴奈斯人印象中那種高大蠻族戰士的形象。

「有趣。」湯瑪士說。「你在哪裡遇上她的？」

「她是我們部隊的斥候，」坦尼爾說。「幫我們在法特拉斯塔荒野獵殺凱斯的榮寵法師。後來她成為我的觀測兵，我救過她幾次，之後就沒離開我身邊。」

「她會說艾卓語？」

「她是啞巴，不過她聽得懂。」

湯瑪士湊上前，凝視卡波雙眼。他還細看了她的臉頰和耳朵，彷彿在檢查駿馬。坦尼爾猜想湯瑪士接下來會不會檢查牙齒，卡波肯定會咬他。坦尼爾差點希望他這麼做。

坦尼爾說：「她是法師，一個骨眼法師，戴奈斯的榮寵法師。不過據我所知，她們的魔法不太一樣。」

「蠻族法師。」湯瑪士說。「我聽過他們的傳聞。她身材很嬌小，幾歲？」

「十四歲，」坦尼爾說。「我推測。他們族人個頭都不高，但在戰場上宛如惡魔，槍法也不賴……啊！」他像是突然想起什麼。「我有東西要給你看。」

他指向自己的來福槍。卡波解開把槍綁在背包上的繩結，將槍交給他。坦尼爾笑著把槍遞給父親。

「這是……這是你開那一槍用的來福槍？」湯瑪士問。

「一點也沒錯。」

湯瑪士接過來福槍的槍管，把槍翻轉向上，嘆了口氣。「非常長，重量不錯。有螺旋膛線，燧發裝置上有覆蓋式的底火盤，作工精美。」

「看看槍管下的名字。」

「赫魯斯奇槍。非常棒。」

「不只是設計而已，」坦尼爾說。「這把槍是赫魯斯奇親手打造的。我在法特拉斯塔和他混了一個月，他花不少時間打造這把槍，當禮物送給我。」

湯瑪士瞪大雙眼。「真品？我還沒見過比這更好的來福槍。我們一年前購買了專利，幫部隊進行量產，但我只見過一把赫魯斯奇親手打造的槍。」

父親讚歎的神情令坦尼爾感到一股暖意。終於有點新鮮的東西了，湯瑪士可能會引以為傲的東西。「凱斯也想購買專利。」坦尼爾說。

「真的？即使他們在和法特拉斯塔打仗？」

「當然。赫魯斯奇來福槍在邊境給他們帶來重大損失。赫魯斯奇槍幾乎不會擊發失敗，就算碰上最惡劣的天候也一樣。赫魯斯奇不肯賣給他們，一箱黃金加上伯爵爵位也不肯。而凱斯的槍匠沒辦法再現他的手藝。」

「沒人辦得到，除非是他親自訓練過的槍匠。」湯瑪士仔細研究那把來福槍好一會兒才還給坦尼爾。

「你喜歡？」坦尼爾問。

「頂級工藝。」他似乎突然失去興趣，心思飄遠。

坦尼爾遲疑。「那你也會喜歡這個。」他朝卡波伸手。她交給他一個比前臂還要長一點的木盒，以磨光的紅木所製。

「禮物。」坦尼爾說。

湯瑪士把木盒放在桌上，掀開盒蓋。「太驚人了。」他低聲道。

「鋸柄決鬥手槍。」坦尼爾說。「赫魯斯奇長子打造的——據說他的製槍技術已經超越父親了。精巧的燧發裝置，防水底火盤，鋼簧上加裝滾動承軸。平滑槍膛，但是比絕大多數的槍更精準。」坦尼爾在父親整張臉都亮起來時，感到那股暖意回流。

湯姆士拿起成對手槍的其中一把，手指來回撫摸八角形的槍管。火光照亮象牙內管，反射出美麗的光芒。「這兩把槍太驚人了。我得挑釁別人來羞辱我，讓我有機會拿出來決鬥。」

坦尼爾輕笑。這聽起來像是湯瑪士會幹的事。

「這禮物……太棒了。」湯瑪士說。

坦尼爾覺得自己看見了父親眼中閃閃發光。父親為他驕傲，還是感激？不，他心想，湯瑪士根本不懂那些詞是什麼意思。

「我希望我們可以多聊一會兒。」湯瑪士說。

「要談公事了？」當然。沒空閒聊，沒空和久未謀面的兒子互訴別來之情。

「很不幸。」湯瑪士說，不知道是沒發現還是刻意忽略兒子諷刺的語氣。「薩邦！」他喊道。

戴利芙人出現在房門口。「帶傭兵進來。」薩邦再度消失。「好了，芙蘿拉在哪？我們要你們兩個幫忙。薩邦提過我們的損失嗎？」

「薩邦已經告訴我了，很不幸的消息。我想芙蘿拉遲早會出現。」他聳肩道。「我沒有和她講到話。」

湯瑪士皺眉。「我以為——」

「我發現她和別的男人上床。」坦尼爾說，在湯瑪士震驚的表情中得到一絲滿足。接著，震驚轉為憤怒，然後是哀傷。

「為什麼？什麼時候？多久了？」這些話從湯瑪士口中連連滾出，顯示貨真價實的困惑。坦尼爾懷疑有沒有人見過湯瑪士這種反應，日後還有沒有機會見到。

坦尼爾靠著來福槍，壓抑冷笑的衝動。湯瑪士為什麼這麼在乎，那又不是他的未婚妻。「根據傳言，好幾個月了。對方是收錢色誘她的。某個貴族的兒子，為了刺激和錢而這麼做。」

「收錢？」湯瑪士問，瞇起雙眼。

「陰謀。」坦尼爾說。「小小的報復。肯定是某個有錢貴族幹的。」坦尼爾沒花時間調查是誰在幕後主使，但他一點也不懷疑此事。貴族痛恨湯瑪士，他是平民出身，利用對國王的影響力阻止有錢人購買部隊軍職。有能力的人才能晉升高位，這種做法違背傳統，但也讓艾卓軍成為九國中戰力最強的部隊。貴族懼怕湯瑪士，不敢直接對他出手，但他們會從各方面攻擊他，甚至透過他兒子。

湯瑪士咬牙切齒。「我今晚逮捕了半數貴族，他們會和國王一起上斷頭台。我會找出是誰出錢，然後……」

坦尼爾突然感到一股倦意。他花了幾年的時間打一場不屬於他的仗，接著又是幾個月兼程趕路，回家還要面對一場背叛和政變。他累到沒力氣憤怒。坦尼爾在手上倒了一排火藥，吸入體內。「斷頭台就夠了。節省人力。」省省你的怒氣，雖然克雷希米爾知道你的怒意早就滿出來了，卻無絲毫同情。他不會同情你兒子，你遭受背叛的兒子。

湯瑪士揉揉雙眼。「我應該看著她的。」

「她想幹什麼是她的自由。」坦尼爾說，語氣彷彿咆哮。

「婚禮呢？」

「我把她的婚戒釘在上她的那個混蛋身上。他們得把他的劍砍斷。」

薩邦回到房內，身後跟著兩名髒兮兮的傭兵，身穿會在馬鞍上或是酒館板凳上睡覺的裝束。其中一個是男人，身材高瘦，髮線直逼後腦杓，不過看來肯定不到三十歲。他繫了一條完全包住腹部的腰帶，攜帶大小形狀不一的四把劍加三把槍，還戴著榮寵法師的手套——但不是繪有彩色盧恩符文的白手套，而是金色盧恩符文的深藍手套。這傢伙是破魔者，放棄天生魔力，轉而用意志抵銷魔法的榮寵法師。

另一個是女人。她看來年近四十，身穿馬褲和外套。她容貌本來甚美，但是有道疤痕掀開她的嘴角，一路延伸到腦側。她也戴著榮寵法師手套，讓她能夠接觸艾爾斯。她的手套是白色的，上面畫有血紅色的盧恩符文。坦尼爾疑惑她為什麼沒加入皇家法師團。他不必開啟第三眼，就能感應到她強大的魔力。

傭兵，湯瑪士剛剛是這麼說的。這兩人看起來就像傭兵。榮寵法師加破魔師是很危險的組合，能夠獵殺技能師、標記師，還有榮寵法師。坦尼爾暗自猜想父親想殺的是哪一個。

「有個榮寵法師逃過天際王宮的獵捕。」湯瑪士說。「不是皇家法師團的人，但法力同樣強大。我要你們三個——」他看了卡波一眼。「四個去獵殺她。」

湯瑪士進入習慣發號司令的角色，而坦尼爾發現，在家鄉等著他的不過就是一場簡報和任務：獵殺另一名榮寵法師。他看向那兩個傭兵，他們看起來能力強悍。坦尼爾在法特拉斯塔時還沒這種幫手。他們要獵殺的榮寵法師轉眼間就殺了五名老練的火藥法師。她很危險，而坦尼爾從未在城市裡獵殺榮寵法師。他認為這個挑戰能讓自己……不要胡思亂想。

坦尼爾又拿起鼻菸盒，在手背上拍出一道火藥，無視他父親不認同的表情。

妮拉停下，看著在火爐上熊熊燃燒的大鐵鍋。她搓揉龜裂的手掌，在火上取暖。水很快就會燒開，她就能為排屋中的所有人洗完衣服。櫥櫃旁還有一小堆髒衣服，不過大部分主人家的衣服及僕人制服，昨晚就已經泡在鹼皂溫水裡。那些衣服得要煮沸、清洗、晾乾，但首先她得燙公爵的軍禮服，他早上十點要和國王開會。離會議還有幾個小時，但所有事包括清洗、沖淨、熨燙，都得在廚師起床做早飯前完成。

洗手間的門打開了，一個五歲男孩揉著惺忪睡眼走進廚房。

「睡不著嗎，小少爺？」妮拉問。

「睡不著。」他說。艾達明斯公爵的獨子雅各向來體弱多病。他一頭金髮，臉色蒼白，臉頰瘦削。就這個年紀而言，他長得不算高，但是人很聰明，對待僕人也很友善，不像一個公爵之子通常會有的樣子。他出生時，妮拉十三歲，是艾達明斯家的見習洗衣工。從雅各學會走路開始，就一直很喜歡妮拉，雖然他母親和家庭教師都不喜歡這種情形。

「來這裡坐。」妮拉說，在火堆旁幫雅各鋪了塊乾爽的毯子。「只能坐幾分鐘，你得在岡妮醒來前回去睡覺。」

他坐在毯子上，看著她在爐上加熱熨斗，攤開他父親的衣服。他眼睛很快合起，側身躺下。

妮拉拿了個大臉盆放在鐵鍋旁，正要倒水進去時，又有人開門。

「妮拉！」岡妮站在門口，雙手扠腰。她二十六歲，嚴厲模樣遠超過她的年紀，非常適合擔任公爵之子的家庭教師。她將可可色的頭髮在腦後梳成髮髻。即使身穿睡衣，岡妮還是比穿便服、頂著一頭蓬亂褐色鬈髮的妮拉看起來得體。

妮拉伸指抵住嘴唇。

「妳知道他現在不該在這裡。」岡妮壓低音量說。

「我能怎麼辦？叫他不准來？」

「當然！」

「別吵他，他終於睡著了。」

「他在這裡會感冒。」

「他在火堆旁。」妮拉說。

「如果公爵夫人發現他在這裡，會大發雷霆的。」岡妮對妮拉搖晃手指。「她把妳趕到街上時，我可不會幫妳說話。」

「妳什麼時候幫我說過話了？」

岡妮嘴抿成一條線。「我今晚就會建議公爵夫人開除妳。妳只會帶壞雅各。」

「我會……」妮拉看了睡著的男孩一眼，然後閉上嘴。她沒有家人，沒有其他關係能依靠。公爵夫人已經看她不順眼了。艾達明斯公爵有睡僕人的壞習慣，而他最近越來越常盯著自己看。即使岡妮是個惡霸，妮拉也不想和她鬧翻。「我很抱歉，岡妮。」妮拉說。「我現在就帶他回床上。妳有衣服要我幫忙洗嗎？」

「這樣態度就好多了，」岡妮說。「現在……」

前門傳來的敲門聲打斷她的話，聲音響亮到就連排屋這一頭都能聽見。

「這麼早會是誰？」岡妮拉緊睡衣，朝走廊走去。「他們會吵醒公爵和夫人！」

妮拉雙手扠腰，看著雅各。「你會給我惹麻煩的，小少爺。」

他慢慢睜開雙眼。「抱歉。」他說。

她跪在他身邊。「沒關係，繼續睡。我抱你上床。」

她才抱起他，就聽見屋子前面傳來叫喊聲，接著是吼叫，然後是一陣沉重的腳步聲奔上玄關樓梯。她聽見不屬於公爵宅邸僕役的男性怒吼。

「怎麼回事？」雅各問。

她把他放到地上，以免他發現她的手在發抖。「動作快，」她說。「躲進洗衣盆。」

雅各下唇顫抖。「為什麼？怎麼回事？」

「躲起來！」

他爬進洗衣盆。她把髒衣服丟到他頭上，高高疊起，然後快步衝入走廊。

她一頭撞上一名士兵。對方把她推回廚房。接著又來了兩名士兵，還有一個捉著岡妮後頸進來，把岡妮推倒在地。女家教眼中充滿恐懼和怒氣。

「這兩個可以。」其中一名士兵說。他身穿艾卓軍隊的深藍色制服，胸口有兩條服役金條紋，還有一枚表示他曾出海服役的銀勳章。他邊脫褲帶邊走向妮拉。

妮拉抓起火爐上燒燙的熨斗，狠狠甩在他臉上。士兵倒地，他的夥伴大吼大叫。有人抓住她雙臂，另外一人扣住她雙腳。

「脾氣不小。」一名士兵說。

「那會留下疤痕。」另外一人說。

「這是怎麼回事！」岡妮終於站起來。「你們知道這裡是誰家嗎？」

「閉嘴。」被妮拉打的士兵從地上爬起，半張臉都燙得腫起來。他狠狠揰了岡妮肚子一拳。「很快就會輪到妳。」他轉向妮拉。

妮拉奮力對抗比她強壯很多的手臂。她轉向洗衣盆，希望雅各不會看見這種情形，然後閉上眼睛，等著挨打。

「西斯羅！」有人叫道。

抓住她的手突然放開，她再度睜開雙眼。

「你們他媽的在幹什麼，士兵？」說話的人身穿同樣的制服，銀翻領上卻別了一枚金三角。他有一頭棕髮，鬍鬚修剪得整整齊齊，嘴角叼了根菸。妮拉從未見過留鬍鬚的士兵。

「只是找點樂子，中士。」西斯羅狠狠瞪了妮拉一眼，轉而面對中士。

「樂子？我們沒樂子，士兵。這裡是部隊。你聽見戰地元帥的命令了。」

「但中士……」

中士彎腰撿起地上的熨斗。他看著底部，然後看向士兵臉上的燙傷。「你另一邊臉也要來個一樣的印子嗎？」

西斯羅面色不善。「這婊子打我。」

「再讓我看見你企圖強暴艾卓公民，我會找個比你臉更漂亮的地方來打。」中士拿菸指著西斯羅。「這裡不是葛拉。」

「我會向隊長回報的，長官。」西斯羅冷笑。

中士聳肩。

「西斯羅，」另一名士兵說。「別激他。抱歉，中士，他是新到連上的。」

「管好他。」中士說。「他是新來的，但你們兩個可不該這樣。」他扶起岡妮，然後手指輕觸額頭，面對妮拉。「女士，我們在找艾達明斯公爵的兒子。」

岡妮看著妮拉。妮拉看得出來她很害怕。「他和妳在一起。」女家教說。

妮拉強迫自己面對中士的藍眼睛。「我剛抱他上床。」

「去。」中士對手下說。「找出來。」他們迅速離開房間，中士則留下，緩緩打量廚房。「他不在他的床上。」

「他喜歡亂跑。」妮拉說。「我剛抱他上床，但我敢說外面的聲音令他害怕。究竟是怎麼回事？」此事絕非意外。那些士兵知道這是誰家，中士提到戰地元帥，艾卓只有一個人擁有這項軍衛——戰地元帥湯瑪士。

「我們要以叛國罪逮捕艾達明斯公爵及其家人。」中士說。

岡妮臉色慘白，一副快要昏倒的模樣。

妮拉胃部一陣翻騰。叛國，這種指控將會波及所有僕役，她們無路可逃。她曾聽說某個大公爵的傳言，鐵國王自己的表親密謀推翻王座，他家人和所有僕役全都上了斷頭台。

「妳們可以離開，」中士說。「我們只是來抓公爵和他家人。」他走向洗衣盆，皺起眉頭。「妳們得換新東家。可以的話最好離城幾天。」他將菸塞入嘴裡，從盆上拎起一條褲子。

「歐蘭！」

中士轉頭看向另外一名步入廚房的士兵。

「找到孩子了嗎？」歐蘭問，把洗衣盆拋到腦後。

「沒，但上頭找你。是戰地元帥。」

「找我？」歐蘭語氣懷疑。

「立刻去找薩邦指揮官回報。」

「好。」歐蘭說。他在廚房桌上捻熄他的菸。「看好西斯羅，別讓他打女人。如果你們得在那小子手裡塞滿財物才能讓他分心，就這麼做。」

「但我們的命令——」

「那些士兵無論如何都會違反命令，我寧願他們違反不會被判死刑的命令。」

「好。」

歐蘭又看了廚房一眼。「拿點值錢的東西離開。」他說。「公爵不會回來了……」他摸著額頭朝岡妮和妮拉示意，然後離開。

所以想拿什麼就拿什麼。妮拉在腦中補充他的話。

岡妮看了妮拉一眼，隨即衝入走廊。不久後，妮拉聽見她跑上僕役樓梯。

妮拉從壁爐架上藏管家鑰匙的地方取下鑰匙，打開銀器櫃。她藏在床墊下的東西都沒有此刻塞入粗麻袋裡的銀器值錢。

她等到走廊上聽不見士兵的聲音後才把雅各拉出洗衣盆。她幫他脫下睡衣，給他一件小僕役的髒褲子和襯衫。太大了，不過能湊合。

「我們在做什麼？」他問。

「帶你去安全的地方。」

「岡妮老師呢？」

「我猜她去找吃的了。」妮拉說。

「媽媽和爸爸呢？」

「我不知道。」妮拉說。「我認為他們會希望你跟我走。」她從火爐角落抓了一把冷炭灰，又摻了一點水。「別動。」她說，把炭灰水抹在他的頭髮和臉上。妮拉牽起他的手，肩上掛著一袋偷來的銀器，向後門走去。

兩名士兵看守排屋後的巷子。妮拉低頭走向他們。

「妳，」其中一人說。「這是誰的孩子？」

「我的。」妮拉說。

士兵抬起雅各下巴。「看起來不像公爵之子。」

「要先扣下來，等找到那個男孩再說嗎？」

「歐蘭中士說我們可以走了。」妮拉說。

「好吧，」士兵說。「那就走吧。今晚已經夠忙了。」

4

阿達瑪乘湯瑪士下屬駕的馬車從天際王宮直接回家。士兵駕車穿越艾卓寂靜的街道，漫長旅途中陪伴他的只有擔憂和自我懷疑。阿達瑪暗自希望馬車能駛快一點，但光想並沒有幫助。當他跳下馬車，推開老舊柵門，穿過小花園，來到家門前時，東方天際已經微亮。他摸索著鑰匙，期間還弄掉一次，然後停下來深吸一口氣。

他面對過更糟糕的處境，他對自己說。這次不可能比歐克特辛暴動嚴重。他把鑰匙插入鎖孔，轉動，生鏽的門在他半推半踢下嘎吱作響。

他三步併作兩步跑上二樓，敲打走廊上每一扇門，接著來到自己房間，用力推開門。

「菲。」他喊道。

他妻子從枕頭上抬起頭來，透過昏暗的油燈打量他。陰影在她臉上晃動，在漆黑的鬈髮下顯得更暗。「現在幾點？」她問。

「五點多。」阿達瑪說。他調亮燈火，蓋回燈罩。「起來，妳要去歐芬戴爾的房子了。」

菲抓緊胸口的床單。「你怎麼了？什麼歐芬戴爾的房子？」

「我剛加入警隊時買的那棟房子，以防妳和孩子遇上危險。」

菲坐了起來。「我以為那棟房子已經賣掉了。我……阿達瑪，出了什麼事？」她語氣有些擔憂。「和勞倫家族有關嗎？還是新案子？」

勞倫家族曾雇用他，調查他們家小女兒追求者的複雜過去。最後他被迫揭穿那傢伙是騙子，場面搞得很難看。

「不，不是勞倫案，比那個嚴重。」聽到走廊上傳來輕輕的腳步聲，阿達瑪轉過身來。「艾絲翠。」他低聲道。他的小女兒腋下夾著隻脫毛狗娃娃，身穿睡衣，腳上是菲的舊拖鞋，比她的腳大好幾號，在陰暗光線下看起來就是她媽媽的迷你版。她疑惑地歪頭。阿達瑪說：「去拿妳的旅行外套，親愛的。妳要出遠門。」

「我得穿連身裙嗎？」她問。

阿達瑪擠出笑容。「不，親愛的，睡衣加件外套就好。妳很快就要出發。別忘了穿鞋。」

她對他微笑，轉過身去，步伐輕快地離開，老狗娃娃在她手中搖晃。她哥哥姊姊走出房門，一臉好奇地打量她。

「喬瑟，」阿達瑪對大兒子說。「幫你弟弟妹妹做好出門準備，動作快，讓他們打包幾週份的行李。」

喬瑟是個嚴肅的男孩，剛滿十六歲，從學校放假回來。他緊張兮兮地搓揉手上的戒指——那是阿達瑪父親去世前送他的禮物，他很少取下。喬瑟等了一會兒，期待得到解釋，在發現父親不打算主動解釋時，他點了點頭，把弟弟妹妹趕回房間。

好孩子。阿達瑪回頭面對菲，她已經坐在床邊。她一手掠過頭髮，拉開打結的地方。

「你最好解釋清楚。」她說。「出了什麼事？孩子有危險嗎？你有危險嗎？和你接的新工作有關嗎？我早就叫你別調查貴族妻子，不要亂管別人的閒事。」

阿達瑪閉上雙眼。「我是調查員，親愛的。別人的閒事就是我的事。城內將會暴動，我要你和孩子一小時內離城。當然，只是為了預防萬一。」

「為什麼會暴動？」

可惡的女人。他真想換個聽話的妻子。「一場政變。曼豪奇正午會上斷頭台。」

他從妻子瞠目結舌的表情中獲得短暫的滿足。接著她下床，走向衣櫥。阿達瑪看著她一會兒。她的身材比從前削瘦，手肘較尖，柔軟線條及理應豐腴的地方顯得鬆垮。他從警隊退休後的日子對她造成了不小的影響，她的美貌也早已不比從前。阿達瑪想想自己的外表，他可沒資格批評人家。又矮又禿，歲月讓他的圓臉變瘦，小鬍子和鬍鬚都稀疏了，他也不再年輕。儘管如此……他看著菲，輕咬下唇，親暱的舉動得等過一陣子再說了。

她轉身，看到他正看著自己。「你會和我們一起走吧？」她問。

「不會。」

她停止動作。「為什麼？」

他應該說謊，告訴她之前的工作還沒做完。「我已經……牽扯進去了。」

「喔，不。阿達瑪，你該死的做了什麼？」

他忍笑。他很喜歡聽她罵髒話。「不，不是那樣的。今晚得到召見，戰地元帥湯瑪士雇用我調查一件事。」

她皺眉。「只有他有膽量推翻國王。好了，別偷笑，去叫馬車，幫孩子穿鞋。」她揮揮手。「快去。」

二十分鐘後，阿達瑪看著家人擠入馬車。他付錢給車夫，和妻子一起站在一旁。「如果暴動波及到你們那裡，不要遲疑，立刻帶孩子去戴利芙。等局勢穩定下來，我就去找你們。」

菲的表情——通常都很嚴厲，堅決不認同——突然變得溫柔。她在他眼中恢復青春，變成擔心受怕等候情人夜歸的女孩。她湊上前去，輕輕吻他的唇。「我該怎麼對孩子說？」

「別騙他們。」阿達瑪說。「他們夠大了。」

「他們會擔心，特別是艾絲翠。」

「當然。」阿達瑪說。

菲輕哼一聲。「自從艾絲翠出生時我們去度假那次之後，我就沒去過歐芬戴爾了。房子狀況還好嗎？」

「會感覺很小。」阿達瑪說。「但舒適安全。妳記得我們的密語嗎？郵局就在隔壁。我會通知莎迪，請她幫你們送信。」

「有必要這樣嗎？」菲問。「我以為只是暴動。」

「戰地元帥湯瑪士是個危險人物。」阿達瑪說。「我不……」他頓了頓。「有備無患，讓我好過些。」

菲說：「當然，照顧好自己。」阿達瑪回應妻子的吻，然後依序湊上每個車窗，親吻九個孩子，雙胞胎還多親一下。他在艾絲翠身前停步，跪在馬車地板上凝視她的眼。「妳會離開幾週，城內會很亂。」

「你為什麼不一起來？」她問。

「我要幫忙讓城內安定下來。」他想起克雷希米爾的破碎承諾，這話令他不寒而慄。

「你冷嗎？」艾絲翠問。

他手指掠過她的臉頰。「對，外面很冷，我最好在感冒前先回屋內。一路順風！」

他關上馬車門，站在街上，看著他們慢慢遠離，最後轉過街角。他會為了許多理由想念菲。事情牽扯到查案上時，她可不光是他的妻子，更是夥伴。她有很多朋友和熟人，知道該怎麼從小道消息中釣出就連他也查不出來的資訊。

他走回屋子，發現對街一扇門後有動靜，於是停下腳步。一個身穿硬挺長外套的年輕人步出陰影，朝馬車反方向的街道離去。他看了阿達瑪一眼，然後加快腳步。

阿達瑪看著年輕人離開，確保那傢伙察覺到他的目光。肯定是帕拉吉的手下，他很快就會來找阿達瑪。阿達瑪回到屋內，鎖上門，然後立刻前去書房。他在書桌抽屜中翻出一堆文具。

阿達瑪寫完信時，陽光已經爬上書房窗戶，從房子和遠山之上灑落。他寫到手痛，蠟燭燒到只剩殘渣。他打了個呵欠，放空心思，隨即聽見金屬摩擦的細微聲響。

阿達瑪把那疊信放到抽屜裡鎖好，拿起手杖，扭動機關，然後穿越屋內，細聽聲響。他來到老舊的小後門，通往他家和後面房子之間雜草叢生、勉強算是花園的棚架區。花園可以從他家或兩棟房子中間的走道抵達，而那條走道外有扇上鎖的柵門。

阿達瑪手持手杖，猛地開門。門外三人瞪大眼睛看著他。有兩人身穿街頭工人的舊外套和寬沿帽，其中一個膝蓋和衣袖上都有污漬，多半是往火爐裡鏟煤時留下的，而另一個正在開鎖，衣服尺寸明顯過大，這是小賊想在身上藏東西的慣用伎倆。第三人衣冠楚楚，灰外套、黑背心，鞋子亮到可以用來檢查牙齒。

跪在地上開鎖的傢伙訝異地看著阿達瑪。

「你太大聲了，還不如直接敲門。」阿達瑪說。他嘆口氣，收起手杖，對衣冠楚楚的傢伙說話。「你想幹嘛，帕拉吉？」

帕拉吉似乎沒料到他會在家。他推了推比較像是靠在他肥臉頰上而非頂在小鼻子上的圓眼鏡。他是個怪人，外型適合待在馬戲團。他有個垂在腰帶外的大肚子，四肢卻細如樹苗。這種身材讓他看起來像顆插著樹枝的超大砲彈。

他在道上混很久了，冷酷無情到懂得升格做合法生意，但又沒聰明到完全拋下黑暗的過去。這種特質讓他很適合當銀行家。阿達瑪瞬間在腦中翻出他的犯罪紀錄。

「道上謠傳你跑路了。」帕拉吉說。

「你是說過去兩週在我家附近監視的那個笨蛋告訴你的鬼話？」

「我有理由監視你。」他似乎對於阿達瑪還在家感到不太高興。

阿達瑪重重地嘆了口氣，看著咬牙切齒的帕拉吉。帕拉吉討厭別人不把他當一回事。他和從前那個放高利貸又愛喝酒的傢伙沒多大不同。「我的還債期限還有兩個月才到。」

「你不可能在兩個月內弄到七萬克倫納。所以當我聽說你的家人趁夜出城，就以為你決定當個跑路的懦夫。」

「別亂叫人懦夫。」阿達瑪說。他的手還是緊握手杖。

帕拉吉神色畏縮。「你上次打我已經是很久以前的事了，」他說。「現在警隊可不會保護你。你現在和我們一樣，只是隻普通的陰溝老鼠。你當初就不該向我借錢。」他大笑，笑聲彷彿在刮擦阿達瑪的神經。

這下輪到阿達瑪咬牙切齒了。他根本沒向帕拉吉借錢，而是向朋友的銀行借錢。結果那朋友不是什麼好人，因為他以百分之一百五十的代價把那筆貸款賣給帕拉吉。帕拉吉立刻把利息升了三倍，然後坐下來靜待阿達瑪的出版生意失敗。而他的生意真的失敗了。

帕拉吉擦拭開心的淚水，哼聲說道：「當得知我私下放款最大債務人在到期前兩個月把家人送出城時，我就會親自來瞭解情況。」

「透過闖空門？」阿達瑪問。「除非我拖欠債務，不然你無權清算我的財產，把我們趕到大街上。」

「或許是我太貪心了。」帕拉吉微微一笑。「現在，我要知道你家人在哪裡，好讓我確認他們的行蹤。」

阿達瑪咬牙道：「他們在我表哥家，納佛克東邊。喜歡就去查。」

「很好，我會去查。」帕拉吉轉身要走，接著突然停步。「你女兒叫什麼名字？最小的那個。我想我會叫手下帶她回來，以免你溜上那種新發明的汽船，逃去法特拉斯塔。」

帕拉吉才剛縮身，阿達瑪的手杖已經擊中他肩膀。帕拉吉大叫，退入花園。鑄煤工一拳打在阿達瑪肚子上。

阿達瑪痛得彎腰。他沒料到對方反應這麼快，力氣還不小。這一擊差點讓他手杖掉了，只能盡力站著不倒下。

「我要叫警察抓你！」帕拉吉說。

「叫啊。」阿達瑪喘氣說道。「我在警隊還有朋友，他們會笑話你，讓你出醜。」他恢復鎮靜，站直身子，甩上後門。「兩個月後再來！」他鎖門上閂。

阿達瑪抱著肚子，慢慢走回辦公室。這拳會讓他消化不良整整一週，希望沒內出血。

阿達瑪休息幾分鐘，然後拿著信，出門上街。他感覺得到街上氣氛緊張。他想把緊張感歸罪於即將發生的衝突——處死曼豪奇後將會橫掃全城的革命，以及隨之而來的混亂。雖然幾乎不可能，但阿達瑪依然祈禱湯瑪士能控制局勢。不過不對，那股緊張感比較可能發自阿達瑪逐漸加劇的頭痛和肚子痛。

快到郵局時，阿達瑪停在街角喘氣。他無意識地加快腳步，使自己現在氣喘吁吁，擔心遇到危險的感覺在心中揮之不去。

一個不到十歲的報童跑了過來。他停在阿達瑪身旁的街角，深吸好幾口氣，然後仰頭大叫：

「曼豪奇下台了！國王垮台了！曼豪奇正午要上斷頭台！」接著，男孩就跑了，衝向下一個街口。

阿達瑪讓自己從震驚的沉默中回過神來，轉而看向其他出現同樣反應的人。他知道曼豪奇下台了，他在湯瑪士的外套上瞧見皇家法師團的血，但是在大庭廣眾下聽見有人大聲宣布此事還是令他雙手顫抖。國王下台了，國家被迫改變，人民被迫選擇他們該如何應對。

新聞帶來的震撼過去了。行人開始困惑，改變前進的方向。一輛馬車突然在街上迴轉。車夫沒看見賣花的小女孩。阿達瑪衝出去抓住小女孩的手臂，在她被馬踩扁前拉到一旁。她的花撒落到大街上。有個男人推開另一人，突然穿越馬路，結果換成他被推倒。有人拳腳相向，很快就被拿警棍的警察分開。

阿達瑪幫小女孩撿花，然後她就跑了。他嘆氣。開始了。他低頭，繼續往郵局前進。

5

湯瑪士站在被稱為國王花園的巨大城市廣場上方六樓露台上，迎著風，看向聚集的群眾。兩隻獵犬睡在他腳邊，完全不知道今天有多重要。他身穿剛熨燙好的深藍色軍禮服，兩邊肩膀都有金肩章，還有金鈕釦，每顆鈕釦都是個小火藥桶。軍禮服的翻領、領口、羽翼都是紅絲絨，腰帶則是黑羽毛。他的勳章——各種形狀和大小的金、銀、紫星勳章，由六名葛拉和九國的君主頒發——掛在和屬下一樣的位置。空出來的一手夾著他的雙角帽。

太陽才剛升到艾鐸佩斯特房舍的屋頂，但他估計下面已經有一萬五千人在看工作人員搭建一整排斷頭台。據說國王花園可以容納四十萬人，是艾鐸佩斯特總人口數的一半。

他們今天將能確認此事。

他的目光越過花園，落在早晨天空中宛如尖刺般聳立的高塔上。黑刺監獄是曼豪奇的父親，也就是鐵國王所建，只關押最危險的政敵，同時用以警告剩下的敵人。他六十年的統治期間，有三十年都在建造這座監獄，而監獄的顏色就是鐵國王綽號的由來。黑刺比艾鐸佩斯特所有建築都高上三倍，外型醜陋，是一根宛如從克雷希米爾年代傳說書冊中撕下來的玄武岩釘。

此時此刻，黑刺監獄關滿人犯，有將近六百名貴族和他們的妻子與長子，外加五百名不值得信任的朝臣和權貴。湯瑪士彷彿能在閉眼時聽見痛苦的哭號聲，不知道這是否出自他的想像。貴族都知道自己將會面臨什麼命運，他們百年之前就知道了。

湯瑪士在聽到房門發出「咔嗒」聲時轉過頭。一名士兵來到露台，身上的藍制服有和湯瑪士一樣的銀領，翻領上別著代表中士軍階的金三角，胸口的服役條紋顯示他已從軍十年。男人看起來三十來歲，無視軍紀留有整齊的棕色鬍鬚，頭髮則短到耳朵上方。湯瑪士朝對方點頭。

「長官，歐蘭報到。」

「謝謝你，歐蘭。」湯瑪士說。「你知道我要你執行什麼勤務？」

「貼身保鏢，」歐蘭說。「還有男僕兼跑腿，任何戰地元帥天殺的想幹的事。沒有不敬的意思，長官。」

「薩邦是這樣對你說的？」

「是，長官。」

湯瑪士忍住笑意。他或許會喜歡這個有點口無遮攔的人。

歐蘭身後冒起了一絲白煙。

「士兵，你背上燒起來了嗎？」

「報告長官，不是。」歐蘭說。

「那煙是？」

「我的香菸，長官。」

「香菸？」

「最新流行。香菸和鼻菸一樣好，而價錢只要一半。法特拉斯塔傳過來的。我親手捲菸。」

「你聽起來像在打廣告。」湯瑪士有點惱怒。

「我表哥在賣香菸，長官。」

「為什麼藏在背後？」

歐蘭聳肩。「你滴酒不沾，長官，大家也都知道你不喜歡別人抽菸。」

「那為什麼還把菸藏在背後？」

「等你轉身再抽，長官。」

至少他很誠實。「我曾鞭打一名中士，因為他在我的帳篷裡抽菸。你為什麼覺得我不會那樣對你？」那是二十五年前的事，湯瑪士當年差點為此丟官。

「因為你要我保護你，長官。」歐蘭說。「按理說，你不會鞭打要保護你性命的人。」

「我懂了。」湯瑪士說。歐蘭甚至沒有偷笑。湯瑪士認為自己確實喜歡這個傢伙，雖然他不該喜歡對方。

他們相互打量片刻。湯瑪士忍不住盯著歐蘭身後的白煙。接著他聞到菸味，不算太難聞，沒大部分雪茄刺鼻，但沒有煙斗好聞，甚至有股淡淡的薄荷味。

「你要用我嗎，長官？」歐蘭問。

「你真的不用睡覺？」

歐蘭拍了拍額頭。「我是技能師，長官。家族遺傳，我父親可以在一哩外聞出騙子的味道，我表哥能吃超過百人份的食物，或是好幾週不吃東西。我的特殊技能？我不用睡眠。我甚至有第三眼，你能確定我說的是真的。」

擁有魔法能力的人當中，技能師被認為是最弱的一群。技能通常表現為一項強大或特殊的天賦，有些天賦威力驚人。許多人聲稱自己有技能，但只有擁有第三眼——能夠看見並感知魔法的人——才是真正的技能師。

「為什麼你之前沒被找去當保鏢？」

「長官？」

「有你這種技能的人可以幫凱斯的公爵主導安全事宜，賺的錢比十幾個士兵加起來還多。又或許和亞頓之翼一起出海服役。」

「啊，」歐蘭說。「我會暈船。」

「就這樣？」

「當有錢人的保鏢得和他們一起出海。我在船上是廢物。」

「所以只要我不搭船，你就會保護我？」

「基本上是，長官。」

湯瑪士又再度打量起對方。在部隊裡，歐蘭聲名遠播，很受士兵愛戴。他會開槍、肉搏、騎馬、玩牌、撞球。以軍人的標準來看，他很普通。

「你的紀錄有一個污點。」湯瑪士說。「你曾毆打過一名男爵繼承人，打碎他的下巴。說說那件事。」

歐蘭皺眉。「報告長官，官方說法是我在失控的馬車前推開他，救了他一命。連上有一半弟兄都看到了。」

「用拳頭推？」

「對。」

「非官方說法呢？」

「他是個混蛋。他開槍射殺我的狗，就因為牠嚇到他的馬。」

「如果我找理由開槍殺你的狗呢？」

「我會朝你的臉揍一拳。」

「很公平。你得到這工作了。」

「喔，很好。」歐蘭鬆了口氣，雙手移出背後，立刻把菸塞到嘴裡深吸一大口。煙從鼻子裡噴出來。「煙很快就會散的。」

「啊，我會為此事後悔，對吧？」

「當然不會，長官。有人來了。」

湯瑪士看見屋內有動靜。「時候到了。」他移步到露台門邊後停下腳步。兩隻獵犬醒了過來，擠在湯瑪士腳邊。他看了歐蘭一眼。

「長官？」

「你還應該要幫我開門。」

「是。抱歉，長官，我可能要點時間習慣。」

「我也是。」湯瑪士說。

歐蘭為湯瑪士開門。獵犬搶先進屋，鼻子貼著地板。儘管花園裡人聲鼎沸，屋內卻幾乎了無聲息。連續幾天不眠不休地工作讓湯瑪士覺得這份寂靜讓人舒心。

他身處一間大辦公室，如果大成這樣的房間能稱之為辦公室的話。絕大多數房子都能塞進這個房間裡。這本來是國王的辦公室，一個讓他看書或審查貴族議院決議的安靜場所。就和其他要思考或金錢來維持國家運作的事務一樣，這個房間在曼豪奇統治期間一直空著，不過根據可靠消息，曼豪奇去年曾將這裡租給他最寵愛的情婦，直到他的顧問發現為止。

理卡．譚伯勒站在一張點心桌前，在堆疊的糖蛋糕中挑選最好的幾塊。他雖然髮線後退，相貌依然英俊，一頭很短的棕髮，五官端正，嘴角因為常笑而留下笑紋。他身穿來自東葛拉的動物毛所製的昂貴西裝，鬍鬚很長，屬於法特拉斯塔風格。門旁擺著既樸實又昂貴的帽子和手杖。

理卡控制艾鐸佩斯特唯一的工人工會，在和湯瑪士合謀的議會成員中，他是唯一能和人好好相處超過幾分鐘的人。赫魯斯奇和皮賴夫一直在嗅聞他，直到他給牠們各發一塊糖蛋糕。兩隻獵犬帶著戰利品退回窗邊的長沙發。

湯瑪士嘆氣。他討厭別人餵食牠們，這會讓牠們接下來一週都排便異常。

「請自便。」湯瑪士說。

理卡對著他笑。「謝謝，我會的。」他往嘴裡塞了塊糖蛋糕，邊吃邊說。「你成功了，老小子。我不敢相信，但你成功了。」

「還不算。」湯瑪士說。「我們得進行處決，讓城內恢復秩序。還會出現暴動，還有保王分子，而且我得對付凱斯。」

「還要統治一個國家。」理卡補充。

「算我走運，那個可以交給議會。」

理卡兩眼一翻。「你確實算走運。我很怕和剩下的那些議員合作，我們需要你來調停，不然我們恐怕會掐死彼此。」

「我同意。」昂卓斯說。

總管大臣慢慢步入房內，一手拿著手杖，一手夾著一本厚帳冊。他穿越房間，把帳冊丟在國王的書桌上，然後坐到一旁的椅子上。湯瑪士忍住不出聲抗議。

昂卓斯翻開帳冊，湯瑪士發誓那玩意兒有揚起灰塵。他湊上前去。那是本老舊的書，封面用金線繡了一個戴利芙古字，湯瑪士猜測和錢有關。書頁本身幾乎都變黑了，細看之下可以看見上面有小字——文字、數字、格子，密密麻麻到要用放大鏡才能真正看清數字。

「國王的財庫是空的。」昂卓斯宣布。他從口袋裡拿出一個放大鏡，對著帳冊隨意瀏覽了幾個數字。

理卡猛吸口氣，被糖蛋糕噎到。

湯瑪士瞪著總管大臣。「怎麼會？」

「鐵國王死後我就沒見過這玩意兒了。」昂卓斯指著帳冊說。「這上面記錄過去百年間以國王之名進行的所有交易，每一克倫納都不放過。曼豪奇繼位後，帳本就一直在他的私人會計手裡。他們記得很詳實，這是他們做得最好的地方。根據這本帳冊顯示，國王的財庫裡已經一克倫納都不剩了。」

湯瑪士握緊拳頭，阻止雙手顫抖。他要怎麼付士兵薪餉？如何餵飽窮人和資助警隊？湯瑪士需要數億克倫納，他希望財庫起碼有幾千萬。

「課稅。」昂卓斯說，啪的一聲闔上帳本。「我們得盡快增稅。」

「不行。」湯瑪士說。「你知道那絕非選項。如果我們用更高的稅率和更嚴厲的控制取代曼豪奇，不到一年就輪到我們人頭落地了。」

「我們為什麼要增稅？」查爾曼大主教進入房內，紫色長聖袍垂在身後。他個子很高，身強體壯，沒和大部分人一樣中年就失去年輕時的力量。他臉型長方，棕眼對稱，鬍子刮得乾乾淨淨，身穿上好毛皮和絲綢，頭上戴頂金色圓帽，手上的金戒寶石多到足以購買十幾間豪宅。但那對克雷辛教會而言沒有什麼不尋常的。

「看來你把整個衣櫥都穿來了。」理卡說。

湯瑪士側頭。「查爾曼。」他說。

大主教輕哼一聲。「我是聖繩的僕人，」他說。「你可以用頭銜稱呼我，雖然那個頭銜是我的重擔。」

「主教閣下！」理卡假裝取下頭上的帽子，深深鞠躬。

「我不指望你這種人能瞭解。」大主教對理卡說。「我該叫你出來決鬥，但你這懦夫才不會答應。」

「我有手下幫我處理。」理卡表示。他眼中浮現一絲恐懼。大主教信奉聖繩之前是九國境內最強劍客，時至今日他還是偶爾會找人決鬥——不管他是不是牧師——並冷酷無情地砍死對手。

「地產，」湯瑪士對總管大臣說。「我們現在擁有半個艾卓，因為所有貴族和他們的子嗣都要面對斷頭台。昂卓斯，我想你會很樂意去處理那些地產。慢慢來，但是要快到能夠資助我們討論過的所有計畫。有必要就賣給國外買家，但是得幫我們弄到錢。」

「關於那些地產，我們已經有計畫了。」大主教說。

「對，而且——」

「地產目前做了什麼處置？」

湯瑪士嘆氣。溫史雷夫女士身穿能在布料和珠寶上與大主教聖袍媲美的禮服進入房內。她年約五十，高顴骨、細腰、鑲鑽耳環。她是亞頓之翼傭兵團的老闆，全世界最有聲望的傭兵勢力，也是土生土長的艾卓人。過去幾個月來，她把國外的部隊祕密調回艾卓，為政變做準備，而湯瑪士知道接下來的日子他迫切須要仰賴他們的協助。

她身後跟著一名身穿連身長袍的高大禿子，那是大業主的閹人。最後，艾鐸佩斯特大學校長普蘭．雷克特也跟著入內。他和總管大臣年紀相近，不過比他重上十石。他慢慢走向一張椅子。

湯瑪士的六位同謀，幫他計畫推翻曼豪奇的五男一女，都到齊了，而如今他們要決定艾卓的未來。

「看在地獄的份上，湯瑪士，」校長邊說邊擦額頭上的汗水。他臉頰左側有塊紫色胎記，位於嘴唇和眼角之間。他蓄鬍，但是胎記上不長毛髮，為這個老學者增添一股特殊的野蠻味。「你一定要選頂樓嗎？過幾年等你的骨頭開始老化，你就會後悔了。」

「女士。」湯瑪士說，朝溫史雷夫女士點頭，然後向校長和閹人打招呼。「普蘭，閹人。感謝各位前來。」

閹人走到角落，透過窗戶往外看。他動作宛如鰻魚，身上散發著南方香料的味道。艾鐸佩斯特黑社會勢力最龐大的大業主，從不親自出席這種會議，他派他的無名副手出面。「我們沒有多少選擇。」閹人說。他的聲音很柔，像是在教堂裡說話的孩子。「你提前動手了。」

「還有，」查爾曼接著說，他毫無意義地提高了音量。「他想要搶走我們從貴族那裡沒收的地產。」

湯瑪士舉手安撫突來的騷動，並瞪向大主教。「我們不是來瓜分艾卓的，」他大聲道。「我們是要還政於民。國王的財庫空了，如果接下來幾年我們想要維持控制權，我們就非常需要錢。

妳的傭兵會得到土地，女士，理卡的工會也會獲得核准。大家都有好處。」

「教會要拿百分之十五。」大主教靜靜地要求，一邊悠閒地檢視著自己的指甲。

「下地獄吧。」理卡說。

「我送你去。」大主教說著，走向理卡，一手伸入袍中。理卡連忙後退。

「查爾曼！」湯瑪士說。

大主教停步，轉而面對湯瑪士。「教會會依照慣例徵收百分之十五的什一稅，這是我們支持的代價。」

「代價？」湯瑪士說。「我以為教會認可這次政變是因為曼豪奇讓人民挨餓，或是因為曼豪奇為了情婦的宮殿向教會徵稅？我不記得是哪種情況。教會拿百分之五，不得異議。」

大主教朝湯瑪士邁近一步。「你大膽。」

湯瑪士也朝他逼近一步。他的手伸往腰間的小劍。「找我決鬥。」湯瑪士說。「我願意為了增加樂趣而不挑手槍。」

大主教在短暫的遲疑後，嘴角揚起一抹笑意。「如果我殺了你，國家就會陷入無政府的混亂狀態。」他說。「我首先得向我的神負責。其次是要對我的國家負責。我會和其他大主教討論，看看能怎麼做。」他雙手離開長袍，攤開做求和貌。

湯瑪士對查爾曼露出不誠懇的笑容。「謝謝你。」他把手放在劍柄上。

閹人開口。「如果國王的財庫裡沒錢，曼豪奇都在花誰的錢？」

「教會的錢。」大主教咕噥。

「有些是，」昂卓斯糾正。「他向九國各地的銀行大量借貸。國王欠凱斯政府將近一億克倫納的債務。」

理卡輕吹口哨。

湯瑪士轉向總管大臣。「國王腦袋即將落在籃子裡。開始處理貴族的地產後，你第一步先償還國內銀行的債務。還有閒錢的話，就還同盟國的債。」

「大部分都向凱斯借的。」昂卓斯聳肩道。

「很好，讓他們爛。」

他轉向在笑的人。閹人依然站在窗邊。他拿了杯冰水，看著杯底。「你和凱斯的私人恩怨會讓我們全都淪為劊子手的刀下亡魂。」閹人說。

「不是私人恩怨。」湯瑪士說。他知道這話騙不了任何人，他們都知道他妻子的事情，全九國的人都知道。但那並不妨礙他否認此事。「那些債務解釋了曼豪奇這麼樂意把艾卓簽給凱斯的原因。」他停頓。「有人真的看過協議嗎？」

「他們打算裁撤工會。」理卡說。

「讓亞頓之翼變成法外之徒。」溫史雷夫女士說。

「有人看過和你們本身利益無關的部分嗎？」

只有坐在房間後面的校長舉手，其他人都在迴避湯瑪士的目光。

「協議將會摧毀艾卓的現狀。」湯瑪士說。「讓我們全淪為凱斯的奴隸，除了名義上不是。人民在挨餓，國家在曼豪奇的領導下受苦，在凱斯的領導下日子只會更難過。那就是我們把曼豪奇送上斷頭台的原因。」絕不是因為凱斯對湯瑪士的妻子做出同樣的事，而曼豪奇任其發生，毫無異議。

「你打算發表演說嗎？」溫史雷夫女士突然問。

「對誰？」湯瑪士說。

「群眾。你得對人民發表演說。他們的國王要被砍頭了，將會失去領袖。他們得知道有人會領導他們，並幫助他們度過眼前的難關。」

她的意思是度過幾乎無法避免的凱斯戰爭。「不，」湯瑪士說。「我今天不發表演說。再說，我又不是要取代國王，你們六個才是。我是來保護國家維護和平的，你們則是要建立一個以人民福祉為依歸的政府。」

「說點什麼才是明智的做法。」校長說，他的胎記在他說話時出現了奇怪的變化。「為了維護和平。」

湯瑪士凝視所有人。「現在人民要的是血，不是言語。他們想要血很多年了。我感受到，你們也感受得到，那就是我們聯手把曼豪奇拉下王座的原因。我會給他們血，很多血，多到會讓他們噁心，噎到。然後我的士兵會把他們引向撒馬利區，讓他們搶奪貴族的財物、強暴他們女兒、殺死他們幼子。我打算讓他們被自己的瘋狂嗆死。兩天後我會鎮壓暴動，到時候會有演說。我的士兵會一邊鎮壓暴動，一邊發放食物和衣服給窮人，然後我會恢復秩序。」

六名議會成員一聲不吭地看著他。溫史雷夫女士臉色發白，理卡和閹人一起盯著杯底看。湯瑪士讓他們思考他講的話，想想他會為了保護國家做到什麼地步，為了伸張正義，恢復秩序。

「你是危險人物。」大主教說。

「說得好像你能控制暴民。」閹人說，語氣中帶有不屑。

「暴民無法控制，」湯瑪士說。「但可以釋放。我願意接受後果。如果你們想要抗議，現在就開口，但我告訴各位：人民想看到血。」

其他人都沒有開口。片刻後，湯瑪士繼續說道：「我們有很多事要討論。」

湯瑪士在角落的椅子坐下，在一眾同謀爭論接下來幾個月的細節時多看少說。他們得指派行政官、重新制定法律、支付工資。他們眼前有很漫長艱辛的道路要走。他輕吹口哨，招來兩隻獵犬，一手放在一隻狗的頭上，靜靜聽著。

湯瑪士在露台的門打開時抬頭，這才發現自己在打盹。

「長官，」歐蘭說。「時候到了。」

湯瑪士起身，搖走腦中的睡意。他走向門口，幫溫史雷夫女士開門。「女士。」

一行人來到露台。湯瑪士看向國王花園，眼前的景象讓他屏住了呼吸。人擠到完全看不見地面，所有人並肩而立，人群交談的音量宛如海灘上的浪潮。群眾將國王花園擠得水泄不通，又順著四周的五條街道延伸出去。遠遠望去，人潮完全看不見盡頭。

「長官。」歐蘭說。

湯瑪士強迫自己將目光移開。他很少害怕，他也對此感到自豪，但是眼前這種人潮讓他覺得自己很渺小。他有點懷疑自己是不是瘋了，沒人能夠控制這種人潮。同伴臉上的表情顯示他們也和他一樣畏怯，就連總是冷言冷語的昂卓斯也說不出話來。

湯瑪士調整帽子，遮蔽正午的陽光，一手拂過臉頰。他發現自己兩天沒刮鬍子了，下巴冒出濃密的鬍碴，這對身穿軍禮服的戰地元帥而言實在不太恰當。

下方的喧囂變得幾乎細不可聞。他轉身，感覺心跳加速，因為所有人都在看他。

「我從未見過這麼多群眾，全都是自願前來的。」湯瑪士喃喃說道。「準備好了嗎？」他問歐蘭。

「準備好了，長官。」

湯瑪士掃視周遭建築的屋頂。他的火藥法師和最頂尖的神槍手占據了那些屋頂，槍口指向人群。湯瑪士試圖想像昨晚撕爛他手下的那名榮寵法師，憔悴、衰老、頭髮灰白，眼角有皺紋，法袍有灰塵味。他在想她會不會跑來救國王。坦尼爾和傭兵此刻正在東方地平線上的天際王宮搜尋她的蹤跡。

湯瑪士看向露台上的夥伴，想知道如果他們明白自己是榮寵法師的誘餌，會說些什麼。他能感覺到歐蘭的第三眼已經打開，正在審視著人群。

「發訊號。」湯瑪士說。

歐蘭舉起兩支紅信號旗，揮動兩下。

黑刺監獄大門發出刺耳的摩擦聲，聲音傳遍半哩範圍。群眾轉頭不再看湯瑪士，身體如同巨浪般轉動，目光集中在國王花園的反方向。湯瑪士湊上前，心臟宛如鎚子般跳動。

騎馬的士兵從黑刺監獄湧出，他們擠開群眾前進。湯瑪士認出薩邦的亮黑腦袋在隊伍最前方大聲下令。群眾被迫後退，警戒線得以拉開。一輛簡易的囚車跟著士兵一起出來。

群眾異口同聲大叫，開始往前擠。一時之間，湯瑪士擔心薩邦和他的手下會被拉下馬，國王會不會根本活不到斷頭台？

士兵擠退群眾。他們慢慢穿越廣場，士兵從頭到尾都在和群眾推搡。國王的囚車停在斷頭台前，就在湯瑪士的露台下。士兵在囚車後方排開，持續拉長警戒線，好似一條穿越群眾的巨蛇。湯瑪士嚥下喉嚨中的硬塊。兩排士兵中間有條超過千人的隊伍，所有人的腳都以鐐銬相連，隊伍一路排回黑刺監獄。他們是貴族和他們的長子，外加很多人的妻子。他們綴巴巴的上好衣物在暴民面前毫無意義，口水和爛掉的食物穿越士兵飛來。

「劊子手今天過後就會退休。」歐蘭說。

這個畫面同時令湯瑪士心情愉快又噁心。這是數十年計畫的頂點。他興奮得發抖，也自我懷疑到打顫。如果歷史只會記載他一項事蹟，肯定就是這場處決了。

湯瑪士右側的芙琅皇后街傳來騷動，他心臟跳到嗓子眼，沉聲下令：「來福槍。」

歐蘭遞給湯瑪士一把來福槍。

「備用火藥。」

湯瑪士接過備用火藥，在指間折斷。他用舌頭碰了碰黑火藥，立刻感到一陣暈眩。他渾身顫抖，緊握欄杆，看著世界在面前變形。他緊閉雙眼，再度睜開時，一切都變得清晰無比。他能看見六樓之下的人每一根髮絲，也能看見芙琅皇后街半哩外的情況，彷彿他人就在現場。

「重裝騎兵，」他說。「一整連。」

重裝騎兵身穿國王黑爾衛士的華麗制服，騎著強健戰馬直衝而來。他們穿越人群，如入無人之境，毫不猶豫地撞倒女人和小孩，拔劍舉槍，以雷霆萬鈞之勢衝鋒。

歐蘭不等命令就舉起信號旗。他把旗子高舉過頭，接著平指芙琅皇后街。湯瑪士看見身穿黑外套的人，在人群中只是許多黑點，開始朝那個方向前進。他們身強體壯、舉止粗暴，是遠近馳名的守山人，為了控制群眾而特別調回首都。芙琅皇后街房舍屋頂上的來福槍手轉移陣地，注視下方的重裝騎兵。湯瑪士看了歐蘭一眼——薩邦已向他詳細說明，專業、專注，即使黑爾衛士威脅到他們的計畫核心也不慌亂。

「等我信號再開火。」湯瑪士說。歐蘭用信號旗下達指令。

重裝騎兵在抵達國王花園前放緩速度。人群密集到就連他們一百四十石重的坐騎也衝不開。在無處可閃的情況下，越來越多人消失在他們馬下。人群開始轉向重裝騎兵。

黑爾衛士的馬這才完全停下。他們還能往哪裡去？爬到暴民頭上？黑爾騎士在後方傳來哭號聲時急趕坐騎前進，傷患的家人和朋友憤怒喊叫，手忙腳亂地幫助受傷之人。

最前面的黑爾衛士被拉下馬，消失在人群之下。更多人出手去拉扯其他黑爾衛士，他們則開始驚慌失措地揮動軍刀。一聲槍響過後，群眾同時反應——放聲怒吼。

一名黑爾衛士撐了幾分鐘，強迫他的坐騎原地轉圈，馬蹄亂踢，揮舞長劍驅退群眾，接著他也步上同伴的後塵，被人拉下馬，消失在人潮裡。湯瑪士聽見難以置信的驚呼聲。溫史雷夫女士昏了過去。有顆腦袋浮出人潮之上，還戴著黑爾衛士的高羽帽，但顯然已經失去身體。那顆頭在人群中被持續轉手，滴落鮮血和肉塊。很快又有更多頭顱冒出來。

湯瑪士強迫自己見證一切。這一切都是他幹的，為了艾卓，為了人民。

為了艾莉卡。

「死狀淒慘，長官。」歐蘭說著，吸了口香菸，和湯瑪士一起凝望著混亂的群眾。查爾曼則背過身去。

「對。」湯瑪士說。

國王和皇后被帶往斷頭台。六座斷頭台一字排開，劊子手嚴陣以待。曼豪奇和他的妻子站在人群之前，遭受腐爛食物攻擊。湯瑪士眨了眨眼，看著一塊血淋淋的肉塊擊中皇后的臉，在她雪白肌膚和乳白色晚禮服上留下血痕。她昏倒在平台地板上，不過曼豪奇似乎沒注意到。

湯瑪士轉回去看黑爾衛士的腦袋。它們在人群中移動，逐漸逼近斷頭台。

國王瞪著湯瑪士，從口袋翻出一張紙。他清清喉嚨，開始說話，不過湯瑪士懷疑除了劊子手，沒有任何人聽得見他的聲音。曼豪奇試圖用喊的，但敵不過群眾越來越激烈的叫囂聲，只得垂頭喪氣地閉嘴放棄演說。劊子手拉扯曼豪奇的鎖鏈，國王渾身僵硬，沒有移動，直到劊子手扣住他的後頸，把他拖上斷頭台。

湯瑪士認為他們兩個在鍘刀落下時都已經昏迷，也算是一點小慈悲。

曼豪奇的腦袋落在斷頭台下的籃子裡，一道血泉噴在附近的觀眾身上，雖然為了避免這種情況已經淨空十步的範圍。工作人員開始重置第一座斷頭台，皇后則被架上第二座。她腦袋落下，變成一顆金鬈髮球。

「這要搞一整天。」理卡喃喃說道。

「沒錯。」湯瑪士說。「明天還會繼續。我說過會給人民多到窒息的血。」他低頭看著在斷頭台下凝聚的血泊，朝外流向周遭緊張兮兮的男女腳邊。「血會浸濕國王花園，玷污石地。」

湯瑪士又掃了一眼人群，然後離開露台。榮寵法師沒有出現，這表示外面還有一個下落不明的敵人。不，他更正。不是下落不明，坦尼爾會把她找出來。「暴動會在人民開始肚子餓時展開。」他沒有特定對誰發言。「明天戒嚴。在那之前，我建議各位不要上街。」

6

阿達瑪雇了輛車，前往艾鐸佩斯特大學。照理說不會很遠，但好像全艾鐸佩斯特的人都在往市中心前進，而大學位於城市外圍。他們來到克卡夏爾區時，洶湧的人潮已經變成涓涓細流了，大學城安靜到有點詭異。

他們全都去看處決了。湯瑪士肯定派了最快的信差前往城市外圍，讓所有人都有機會見證曼豪奇受死。很危險的作法，但人民會樂見此事。阿達瑪樂見此事發生，他只希望他們沒拿白痴換個暴君回來。

他走在空無一人的校園裡，注意到遠方傳來一陣吵雜聲。阿達瑪想像那是上百萬人見證國王之死時的吼叫聲。而新一波的掠奪很快就會開始——人們離開處刑場就會發現所有門都沒鎖，也沒人顧店。兄弟開始鬩牆就是暴動展開之時。願克雷希米爾保佑他能在那之前回家。

他走過大日晷和圖書館，腳步聲在空曠的校園中迴盪，然後走上行政大樓的台階。以鐵皮鑲邊的堅硬橡木門沒上鎖，他走了進去，路過很多間辦公室後，在現任校長的畫像前停步。普蘭·雷克特臉上有三分之一都是紫色胎記，這讓他自小就相貌醜陋，但據說他是無人能及的學者。阿達瑪經過校長室，走向下一扇門。

那扇門很小，用木楔擋住，看起來只是清潔工的工具室。阿達瑪站在走廊就能聽見門內傳來舊式羽毛筆在紙上奮筆疾書的聲音。

阿達瑪在開啟的門上敲了兩下。有個年輕人坐在小房間角落的樸實書桌前。一般人或許認為校長助理的辦公室會很雜亂，但這裡窗明几淨，每張紙、每本書、每份卷軸都被妥善整理。阿達瑪微笑。有些事情永遠不變。

「阿達瑪。」烏斯肯打了個招呼。他把筆放在筆架上，吹乾墨水，然後把那張紙放到一旁。

「很高興見到你。」

「我很高興你在這裡，沒跑去看處決，烏斯肯。」阿達瑪說。

烏斯肯沉著臉，繞過書桌來和阿達瑪握手。「我有個助手很擅長寫作，我要她為後世記錄所有細節。」烏斯肯做出噁心的表情。「我有工作要做，有什麼必要去看那種血腥場面？」

阿達瑪打量烏斯肯。他這位朋友看起來確實年輕，一點也不像四十五歲。他五官糾結在一起，彷彿經常瞇眼在光線不足的地方閱讀。「那是百年難得一見的奇觀。」

「千年難得一見。」烏斯肯表示。他回到書桌前，並請阿達瑪入座房內唯一的另一把椅子。「克雷希米爾和他的兄弟們建立九國以來，從來沒有國王被推翻過，一次都沒有。我甚至不……我甚至不知道該怎麼說。」他臉上陰霾一掃而空，彷彿揮開討厭的灰塵。「菲還好嗎？」

「和孩子們一起出城了，謝天謝地。」

「運氣好。」

「沒錯。」

烏斯肯精神一振。「印刷廠的生意如何？我埋頭工作太久，都沒想到要寫信給你。印刷廠啟用肯定很讓人興奮，那可是艾卓第一家蒸氣印刷廠。」

「你沒聽說？」阿達瑪皺眉。

烏斯肯搖頭。

「炸掉了。」

烏斯肯目瞪口呆。「不。」

「炸死了一個學徒，半棟廠房毀了。我出去喝杯茶，結果一回來……」阿達瑪做個爆炸的手勢。「『阿達瑪及友人出版社』就這麼沒了。」

「你肯定有保險。」

「當然，但他們拒絕給付，被我告了。他們認為賄賂行政官比賠償我的損失便宜。」

烏斯肯喃喃低語。「我真不敢相信。本來應該會帶來名聲和財富的。如果成功，你現在就是有錢人了。我才剛在報紙上讀到艾鐸佩斯特過去六個月內開了十一間書店，閱讀成了最新流行。詩、小說、史書，出版業前景一片大好。」

「別提了。」

烏斯肯縮了縮脖子。「阿達瑪，我很遺憾。」

阿達瑪揮手。「人生充滿意外。那是將近一年前的事了。再說，我不是來討論我的問題，我是來工作的。」

「查案？至少你還能回去幹那行。」

「是啊。」

「只要我幫得上忙。」烏斯肯說。

「我希望不會太麻煩你。我要查一個叫『克雷希米爾的破碎承諾』或『克雷希米爾的承諾』之類的東西。」

烏斯肯往後靠，凝視天花板。「聽起來……」他頓了一下後繼續說。「我隱約有點印象，但想不起來。不是所有人都有你那種天賦。」他起身。「我們去找找。」

他們離開行政大樓，穿越校園前往圖書館。有人想到要鎖上這棟高大建築的古老門扉，但烏斯肯有鑰匙。

經過前廳掛外套和擦鞋的小玄關後，就是三層樓的寬敞空間。樓梯和梯架似乎隨處可見，研究桌則隨意擺置在書櫃旁或窗戶下。

「我希望你知道該從何找起。」阿達瑪說。起初他沒想到這間圖書館究竟有多大，畢竟他已經幾十年沒來了。「不然我們得在這裡耗上一天。」

烏斯肯很有信心地轉向右邊，走上最近的樓梯。「我想我知道。」他說。「不過或許得花點時間。我們最近進了一大批書，而我待在圖書館裡的時間沒我期望的多。儘管如此，我總不能抱怨新書。出版業一片榮景，但書還是很貴。」他看了阿達瑪一眼。「如果有蒸氣印刷廠就能改變現狀了。」

阿達瑪翻了個白眼。烏斯肯沒有惡意，但他講得好像爆炸是阿達瑪的錯一樣。

烏斯肯邊走邊數書櫃，最後停步於一座書櫃前。他將滑梯架拉到自己面前，製造出的聲響迴盪在他們頭頂。「從前圖書館經費都被捷爾曼大學拿走。事實上，艾鐸佩斯特的公立圖書館也比我們的藏書多一倍。你為什麼不先去那裡？」

阿達瑪停下腳步，手指撫過一本皮革書的書脊。他喜歡圖書館，這裡乾燥、有灰塵、充滿紙味，充滿能和知識聯想在一起的味道。對調查員而言，知識就是一切。「因為此刻市中心和動物園差不多。處決，記得嗎？」

烏斯肯轉頭對他眨眼。「喔，對。」他繼續推動滑梯架。「如果運氣不好，這裡沒有你要的東西，那就去檔案處找，那裡整理得很不錯，他們的圖書館員天賦異稟。你可以互相對照神學和歷史學，至少我一開始會這樣找。」烏斯肯停下滑梯架，爬了上去。沉重的鐵梯搖搖晃晃，阿達瑪伸手扶穩。

「我一點也不想參考神學。」

烏斯肯的輕笑聲從十呎高的地方傳下來。「這年頭誰想？」停頓片刻。「怪了。」

「怎麼了？」

鐵梯在烏斯肯爬下來時又一次晃動。「書不見了，一定是被人外借了。只有學校員工才能把書帶出圖書館，而我們的神學院最近一團糟，教神學的三個弟兄有半年都在溫暖的地方度假。現在幾乎沒人想研究神學了，大家眼裡只有數學和科學。克雷希米爾呀，打從我來此工作以來，我們的物理和化學系的規模成長了四倍。」他抬頭望向書櫃上的空位。「我記得很清楚……無所謂，我們去別的地方找。」

阿達瑪跟著他朋友跑上三樓，本以為可以在那裡找到書，卻再次撲了空。他們又找了兩個地方，最後烏斯肯靠著書櫃擦汗。「一定有人在做神學論文。」他說。「可惡的神學系學生，老是喜歡把書拿出去。最近神學系學生不多，但是偶爾那些傢伙會自認這地方是他們家的，因為他們祖父很久以前發過某個獎學金。」

阿達瑪考慮該向他透露多少調查內容。光說是沒什麼危險，但阿達瑪覺得越少人知道他在調查什麼越好。在湯瑪士完全掌權前，他沒必要讓自己被人貼上叛徒的標籤。

「你這裡有大荒蕪年代的書嗎？我聽說那個年代有很多關於克雷希米爾的記載。」

「你打哪兒聽來的？」

「三年前的早春，在報紙上看來的。」

「老天，報紙上真的什麼垃圾都有。的確，大荒蕪年代是信仰虔誠的年代，但也是缺乏知識的黑暗年代。克雷希米爾和他的兄弟都消失了，新任君主和普戴伊人對抗，那是古時候一種榮寵法師階級。那個年代幾乎沒有記載流傳下來。校長對我說過，克雷希米爾時代的魔法和科學大部分都在大荒蕪年代中失傳了。如果有一半流傳下來，我們現在就會是黃金時代，不管是貴族還是平民。」

「好吧，相互參照神學、歷史學，還有魔法。」

「我可以把你訓練成圖書館員。」烏斯肯說。

「你對魔法有什麼研究？」阿達瑪問。

「魔法哲學算是我的嗜好，不過我本身沒有魔法天賦。我祖父是榮寵法師。事實上，他是名醫者。」說完，烏斯肯滿懷期待地看向阿達瑪。

「所以？」阿達瑪問。

烏斯肯皺眉。「醫者，他們是最罕見的榮寵法師，就連只上過魔法入門課的學生都知道這一點。據說人體複雜到一百個榮寵法師裡只有一個能施展最基本的醫療魔法。」

「那就是很稀有？」

「非常稀有，阿達瑪。天啊！你這麼注重細節的人怎麼會不知道這種事？你對魔法完全沒有研究嗎？」

「算不上有。」阿達瑪承認。他生活在城市街道、公民、罪犯的世界，沒時間去研究魔法，而且老實說，他也很少遇上魔法。他有時候會碰到技能師，但真正威力強大的魔法事件都屬於皇家法師團的領域，區區一個調查員沒有資格接觸。他對魔法的理解完全來自學生時期的幾堂課。

「你是技能師，」烏斯肯詢問。「你有第三眼，對吧？」

「對，但我不確定那和……」

「也就是說，你開啟魔法視覺時能看見所有事物的靈氣，知道榮寵法師在艾爾斯裡召喚了什麼魔法？」

阿達瑪現在很少會開啟第三眼了，那種感覺很不舒服，但他還記得在魔法視覺下圍繞在所有東西外的光芒，彷彿全世界都是用鮮明的蠟筆畫出來的。「對。」

「榮寵法師操弄艾爾斯。」烏斯肯說。「榮寵法師每一根手指都和一種元素相連：火、土、水、空氣和以太。」

「但火又不是元素。」阿達瑪說。「火是燃燒的結果。」

烏斯肯嗤之以鼻。「耐心聽。儘管根據過去一百年的研究發現顯示，這種解釋已經被認為不夠完善，但這仍然是我們目前能掌握到的最好解釋。榮寵法師的每根手指都呼應一種元素，每種元素就相當於榮寵法師的力量，其中拇指是他們最強大的手指。榮寵法師會用慣用手，通常是右手，召喚他們想在艾爾斯中操縱的靈氣。靈氣進入我們的世界後，他們便利用另一隻手引導那些靈氣。」

「那火藥法師的魔法又是怎麼運作的？」

「天曉得。榮寵法師討厭火藥法師，皇家法師團向來不鼓勵研究這些人。」

「為什麼這麼討厭他們？」阿達瑪聽說大部分榮寵法師都對火藥過敏。

「恐懼。」烏斯肯說。「大部分榮寵法師的法術射程都不到半哩，火藥法師能從兩倍距離外開槍，而皇家法師團向來不喜歡處於劣勢。我還聽說過，世界上的一切，不管是活的、死的，還是元素，在艾爾斯中都有靈氣，火藥卻沒有，那令榮寵法師緊張。啊，我們到了。」

烏斯肯停在一座書櫃前。他的手指沿著幾本書脊摸過去，然後把它們拿出來，疊在阿達瑪手上，每放一本書，就會掀起一堆灰塵。「只少了一本。」烏斯肯說。「我知道那本書在哪裡，校長室。」

「我們可以去拿嗎？」

「校長不在，今天一大早就被緊急請去艾鐸佩斯特了。我沒有他辦公室的鑰匙，必須等他回來才行。」

他們帶著那疊書找了張桌子開始研究。阿達瑪坐下來，才剛翻開第一本書，便皺起了眉頭。「烏斯肯？」

「什麼？」烏斯肯抬頭看他，接著他跳了起來，以阿達瑪前所未見的速度繞過書桌。「這是怎麼回事？媽的是誰幹的？」

那本書開頭幾頁被撕掉了，後面幾十頁裡也有些段落被塗黑，彷彿有人用沾了墨汁的手去翻書。烏斯肯拿手帕擦額頭，開始在阿達瑪身後踱步。

「這些書是無價之寶，」他說。「誰會做這種事？」

阿達瑪湊上前去，瞇眼看著被撕掉的頁面。他把書拿在手上檢視。這本書是用羊皮紙製作的，比現代的紙張更厚，也硬上四倍。撕掉的頁面有些焦痕。

「榮寵法師。」阿達瑪說。

「怎麼看出來的？」

阿達瑪指著撕痕。「除了魔法，你知道有任何方法能在不傷害其他內容的前提下，弄出那種焦痕嗎？」

烏斯肯繼續踱步。「榮寵法師！願克雷希米爾詛咒他們。他們應該瞭解書的價值！」

「我認為他們瞭解，」阿達瑪說。「不然他們應該會燒掉整本書。我們先看看其他本。」他拿起下一本，然後又一本。從書櫃找出來的十一本書裡，有七本書頁被抹黑或撕掉。檢查完那疊書後，烏斯肯已經氣得冒煙。

「等校長發現了看會怎樣！他會直接跑去天際王宮，把那些榮寵法師打昏，他會──」

「湯瑪士處決了皇家法師團。」

烏斯肯僵住。他鼻孔開闔，嘴唇扭曲。「那我想此事已無從補救了。」

阿達瑪搖頭。「先看看手頭上有的東西。」

他們花了點時間閱讀那些書，結果發現有八處抹黑的地方可能提到克雷希米爾的承諾，但是字句都難以辨識。

「最後那本書，」阿達瑪說。「在校長室的那本……」

「對。」烏斯肯搔搔腦袋，心不在焉地說。「《服侍國王》，那本書概略描述皇家法師團保護九國國王的職責，是非常有名的作品。」

阿達瑪撫平外套。「我們去看看他有沒有鎖門。」

烏斯肯把書放回原位，隨即跑到圖書館庭院，趕上阿達瑪的腳步。「他不會不鎖門的。」他說。「我們就等他回來。校長很看重隱私。」

「我在查案。」阿達瑪說著，走進行政大樓。

「那不表示你有權搜查別人的書房。」烏斯肯說。「再說，門肯定有鎖。」他在阿達瑪轉不動門把時露出勝利的笑容。

「無所謂。」阿達瑪說。他蹲下去，從鞋子中取出開鎖工具。

烏斯肯瞪大雙眼。「什麼？你不能那樣做！」

「你說校長什麼時候會回來？」

「很晚。」烏斯肯說。「我……」他在阿達瑪開始開鎖時立刻發現自己犯的錯。烏斯肯氣呼呼地靠牆而立。「我應該說他隨時會回來的。」

「你很不會騙人。」阿達瑪表示。

「對，我不會。校長問我有沒有人進過校長室時，我也不會說謊。」

「來吧，他不會知道的。」

「他當然會知道，他怎麼……」

門鎖傳出喀啦一聲，阿達瑪輕輕推開校長室的門。這間辦公室比較像一般人印象中的大學辦公室，到處都是書和紙。椅子、桌子，甚至地板上都有吃到一半的餐盤。房內聳立著比人高兩倍的書櫃，都塞到滿出來，被隨便堆疊在上面的書壓到變形。

「什麼都別動。」烏斯肯說。「所有東西的位置他都一清二楚。如果你……」烏斯肯看了阿達瑪一眼，隨即閉嘴。「好了，讓我來找那本書。」他悶悶不樂地說。

阿達瑪待在校長室的紙墨叢林外緣，看著烏斯肯以祕書的優雅姿態去找尋那本丟失的書。他拿起紙張，移開餐盤，不過所有東西都會回到原先的位置。

阿達瑪踮起腳尖，打量辦公室。「是那本嗎？」他指向校長書桌中間。

烏斯肯從校長的椅子上抬起頭來。「喔，對。」

阿達瑪輕手輕腳走過房間，小心翼翼地拿起那本書，開始翻閱。烏斯肯來到他身旁。

「沒有書頁損毀，」阿達瑪回報。他掃視書頁，迅速翻閱，找尋他要的那幾個字。他在書的後記中找到了，最後一頁。

阿達瑪大聲朗誦：「他們會以性命守護克雷希米爾的承諾，因為一旦違背承諾，九國將不復存在。」他掃視那一頁，還有那頁背面，然後是前一頁，沒有其他相關的內容。他皺眉看著那一頁。「毫無道理可言。」

烏斯肯戳了戳書的中間，書脊部位。

「幹嘛？」

「還是有幾頁不見了。」烏斯肯說。「一半的後記。」他聲音氣得發抖。

阿達瑪細看。沒錯，最後幾頁被撕掉了。這本書裝訂方式不同，不容易看出書有掉頁。他嘆氣。「哪裡可以找到別本？」

烏斯肯搖頭。「或許公立檔案處有。我想諾培斯大學應該也有一本。」

「我可不會因為諾培斯大學可能有一本就坐半個月馬車過去。」阿達瑪闔上書，將書放回桌上。「我得去公立檔案處一趟。」

「暴動。」烏斯肯在阿達瑪出門時提醒他。

阿達瑪停步。

「他們會把檔案處鎖起來。」烏斯肯說。「檔案處有稅籍資料、家族史，甚至還有保險箱。他們有守衛，阿達瑪。」

那些是他被抓到才須要擔心的事。「謝謝你的幫忙。」阿達瑪說。「如果有新的發現，請通知我。」

7

坦尼爾看著暴民有系統地沿著街道移動，不知道他們會不會給自己帶來麻煩。城內陷入混亂，馬車翻覆、房子起火、屍體躺在大街上遭遇洗劫或更糟糕的命運。煙霧像布幕般籠罩城市上方，似乎永遠也吹不散。

坦尼爾隨意翻開他的素描本，本子攤開到芙蘿拉的畫像。他停頓了一下，然後一手抓住書脊，用力撕掉那一頁。他把紙頁捏成球，扔到街上。但當他看著素描本上的撕痕，立刻又後悔了。他沒錢買新的素描本。他在法特拉斯塔變賣了所有財物，買了一枚鑽戒，而他把那枚鑽戒釘在捷爾曼某名紈褲子弟身上。他還能看到對方肩膀噴血的畫面，他把戒指套在對方的劍上，然後插入那人體內。他本來可以留下那枚戒指的，應該把它當了。他強忍喉中的哽咽，後悔當時沒對站在臥室門口用床單遮住胸口的芙蘿拉隨便說點什麼。

他看看附近的鐘樓。再過四個小時，他父親的士兵就會開始重建秩序。午夜過後還留在街上的暴民將會碰上戰地元帥湯瑪士的部隊，士兵或許會因此遇上麻煩。最近艾鐸佩斯特有很多亡命之徒。

「妳怎麼看那兩個傭兵？」坦尼爾問。他彎下腰，撿起被扔在地上的素描紙團，在腿上壓平，摺起來塞回素描本裡。

卡波聳肩。她看著逼近的暴民，領頭的是名壯漢，身穿破舊工作褲、手持棍子充當武器的農夫，八成是搬來城裡去工廠做工，但沒辦法加入工會。對方看見坦尼爾和卡波站在一間閉門的店門口，於是轉向他們，舉起棒子。看來會有更多的受害者。

坦尼爾的手指滑過羊皮外套邊緣，碰觸腰間的槍柄。「你不會想在這裡惹麻煩的，朋友。」他說。一旁的卡波將手握成小拳頭。

農夫的目光落在坦尼爾胸口的銀火藥桶徽章上。他連忙停步，對身後的人說話，他們立刻轉身，剩下的人跟了上去，一邊神色不善地暗自打量坦尼爾，但他們都不想招惹火藥法師。

坦尼爾鬆了口氣。「那兩個傭兵已經走遠了。」

榮寵法師傭兵祖蘭和破魔師高森，在一小時前去追蹤榮寵法師的下落了。他們說她在附近，會把她找出來，再回來找坦尼爾和卡波。坦尼爾開始覺得自己二人被丟下了。

卡波用拇指比了比胸口，然後遮在眼睛上，探頭出去，彷彿在找東西。

坦尼爾點頭。「對，我知道妳找得到她。」他說。「但我要讓這些傭兵先出點力。他們就只有這點用處——」

坦尼爾的腦袋猛地撞上身後的牆壁，耳朵被突來的爆炸聲震痛。卡波摔在他身上，他在她落地前抓住她扶穩，搖頭擺脫耳鳴。

他曾在半哩外感受過軍火庫爆炸的威力，這次感覺很像，不過他的標記師直覺告訴他，這不是火藥，是魔法。

距離兩條街左右的位置有道火柱沖天而起。火柱稍縱即逝，接著坦尼爾聽見慘叫聲。他查看卡波的狀況。她瞪大雙眼，不過似乎沒受傷。「來吧。」他對她說，然後開始奔跑。

他跑過站在鵝卵石上的暴民，他們就像被怒拳打倒在地上的玩具，之後轉過彎朝爆炸處奔過去。途中，他撞上某個人，摔倒在地，又迅速起身。他瞥了一眼撞上的人，跑出兩步，突然覺得有些不對勁。那是一名灰髮老女人，穿著樸素的棕色外套和裙子，還有榮寵法師手套。

坦尼爾立刻轉身，拔出手槍。

「站住！」他大叫。

卡波衝出轉角，剛好擋住他的射線。他壓低手槍，朝她跑去，透過她的細瘦肩膀看到榮寵法師轉身，手指舞動。坦尼爾在榮寵法師接觸艾爾斯時感覺到火焰的高溫。

坦尼爾抓住卡波將她撲倒在地。一顆拳頭大小的火球掠過他的臉龐，高溫令他頭髮捲曲。他舉起手槍瞄準，感覺火藥狀態的冷靜襲體而來，讓他專注在瞄準、火藥和目標上。他扣下扳機。

本來會擊中心臟的子彈，因為老女人一個踉蹌，打到她的肩上。她抽動一下，對他怒吼。

坦尼爾環顧四周，他得找掩護裝填彈藥，二十步外的老磚牆倉庫看起來不錯。「該走了。」坦尼爾對卡波喊道，拉起她，奔向倉庫。

他透過眼角餘光看見榮寵法師的手指在動。榮寵法師接觸艾爾斯的畫面十分迷人，如果那個榮寵法師不是要殺你的話。根據他們對元素的研究，技巧高超的榮寵法師能夠拋擲出火球或召喚閃電。

坦尼爾感覺地面震動。他們躲在倉庫裡，但是整座倉庫都在搖晃。他感覺自己的喉嚨不由自主發出尖叫，期待那股力量會撕裂倉庫，摧毀他們。

倉庫裂開，猛烈震動，但沒有爆炸。牆上的裂縫冒出濃煙，呼嘯聲破空而來，接著一切都靜止下來。他們還活著。有東西阻止了榮寵法師本來要對他們施展的法術。

坦尼爾瞥了卡波一眼。他覺得一口氣斷斷續續離開身體。「是妳做的嗎？」

卡波露出難以解讀的表情。她伸手一指。

「對，去追她。來吧！」

他衝到街上，把手上擊發過的手槍換成另一把填裝好子彈的手槍，在看見祖蘭和高森奔向他們時停下腳步。

祖蘭的臉看起來彷彿被一桶火藥炸過。她頭髮燒焦，衣服也被熏黑了。高森的表情亦十分狂野，衣服上處處是焦痕，但魔法照理說動不了他才對。他手中的劍少了一呎劍刃。

「你們兩個天殺的幹了什麼？」坦尼爾問。「你們應該要回來找我一起去追殺她。」

「我們用不著他媽的標記師礙事。」祖蘭比了個粗魯的手勢。

「她不應該知道我們在那裡的。」高森說。他看起來有點羞愧。「但她就是知道了。」

「那是她幹的？」坦尼爾指向高森的斷劍。

高森皺眉。「喔，看在地獄的份上。」他將損毀的劍丟在地上。

「繼續站著說話就會跟丟她。」坦尼爾說。「現在，祖蘭，包抄她，我——」

「我不聽你指揮。」祖蘭說著，湊上前來。「我會直接殺了她。」她拉拉手套，拔腿就跑。

「可惡！」坦尼爾甩了高森肩膀一掌。「你跟我走。」

他們跑進一條側巷，抵達下一條大道，和祖蘭平行前進。

「到底怎麼回事？」坦尼爾問。

「我們在天文學用品店找到她，」高森喘著氣，邊跑邊說，身上的劍、釦環和槍都在晃動。「我們繞到店後面，確認所有出口，然後布置陷阱。正當我們準備進去對付她時，那間店的門面整個炸開。祖蘭勉強發動護盾。我能感受到爆炸的高溫！照理說這應該不可能發生，我應該有辦法消除所有她從艾爾斯裡召喚出來的靈氣才對。來自艾爾斯的火焰、高溫、能量都不該動得了我，偏偏我又感受到了。」

「所以她法力強大。」

「非常強大。」高森說。

坦尼爾看見祖蘭衝過隔壁街道的巷口。他突然停步，深吸口氣，指示高森也停下來。不太對勁。他回頭。

「卡波？」

她停在巷口，手指抵住嘴唇，雙眼半開半合。她指向巷子。

坦尼爾指示高森先走，他能消除任何朝他們攻擊來的陷阱或魔法。坦尼爾舉起手槍，瞄準高森肩膀上方。巷子裡十分髒亂，到處都是垃圾、泥巴、糞便，還有幾個破爛桶子，但都沒有大到能躲藏人的障礙物。在正午的陽光下，巷子裡十分明亮。

「那裡！」高森衝上前去，坦尼爾看見巷子前方有動靜。他眨眼，努力想看清楚。感覺像是光線朝內照射，製造出淺淺的影子，足以供人藏身。

空氣閃耀，被一股即將爆發的魔法扭曲。高森大叫，頸部血管突起。坦尼爾開槍。子彈彷彿擊中金屬般擦過她皮膚，彈落地面。榮寵法師伸出雙手，高森瞬間向後跌倒在地。

磚牆上有把手能讓人爬上屋頂，榮寵法師以遠比外表年輕的力量和速度爬了上去，在坦尼爾重新裝填一把槍的時間內爬了兩層樓抵達屋頂。他吸了一口火藥，爬上去追人。

「別跟丟了！」坦尼爾回頭對高森叫道。卡波又衝回剛剛的大街，同步追蹤榮寵法師。

坦尼爾翻身躍上屋頂，前方的榮寵法師跳到隔壁屋頂上，轉身朝他拋擲火球。火藥狀態充斥在坦尼爾體內，他能看見她的魔法靈氣，能感應出火球的軌跡。他矮身滾地而起。她轉身就走，在瓦片屋頂上踉蹌奔跑。

坦尼爾輕鬆跳過下一座屋頂，期間因為屋頂傾斜，他短暫失去了榮寵法師的蹤跡，不過她在翻越下一座屋頂時再度出現。他開槍射擊。

他又一次擊中她，但她仍然沒有倒下。他命中目標，打中對方的脊椎，她應該要死了，至少也該重傷失血，但她甚至沒有絆倒。

坦尼爾怒吼。他收起手槍，甩過背上的來福槍，裝上刺刀。他得採取困難的做法。完全進入火藥狀態的火藥法師能夠把馬撞翻。他和她距離兩棟房子。她跳過屋頂，腳尖勉強碰到下一棟房子的屋簷，一個失足差點跌落，連忙伸手抓住屋瓦。

坦尼爾跳過屋頂，空間頗有餘裕。他停止衝勢，準備拿刺刀貫穿她的眼睛。她鬆手，讓自己墜落到下方的街道上。

坦尼爾暗罵一聲，遲疑片刻，跟著跳下去。即使在火藥狀態下，他落地時還是感到膝蓋劇痛，身軀顫抖。他蜷伏在榮寵法師身邊，而對方已經起身。他本能反應刺出刺刀，感覺自己有刺中目標。

女人身體一癱，手套離他腦袋不到一呎。她年華老去，但可以看出從前十分美麗，如今皮膚飽歷風霜，眼角滿是皺紋。她倒抽一口涼氣，接著推開坦尼爾的刺刀。

「你不知道現在是什麼情況，小子。」她的語氣陰森恐怖。

坦尼爾聽見高森滿身武器噹啷亂響，看著破魔師跑到自己身邊，舉起手槍。

坦尼爾感覺地面震動。

「趴下！」高森跳到坦尼爾和榮寵法師中間。

地面爆裂，自他們腳下坍塌。坦尼爾全身都在壓力釋放下尖叫。他覺得自己彷彿夾在峽谷底部，被當作一場爆炸的燃料。他耳朵啪啪作響，頭暈眼花，腦袋抽痛。

石塊宛如雨點般自四面八方墜落。

塵土開始消散時，坦尼爾看見高森伏在他身上，神情吃痛。破魔者睜開一隻眼睛，嘴唇動了動，但坦尼爾聽不見聲音。

整個世界都在搖晃。坦尼爾站起身來，環顧四周。卡波自煙霧中走來，祖蘭跟在她後方不遠處。兩側的房屋完全消失，連地基都被摧毀，潮濕的地窖塞滿石塊，到處都飄散著粉塵。廢墟中有血跡和肉塊，爆炸當時那些房子裡有人，而他們和爆炸之間沒有破魔者擋道。

坦尼爾在顫抖中吸氣。

祖蘭直接走到坦尼爾面前，一把將他推倒在地。卡波跨步來到他們中間，以沉默的目光逼退祖蘭。坦尼爾過了好一會兒才恢復聽力，聽出祖蘭在吼什麼。

「……放她走！你讓她逃了！你這個天殺的白痴！」

坦尼爾重新站定，伸手抵住卡波肩膀，輕輕推開她。

祖蘭跨步上前，一拳打在他臉上。他腦袋後仰，然後下意識抬手接住她的下一拳，把她的手扭到背後。他甩了她一巴掌。「給我退下。」坦尼爾轉身吐血。「她死了。沒人能在那種爆炸中存活。」

「她才沒死。」祖蘭臉頰漲紅，但沒有繼續攻擊。「我還能感應到她。她逃走了。」

「我的刺刀入體三指！她不可能逃得掉。」

「你以為鋼鐵傷得了她？真的傷得了她？你什麼都不懂。」

坦尼爾深吸口氣，讓情緒冷靜，然後吸了一口火藥。「卡波，」他說。「她還活著嗎？」

卡波將坦尼爾的來福槍握在小手裡，手指輕觸刺刀邊緣的血跡。她將血抹在手指上，過了一會兒，她點頭。

「妳能追蹤她嗎？」

卡波再度點頭。

祖蘭嗤之以鼻。「就連我也找不到她。」她說。「她掩飾了行蹤。即使受傷，她還是比你們想得更強大。這個天殺的女孩找不到她。」

「波？」

卡波輕哼一聲，轉過身去。她停頓片刻，弄清楚方向，然後伸手一指。

「我們找到方向了。」坦尼爾說。「冷靜下來，觀摩真正的獵人怎麼追蹤獵物。」他比向卡波。「帶路。」

坦尼爾伸手遮雨，抬頭看向祖蘭。她站在他面前，雙手交抱，逞凶鬥狠的笑容扭曲她臉上的疤。「已經兩天了。」她說。「承認你的野人寵物找不到那婊子，讓我們從這場大雨離開，去告訴湯瑪士我們遇上麻煩。」

「這麼容易就放棄了，嗯？」坦尼爾的手在陰溝裡摸索，努力不去想有什麼東西流過他的手指。暴風渠道裡面什麼都有，人體排泄物、動物屍體，外加所有堆在街上的垃圾和泥巴。在這種風暴中，那些東西全都會被沖入地底的下水道。現在水道堵住了，坦尼爾連肩膀都泡在雨水和污水裡，他享受那種感覺，就像享受祖蘭持續不斷的嘲弄。「妳知道在工作結束前，湯瑪士不會付錢，是吧？」他提醒她。

「我們會找到她，」祖蘭說。「只是不是今天，不是這種天氣。這場風暴是她引起的，我感覺得出來。靈氣迴旋，出自艾爾斯。風暴遮蔽了她的蹤跡，不過等到雨停，我就能再度找出她的蹤跡。」

「卡波已經找出她的蹤跡了。」坦尼爾繼續伸手摸，臉頰上都是污水。他摸到一塊硬物，將之握住，拉出水面。

「她在街道地面上留下足跡，讓你到處亂挖水溝……那是什麼鬼東西？」

坦尼爾站起身來。他手中的一團灰泥塊看起來像是從一百雙鞋底刮下來的穢物。那玩意兒的味道極其噁心，他將之拎得老遠。整塊東西都黏在一根長木頭上。隨著一陣空氣擠壓的「唧唧」聲，他腳下的泥水開始慢慢排出。

「我認為這是斷掉的手杖。」坦尼爾說。

卡波走過來研究那塊臭泥。她用手指戳它，偏過頭，透過鼻梁仔細檢查。她手指突然插進去，夾了某樣東西出來。

祖蘭湊上前。「什麼東西？」她搖頭。「什麼都沒有，蠢女孩。」

坦尼爾在附近能找到最乾淨的一灘水裡洗手，然後從高森手中接過他的上衣和羊皮外套。他對祖蘭說：「妳眼睛不夠銳利，那是根頭髮，榮寵法師的頭髮。」

「在這堆泥巴裡找出榮寵法師的一根頭髮？不可能。就算真是她的頭髮，你的野人又能拿來幹嘛？」

坦尼爾聳肩。「找她。」

卡波走到一旁，打開她的背包。她背對他們忙碌了半天，再度轉身時，她把背包掛回肩上，輕輕點頭。她拍拍自己胸口，做了個「抓住」的手勢。

坦尼爾一邊扣上衣鈕釦，一邊笑道：「找到她了。」

他們攔了輛出租馬車。卡波坐在車夫旁邊，為對方指引方向，坦尼爾、祖蘭和高森爬進車內。關上門後，祖蘭發出作嘔的聲音。

「你聞起來好臭。」她說。「我寧願在外面淋雨，也不要和你坐在車裡。我去站踏板。」她又回到車外。不久後，馬車開始前進。

「卡波能靠一根頭髮追蹤榮寵法師？」高森在他們出發十分鐘後問道，兩人的膝蓋近到令人不適。

「單靠一根頭髮不容易。」坦尼爾說。「越多越好。刺刀上的血、街道上的指甲——這個榮寵法師會咬指甲——還有睫毛。一樣東西引向另外一樣。她手中的東西越多，要追蹤就越容易。如果要偷襲這個榮寵法師，我們就要找出確實的位置。」

坦尼爾打開素描本翻閱，翻到塞有芙蘿拉畫像的那頁時停頓了一下，然後繼續翻到畫了一半的榮寵法師頁面。那是他透過記憶描繪出的人像，他是四人當中唯一近距離看過她的人。高森打量畫像片刻。看完之後，坦尼爾闔上素描本，收進外套裡。

「卡波的魔法如何運作？」高森問。

「不知道。」坦尼爾說。「我沒看過她施法。總之不是我們認知中的魔法。不用動手指，不召喚元素靈氣。」他很久以前就放棄理解她的魔法了。

高森清了清喉嚨。他沒有直視坦尼爾，不過臉上浮現一抹狡詐的笑容。「祖蘭和我，我們打了一個賭。」

坦尼爾在手背上拍出一道火藥粉末，吸掉。「賭什麼？」

「祖蘭認為你在上那個野人，我說你沒有。」

「這可不是紳士會打的賭。」坦尼爾說。

「我們都是當兵的。」高森說，笑容擴大。

「賭多少？」

「一百克倫納。」

「女人的直覺不過如此。跟她說她欠你一百。」

「我就知道。」高森說。「男人比女人好猜多了。你時不時會瞥向她——那個野人——不過模樣只有一點渴望，不是情人的表情。」

坦尼爾皺眉看著破魔者，然後改變坐姿，不確定該做出什麼反應。如果旁邊都是軍官，他就會叫高森出來決鬥。不過在這裡……好吧，正如高森所說，他們都是當兵的。

「她只是個孩子。」坦尼爾解釋。「再說，我認識卡波的這段時間裡都和另外一個女人有婚約關係。」

「啊，恭喜。」

「婚約解除了。」

「抱歉。」高森移開視線。

坦尼爾又拍了一道火藥在手上，神情輕蔑地揮揮鼻菸盒。「沒關係。」他吸掉黑火藥，深吸口氣，把頭靠上車壁。他聽著車頂的雨滴聲、馬蹄聲和車輪轉動聲。太多能掩沒思緒的雜音了。

此時此刻，芙蘿拉在哪裡？或許剛抵達艾鐸佩斯特，又或許已經來了又走，去執行湯瑪士的任務了。自從將那個傢伙釘在牆上，看著對方像蝴蝶一樣在劍下掙扎後，每當遇上片刻寧靜，他都要阻止自己去想，究竟出了什麼問題？他跑去法特拉斯塔，他為了取悅湯瑪士而加入戰局，他讓她寂寞太久了。睡她的是專門玩弄女人的傢伙。這是他的錯，不是她的。

他握緊拳頭，收斂怒氣。他生氣是因為他愛芙蘿拉，還是因為有別的男人染指他的女人？芙蘿拉真的是他的女人嗎？坦尼爾完全想不起來他沒有要娶芙蘿拉的日子了。湯瑪士一有機會就把他們湊在一起。她是天賦異稟的火藥法師，他們生的孩子很可能也是。湯瑪士多年來一直鼓勵他們在一起。如果有什麼值得一提的，那就是芙蘿拉比較像是湯瑪士未過門的媳婦，而不是坦尼爾未過門的妻子。他嚥下那個想法，還有隨著令湯瑪士失望而來的滿足感。現在，坦尼爾不用為了結婚而結婚，可以自己挑選妻子，不用管事先安排好的火藥法師新娘。或許找卡波。坦尼爾不顧高森好奇的目光笑出聲來。他如果真的娶了外國野人，湯瑪士的臉色肯定很難看。笑意很快就消失了，他抗拒著打開素描本看芙蘿拉畫像的欲望。

「非常高級的地區。」高森說，將坦尼爾拉回現實。破魔師拉開窗簾打量外面。片刻過後，馬車停下。坦尼爾打開車門。

他們在撒馬利區，天空都是濃煙，夾雜著小雨，刺痛坦尼爾的眼睛。附近很安靜——暴民已在兩天前鎮壓完畢，曾經莊嚴華麗的建築所剩無幾，只餘冒煙的廢墟和淒涼的房舍。

除了眼前這一棟。

這間獨棟房屋有三層樓高，以古老灰石搭建，仿照古城堡建造，有矮護牆和步道。牆壁被大火燒黑，但房子本身完好無損。原因顯而易見。

矮護牆上有士兵巡邏。有人拆掉街上的石板，在大門前堆建及腰高的石牆。那道牆後面蹲了很多手持火槍的士兵，正充滿敵意地盯著坦尼爾的馬車看。

坦尼爾跳出馬車。祖蘭已經站在地上，戴上手套。卡波從車夫旁邊下車。

「這是誰家？」坦尼爾詢問車夫。

男人搔搔下巴。「魏斯伊凡將軍家。」

房子裡跑出一隊士兵，朝他們接近。坦尼爾感到腹部絞痛。他們身穿非常眼熟的灰白制服，頭戴國王黑爾衛士的高羽帽。黑爾衛士應該已經死光了才對，但他們出現在這裡，守護前任國王侍衛長家。魏斯伊凡將軍年近八十，從任何標準來看都是老人，但據說他依然敏銳過人。艾卓的指揮官裡，只有魏斯伊凡的聲望可與湯瑪士相比。

「將軍在城內嗎？」坦尼爾問。如果在的話，湯瑪士肯定會對付他。他們絕不可能留下這種後患。

「謠傳他已經回城了。」車夫說。「他本來應該要在諾維休假的，但他取消假期了，昨天剛剛回來。」

坦尼爾看向卡波。「你確定她在這裡？」

卡波點頭。

「見鬼了。」

黑爾衛士停在五步外。他們隊長是個臭臉老人，比坦尼爾高半個手掌，嘴角在視線掃過坦尼爾的火藥桶徽章時輕蔑上揚。

「你們房子裡有個女人，」坦尼爾輕觸手槍說道。「榮寵法師。我奉戰地元帥湯瑪士之命前來逮捕她。」

「我們不奉叛徒號令，小鬼。」

「所以你們承認在保護她？」

「她是將軍的客人。」隊長說。

客人。魏斯伊凡將軍不但統領黑爾衛士，還有榮寵法師？情況有點棘手。他看見樓上窗口和矮護牆後都有來福槍瞄準他們。黑爾衛士隊長攜帶劍和手槍，他的兩名護衛手持長柄來福槍，裡面裝有拳頭大小的子彈——那是空氣來福槍的汽缸，是不會受到火藥法師能力影響的武器。上面的狙擊手肯定有幾個也拿這種武器。

在祖蘭和破魔師的幫助下，他有很大的機率能闖入屋內，但對付士兵是一回事，對付榮寵法師又是另一回事。

他感應到祖蘭接觸艾爾斯，揚起一手。「不，」他說。「退下。」

「我他媽的不退。」祖蘭說。「我會燒光這群人——」

「高森，」坦尼爾轉而下令。「阻止她。」他得離開此地去警告湯瑪士。如果魏斯伊凡將軍在城裡，要不了多久就會採取行動。將軍會盡速進攻，直指要害。坦尼爾舔濕乾裂的嘴唇。「我們先撤。」

「長官。」一名黑爾衛士說。「他是雙槍坦尼爾。」

隊長瞇起雙眼。「你哪都不能去，雙槍。」

「進馬車。」坦尼爾說。「我們走。車夫！」

士兵壓低火槍。坦尼爾跳上馬車踏板，拔出手槍順勢揮動，在一名黑爾衛士舉起武器前射中對方胸口。他把手槍丟入車窗內，看向黑爾衛士，透過感知力尋找他們的火藥。有兩個人攜帶標準火槍，隊長也有佩帶手槍。他們都有備用火藥。

他輕易找出他們的火藥筒，動念接觸火藥，激發火星。

爆炸差點把他震下馬車。馬兒驚叫，坦尼爾在牠們受驚狂奔時死命穩住馬車。他回頭看了一眼。黑爾衛士隊長被炸成兩半，他一個夥伴奮力坐起，其他人都淪為路上的血肉塊。沒人想到要朝逃走的馬車開槍。

車夫終於將馬控制住，坦尼爾探頭到車內。

「我本來能燒光他們。」祖蘭說。

「然後妳會把我們全部都害死。他們至少有兩打士兵拿空氣來福槍瞄準我們，更別提屋裡那個榮寵法師了。我要你們兩個先下車，回去監視那間屋子。如果榮寵法師離開，跟蹤她，但不要嘗試進攻。」

「你要去哪裡？」高森問。

「警告我父親。」

坦尼爾爬到車夫旁，請他暫時先放慢車速。高森和祖蘭從另一側跳車，衝進一條巷子。坦尼爾暗自希望他們違背命令，進攻那間房子，這樣他就不用繼續和那些人打交道了。但他用得上破魔師。

「我會付你很多錢。」坦尼爾對車夫說。

車夫點頭，嘴巴抿得死緊。

「帶我們去貴族議院。」坦尼爾說。「越快越好。」

8

「歐蘭，」湯瑪士說。「你知道有人寫了一本關於我的傳記嗎？」

本來輕鬆靠在門邊的歐蘭立刻抬頭。「不，長官，我不知道。」

「知道的人不多。」湯瑪士十指相抵，凝視房門。「皇家法師團把我的傳記盡數收購，然後燒掉——好吧，至少是大部分。作者桑默塞領主為此在國王面前失寵，被逐出艾卓。」

「皇家法師團不喜歡他的觀點？」

「喔，一點也不喜歡。他非常偏向火藥法師，說他們是絕佳的現代武器，有朝一日會徹底取代榮寵法師。」

「危險的推斷。」

湯瑪士點頭。「我有點愛慕虛榮，覺得那本書還滿好看的。」

「書裡怎麼寫你？」

「桑默塞宣稱我的婚姻讓我保守，兒子出生給了我慈悲，而妻子之死從客觀方面強化了這兩種特質，讓它們成為有用的特質。他說我在葛拉戰爭中晉升到戰地元帥是千年來艾卓軍隊最大的好事。」湯瑪士輕蔑揮手。「大部分都是瞎說，不過我想坦白一件事。」

「長官？」

「有時候我完全感受不到慈悲、公義或任何情緒，只有純粹的憤怒。有時候我會覺得自己變回所有問題都能靠二十步手槍決鬥解決的二十歲。歐蘭，那是一個指揮官所能浮現最危險的感覺。這就是為什麼，如果我看起來像是要失去理智時，我要你告訴我。不要遲疑，不要禮貌性咳嗽，直接對我說。你能做到嗎？」

「可以。」歐蘭說。

「很好，那就讓芙蘿拉進來。」

湯瑪士看著兒子的前未婚妻面露不安地走進來。很多人認為湯瑪士冷酷無情，他鼓勵大家這樣想。或許他的兒子曾為此受苦，但湯瑪士知道自己老謀深算的本性下還是有脾氣的，而這輩子第一次，他想開槍打女人。

湯瑪士十指交扣放在面前的書桌上，嘴角僵在微笑和冷笑之間，露出難以解讀的表情。

芙蘿拉是名黑髮美女，五官古典、臀部豐滿，繃緊的艾卓士兵藍制服襯托出她小巧的胸型。她父親是男爵繼承人，幾次投資失敗賠光了所有家產，整個家族最後的財產投入在法特拉斯塔的一座金礦裡——開挖兩個月就挖空了的礦場。他在最後一次失敗一個月後去世，當年芙蘿拉才十歲，僅存的幾個親戚把她送到寄宿學校。幾個月後，薩邦找到她。她是遭人遺棄的孩子，卻擁有特殊天賦：她不只能和大部分標記師一樣從幾十步外點燃火藥，她的點火距離更高達數百碼。湯瑪士收留她，培養她，讓她展開軍旅生涯。而這一切究竟出了什麼差錯？

「長官，」她在他面前立正站好。湯瑪士發現自己盯著她頭上某個隱形的東西看，努力壓抑怒氣。「火藥法師芙蘿拉報到，長官。」

湯瑪士皺眉。她從十四歲起就一直叫他湯瑪士，沒人對兩人表現出的熟稔發表過意見。她對待他的方式比坦尼爾對他更像父親。

「坐。」湯瑪士下令。

芙蘿拉坐下。

「薩邦告訴妳現在的情況了？」他感覺得到她在觀察他的表情，於是讓目光停在她頭頂上。

「我們折損了很多人，長官。」她說。「失去很多朋友。」

「火藥法師團受到重創，我現在需要法師。我本來想把妳留在……」捷爾曼大學，他在腦裡補充，讓她繼續她的觀察，繼續背叛他兒子。湯瑪士清清喉嚨。「這裡用得上妳。」

「我來了。」她說。

「很好。」湯瑪士說。「我會派妳去城北的七十五軍。那裡要鎮壓暴動，還有……」敲門聲打斷湯瑪士說話。歐蘭推開一點門縫。一名保鏢塞入一份公報，然後在門外和某人低聲交談。

「湯瑪士，」芙蘿拉突然說。「如果可能，我想和坦尼爾一起出勤。」

湯瑪士身體一震，極力壓抑他的怒氣。「麻煩妳叫我『長官』，士兵。」他大聲道。「不，不可能。我們要鎮壓城裡的暴動，妳要被調去七十五軍。」他不會讓坦尼爾經歷這種事。他很冷酷，但不殘酷。

歐蘭揮了揮公報。「長官。」他說。

「什麼事？」

「有麻煩。」

「什麼麻煩？」

「部隊遭遇路障。」

「然後呢？」

「大路障，雖然是倉促建造出來的。組織嚴密，不是普通強盜。」

「哪裡？」

「森泰斯特夏爾。」

「離這裡不到一哩。他們和路障起衝突了嗎？」

「是。」歐蘭說。他看起來不太高興。「保王分子，長官。」

「他們遲早得出門透氣。」湯瑪士說。「沒有國王的國王人馬。人數？」

「不知道。似乎一夜之間人數大增。」

「他們占據了多少領地？」

「我說了，長官，森泰斯特夏爾。」

「什麼，整個市中心？」

歐蘭點頭。

「真是見鬼了。」湯瑪士靠回椅背上。他目光垂到芙蘿拉身上，對她的憤怒，以及因這群為死去國王枉送性命之人而感到愚蠢，兩股情緒天人交戰。他覺得自己的手在抖。「為什麼？」這話違背他的意願脫口而出。他立刻自責，應該要更能控制自己才對。他強迫自己對上芙蘿拉的目光。妳為什麼背叛我兒子？

他在那雙眼裡看見哀傷。一個寂寞又悲哀的女人，犯了大錯的小孩眼神。那雙眼睛讓他怒不可抑。他站起身，椅子被撞倒在地。

「長官！」歐蘭大叫。

「做什麼？」湯瑪士幾乎是對著他大吼。

「時間地點不對，長官！」

湯瑪士感覺自己的下巴無聲地動了動。我確實有叫他阻止我。辦公室門突然被撞開。坦尼爾氣喘吁吁地衝進來，像是跑了五層樓上來。他看到芙蘿拉，整個人僵在門口。

芙蘿拉起身。「坦尼爾。」

「這是幹嘛？」湯瑪士問，努力讓語氣保持冷靜。

「魏斯伊凡將軍在和那個榮寵法師合作。」

「魏斯伊凡在諾維休假，我展開政變前確認過此事。」

「他昨天回來的。我剛從他家過來，至少有兩打黑爾衛士在守衛。我們追蹤榮寵法師到那裡，但沒辦法闖進去。她是他的客人。」

「他肯定不在城裡，他們或許只是拿他家當行動據點。」

坦尼爾大步走入房，停在芙蘿拉旁邊，目光對著父親。「如果魏斯伊凡在城內，他會以最快的速度行動。他隨時都可能進攻。」

湯瑪士往後靠，思索這則情報。退休許久的黑爾衛士指揮官魏斯伊凡將軍是位傳奇人物，貴族和平民都尊重他，打過的勝仗橫跨半個世界。他是國內外少數湯瑪士認為真能和自己平起平坐的軍人，但他卻是個徹頭徹尾的保王分子。

湯瑪士把決鬥手槍盒拉到面前，開始裝填彈藥。「歐蘭，把貴族議院中不是第七旅的人通通趕出去。貴族議院安全後，我們再去處理路障的問題。魏斯伊凡將軍或許是幕後主使。」

歐蘭飛快地離開房間。

剩下的人跟隨湯瑪士步入走廊，走下樓梯。歐蘭在二樓再度遇上他們。這層樓擠滿了人——城市居民、農夫、貧窮的商人，感覺城裡有一半的人都擠到這條走廊上。歐蘭得要動手推人才能擠到湯瑪士身邊。

「長官。」歐蘭說。「屋裡人太多了，我們要幾個小時才能清空閒雜人等。」

湯瑪士皺眉。「這些都是什麼人？」他面前已經排了一條隊伍，但看不出最前面在做什麼。他抓住身邊的人，從他的工作服和口袋上繡的鎚頭來看是個製鐵工人。「你是來幹嘛的？」

對方微微發抖。「啊，抱歉，先生，我是來抗議新稅率的。」他朝隊伍前面一指。「我們全部都是。」

「新稅率還沒公布。」湯瑪士說。

「國王萬歲！」

湯瑪士耳邊響起槍聲，對方匕首還沒拔出來，人已經倒地。芙蘿拉立刻重新裝填手槍，湯瑪士另一側的坦尼爾則拔出雙槍。

整條走廊的人都展開行動。人們脫下斗篷和外套，拔出藏在底下的武器，劍、匕首、手槍，甚至還有幾把火槍。片刻前還是一條平民組成的隊伍，霎時間變成一群武裝暴民。

他們喊著同樣的口號，開始攻擊湯瑪士的士兵。「國王萬歲！」

歐蘭撲到湯瑪士和人數最多的暴民群之間，先開了一槍，接著拔出劍，轉眼砍傷三名保王分子。湯瑪士拔劍，大聲下令：「集合！第七旅的弟兄們，過來集合！」

措手不及的士兵被人砍倒。走廊上擠了太多保王分子，他們的陷阱發動了，但他們沒料到會遇上三名火藥法師和歐蘭的猛烈抵抗。

「回樓梯上，長官。」歐蘭叫道。「上樓！」

他們且戰且走，衝回樓梯。保王分子大舉來襲，企圖靠數量取得優勢。湯瑪士趕到歐蘭旁邊阻擋他們，芙蘿拉和坦尼爾則從他們身後開槍。樓梯間很快就瀰漫了硝煙。湯瑪士吸了一口硝煙，細細品味。

走廊上出現黑白制服——黑爾衛士，僅存的國王貼身護衛。一共有十二個人，手持最頂級的空氣來福槍，槍頭裝上刺刀，毫不猶豫地展開衝鋒。這些不單純是保王分子，更是訓練有素的殺手，甚至比湯瑪士最強的士兵還強。他們寧死也不會動搖或撤退。

不過，雖然黑爾衛士手持空氣來福槍，但暴民們不是。湯瑪士感覺芙蘿拉引爆了一根火藥筒，黑爾衛士旁邊有個男人被炸開，濺得眾人滿身血肉，還炸倒了兩名衛士。湯瑪士釋放感知，點燃一個男人尚未開火的火槍。突來的爆炸炸爛了他身旁女子的臉。

他們爬上三樓，黑爾衛士緊跟在後。就在他們準備繼續往上爬時，底下傳來一聲空氣來福槍的擊發聲。那種聲響會讓標記師血液凝結，因為標記師知道那槍是朝自己開的。

芙蘿拉被絆跤，摔倒在樓梯上。上方的坦尼爾立刻跳向她，將環形刺刀插入步槍口，用無聲的咆哮迎擊黑爾衛士的衝鋒。他的刺刀宛如老練的屠夫般劃過一名黑爾衛士脖子，接著向旁閃過一把刺刀，抓住另一名黑爾衛士。對方比他高一個手掌，至少重三石。坦尼爾揚起槍柄，將黑爾衛士的鼻子打入腦袋裡。士兵一聲不吭，摔倒在地。觀看兒子作戰讓湯瑪士熱血沸騰。他或許是雙槍坦尼爾，但他的格鬥技巧可與步兵媲美。

坦尼爾轉向剩下的四名黑爾衛士，準備進攻。

「坦尼爾！撤退！」湯瑪士叫道，一邊抱起芙蘿拉。在重度火藥狀態下，他感覺她的身體輕若無物。芙蘿拉痛得咬牙。「有射中骨頭嗎？」湯瑪士問。

她搖頭。

湯瑪士聽見一聲啪響，感覺子彈劃過自己左肩，差點擊中芙蘿拉的腦袋。湯瑪士低頭看見一把空氣來福槍，刺刀朝他腹部猛地刺來。

他將芙蘿拉的體重轉移到一隻手臂上，騰出一手拔槍，從腰部射擊，正中黑爾衛士眼珠，當場擊斃。

湯瑪士抵達五樓時，最後幾名黑爾衛士都已死在樓梯上。湯瑪士和手下檢視傷勢。歐蘭身上有很多新的刀傷，須要縫合，不過不嚴重。芙蘿拉那一槍劃過大腿，不過她能忍受壓住傷口的痛楚，表示子彈沒有擊碎骨頭，她不會有事。坦尼爾沒有受傷，正蹙眉擦拭刺刀上的血肉。卡波不知何時加入了他們，紅髮女孩身上散發硫磺味，雙手黑黑的。她在羊皮外套上擦手，看見湯瑪士在看她時，對他露出微笑。

樓下的槍聲和鋼鐵交擊聲越來越小。湯瑪士深吸幾口氣，聽著芙蘿拉的心跳。他們一起靠著牆，她的頭靠在他肩膀上。他從她旁邊走開。

下方的樓梯傳來腳步聲。片刻後，薩邦上樓。他的外套袖口上有火藥痕，一隻手臂上有淺淺的劍痕。他在看見所有人都在時鬆了一大口氣。

「有人受傷嗎？」薩邦問。

「小傷。」湯瑪士說。「你剛才在哪裡？」

「軍官餐廳。他們突然冒出來。」

「傷亡狀況？」湯瑪士問。有重要人物嗎？

「有一些。」薩邦說，輕輕搖頭回應湯瑪士沒問出的問題。「看起來只是一群烏合之眾。我們一開始慌了手腳，不過集結部隊後，他們就完全不是對手。所有黑爾衛士都直接來找你了。」

「貴族議院安全了嗎？」

「還在努力。」

「有抓到敵人嗎？」湯瑪士問。

「抓到二十幾個毫無抵抗之力的人，大概還有四十名傷患。他們是魏斯伊凡將軍的人。」

「我知道。」湯瑪士走向兒子，伸手搭在他肩上。「幹得好，坦尼爾。」

坦尼爾解下刺刀，收回刀鞘。他把槍揹上肩，看了芙蘿拉一眼，然後僵硬地朝湯瑪士點頭。

「長官，我回去工作了。」

湯瑪士看著兒子下樓，女野人緊跟在後。他覺得自己應該再說點什麼，又不確定該說什麼。

「薩邦。」

「長官？」

「去找溫史雷夫女士，告訴她，我們要她的部隊入城。魏斯伊凡將軍堅守路障，我絕不會讓我自己的部隊去送死，傭兵得開始賺取他們的酬勞了。在路障附近架設指揮基地，我們要主動進攻。芙蘿拉，」他停頓，思考了一會兒自己的決定。「跟著薩邦，我要妳跟在我的部隊裡。」

「坦尼爾！」

坦尼爾停在樓梯平台，回頭往上看，思考著究竟該不該等。他認得那個聲音，但他不想聽那聲音說任何話。他用腳踢了踢腳下的人——被他用刺刀砍傷的黑爾衛士。對方眼瞼顫動，還活著，抬頭看向坦尼爾，咬著牙沒有吭聲，但肯定痛得要命。坦尼爾考慮要不要找醫生，還是直接殺了他，畢竟那是致命傷。坦尼爾在他身旁蹲下。

「你活不過這週。」坦尼爾說。

「叛徒。」黑爾衛士低聲道。

「你想多活一、兩天，撐著回答湯瑪士手下刑求者的問題？」坦尼爾問。「還是現在了斷？」

男人的雙眼背叛了他的痛楚。他沒有吭聲。

坦尼爾解開腰帶，對摺，把末端遞給男人。「咬著。」

黑爾衛士咬下。

一切在幾下心跳之間結束。坦尼爾在黑爾衛士的褲子上擦拭匕首，然後拔出對方嘴裡的腰帶。他起身，繫回腰帶。他到底為什麼要幹這種事？他現在應該在大學裡追女孩子才對。他努力回想上一次追女孩子的狀況。他到法特拉斯塔的第一天晚上，戰爭開始前，他在碼頭酒吧遇上一個女孩，他們調情一整晚。要是喝得再醉一點，他或許會和她上床，但他保持理智，想著芙蘿拉。他在想那個女孩還在不在那裡，他的素描本裡有她的畫像。

黑爾衛士躺在他腳邊，雖然腹部有道猙獰的傷口，喉嚨上也有道刀痕在冒血，對方的表情依然安詳。卡波站在幾步外，一如往常安靜。她著迷地看著黑爾衛士的屍體。

「我們該走了。」坦尼爾對卡波說。

「坦尼爾，等等。」

芙蘿拉快步下樓，被絆了一下，連忙扶住欄杆，坐在階梯上，一手摀住傷口。

他們對視片刻。先偏過頭的是芙蘿拉，目光垂向坦尼爾腳邊的屍體。

「你好嗎？」

「沒死。」坦尼爾說。

接下來是一陣沉默。坦尼爾聽見樓上傳來父親大聲下令的聲音。突然遇襲並沒有令湯瑪士膽怯，他是徹頭徹尾的戰士。

幾名士兵跑過他們，兩名往上，一名往下。下方的走廊在湯瑪士的士兵開始集中俘虜時傳來騷動聲響。

「原諒我。」芙蘿拉說。

她淚如雨下。坦尼爾抗拒著衝到她身旁、檢查她的傷勢、安慰她的衝動。他感覺得到她的痛苦，情緒上和生理上都有，但那些無法觸及處於火藥狀態下的他。他拒絕讓那些東西接觸自己。

他拇指插入皮帶下，臉色一沉。

「我們走。」他對卡波說。

阿達瑪沮喪得咬牙。政變至今已經過去七天，去找烏斯肯也已經七天了，而他只有查出更多問題。是誰燒燬了宗教和魔法史的書頁？其他書是誰拿走的？「克雷希米爾的承諾」究竟是什麼玩意兒？

阿達瑪讓馬車暫停在貝克鎮，買了肉派，然後繼續通過充滿油、木頭、火爐、火藥、槍匠舖和鑄造廠的赫魯斯奇大道。這裡比一般街道吵鬧，人潮也更多。每家店外階梯上都坐了個男孩，手拿一綑紙，接受訂單並回報數量，而穿著體面的紳士和最低階的步兵則在街上擦肩而過。一個小販站在街角，大聲吆喝著新的赫魯斯奇來福槍可以保衛家園。槍匠賣來福槍的速度就和製槍一樣迅速。

阿達瑪翻閱當日的報紙。報上說雙槍坦尼爾已經入城，在法特拉斯塔獨立戰爭中成為英雄後光榮返鄉。如今他正在獵殺一名獨立運作的榮寵法師。有人說那個榮寵法師是皇家法師團的倖存者，也有人說是凱斯派來監視湯瑪士火藥法師團的間諜。無論如何，已經有一整塊街區夷為平地，死傷好幾十人。阿達瑪希望那個榮寵法師能在更多人遭受波及前被捕或離城。即將死在魏斯伊凡和湯瑪士衝突中的人就已經夠多了。

保王分子封鎖了森泰斯特夏爾，差不多是艾鐸佩斯特整個市中心。他們搶先襲擊湯瑪士的部隊，卻反被逼退。如今市民都在暗中觀看。魏斯伊凡將軍年近八十，他將城內所有保王分子集結在一起，並搭設足以抵抗整支部隊的路障，這些工作全都在一個晚上完成，至少看來如此。而另一邊，戰地元帥湯瑪士調派了兩支亞頓之翼軍團入城進行反制，並以野戰砲和大砲包圍森泰斯特夏爾。戰事一觸即發，但雙方顯然都經驗老到，不想讓艾鐸佩斯特市中心淪為戰場。

阿達瑪肯定這是一場天殺的噩夢。九國最知名的兩位指揮官在人口達上百萬的城市中對峙，這局面絕對沒有贏家。

不過生活還是要繼續，人民還是得工作和吃飯。沒有直接涉入這場新衝突的人，就必須竭盡所能避開它。湯瑪士在維持城內其他地區秩序方面表現得很不錯。

然而，彷彿情況還不夠複雜似的，公立檔案處——阿達瑪最有可能找到大學那些受損書抄本的地方，就位於保王分子的路障之後。但他可不打算單獨跑去那種地方。

馬車停在一棟三層建築外，那裡是艾鐸佩斯特貧民窟，位於高塔里安區末尾側巷。這條街上只有一個入口，一道褪色的橄欖綠雙扇門。其中一邊的門被關上，門後有東西擋著，油漆斑剝，門柱上石塊剝落，另一扇門則開著，門邊有個如小雕像般的男人倚著門柱而立。

阿達瑪一手從馬車上取下帽子和手杖，另一手在口袋中翻找手帕遮住嘴巴，然後下車。他付了車資，走向門口，心不在焉地聽著身後馬車離去的馬蹄聲。

「看在克雷希米爾的份上，這個季節你怎麼弄得到蘋果，澤朗？」阿達瑪擦擦鼻子，把手帕塞回口袋。

門房歪嘴一笑。「晚安，先生。一、兩個月沒見你來了。」他啃了一口蘋果。「我在貝克鎮南邊的表哥整年都能弄到新鮮水果。」

「據說談判破局的話，我們可能會和凱斯開戰。」阿達瑪說。「你得等到明年秋天才有下一顆蘋果吃了。」

澤朗臉色不悅。「我真是幸運。」

「今天的比賽怎麼樣？」

澤朗從綻線的寬沿帽裡拿出一張破紙，專注地看著紙上新註記的標記。「索史密斯連打三場，佛麥克今天已經打贏兩場。他們看起來都快垮了，但領班好像褲兜裡有隻死蟲一樣，宣布他們接下來的一小時要再打一場。」

「在兩人已經打了五場的情況下？」阿達瑪哼了一聲。「肯定很難看，他們連站都快站不起來了。」

「沒錯，賭桌上也是這麼說，目前還沒幾個人下注，有下注的人都買佛麥克贏。」

「索史密斯出拳比較重。」

澤朗狡詐地看了他一眼。「如果打得中的話。佛麥克休息得更好，也更年輕，體重只有索史密斯的一半。」

「呿！」阿達瑪說。「你們年輕人總以為年紀大就不行了。」

澤朗輕笑。「是啊，好吧，那你要買誰，大爺？」他從後口袋中拿出一張摺起來的紙，上面都是污痕和劃掉的線。他把紙抵在門框上，手持炭筆。

「賠率如何？」

澤朗抓抓臉頰，留下一道炭痕。「給你九賠一。」

阿達瑪揚眉。「幫我買索史密斯二十五克倫納。」

「顯而易見，」澤朗咕噥。「是在冒險。」他寫下數字，把紙摺起來塞回口袋。阿達瑪知道那張紙是給別人看的，澤朗的記憶幾乎能和自己媲美，而這人甚至不是技能師。澤朗永遠不會忘記見過的人，不會忘記數字，也從來沒有賠錯賭注，雖然經常有人如此指控他。不過最近比較不常發生這種事了，因為大業主接手這間格鬥場，他不會放過胡亂指控他手下組頭的人。

屋內唯一的光線來自屋簷下方的矩形窗口。阿達瑪推開幾道隔音兼掩人耳目用的門簾。整棟建築都是一個大房間，年久失修，有幾個閒人止步的隔間，讓鬥士中場休息時可以有一點隱私。房間中央就是這棟建築名稱的由來：格鬥場，直徑十二步、深四步的圓坑。

一排排凌亂的座位看台環繞著圓坑，幾乎要延伸到建築物兩側的天花板。阿達瑪低頭走過後排座位下方，來到大房間另外一側，用手肘頂開擠在格鬥場邊的觀眾。看台上座無虛席，人們肩並肩坐著，而場內足以容納幾百名紳士加他們的手杖和帽子、身穿陳舊外套的街頭工人，甚至還有兩名警官。在人群中很難不注意到他們的黑披風和大禮帽。

上一場比賽在十分鐘前結束，格鬥場員工正往地上鋪撒吸血用的木屑，替下場比賽做準備。人們交頭接耳，輕聲交談，讓嗓子休息，準備為下一場比賽歡呼，阿達瑪聞到汗水、塵垢，還有憤怒的氣味。他緩緩吐氣，微微顫抖。不戴手套拳擊是種野蠻凶猛的運動。他對自己微笑，太好玩了。他又吸一口氣，聞到豬的味道。不久前格鬥場還是座豬圈，而在豬圈之前呢？也許開過很多店，當年高塔里安區曾是城內最新、最富裕、最時尚的區域。

兩名沒穿上衣的男人離開後方選手休息區，在沒有任何介紹下並肩進入格鬥場。員工立刻進行清場。兩名選手相對而立，左邊的選手身材較瘦小，肌肉宛如戰馬般結實，一頭鬈曲棕髮不時會擋到他的臉，他每次都會吹開。這位是佛麥克，大業主最偏愛的選手，至少阿達瑪上次來看比賽時是如此。他是倉庫工人，年輕又英俊，據說大業主不打算只讓他單純當個惡棍。

右邊的男人比佛麥克高大一倍，鬢髮灰白，臉上留著沒刮乾淨的鬍鬚。他像豬一般深深嵌在臉上的小眼睛，正以殺手的強烈目光打量佛麥克。他的手臂壯到彷彿能和山熊比腕力，指節上有打碎過——也被打碎過——對手下巴的痕跡，臉上布滿縫合太差的隆起傷痕。他對佛麥克亮出滿嘴斷牙。

儘管索史密斯在體型和經驗上都占有優勢，但他看起來顯然很疲憊。他的下巴在一天辛苦奮戰後凹陷下去，眼角疲態盡露，肩膀也微微下垂。更有甚者，他的戰鬥經驗似乎也欲振乏力。索史密斯年紀大了，胸口和肚子都因為飲酒過量而鬆弛。

領班走到格鬥場第二階，和兩名選手確認狀況。片刻過後，他退開，將手舉起又放下，接著往後一跳。

在兩名選手展開攻擊時，場內的三百人大聲歡呼，拳拳到肉的聲響淹沒在叫囂聲中。

「殺了他們！」

「讓他頭破血流！」

「肚子！打他肚子！」

阿達瑪的叫聲淹沒在不和諧的噪音中，他甚至不知道自己在叫些什麼，但他把心中所有對帕拉吉的沮喪、對妻子和孩子離開的憤怒，全都怒吼而出。他湊上前，揮拳嘲弄兩名選手，和其他觀眾一起使盡吃奶的力氣大叫。

佛麥克狠狠擊中索史密斯肋骨一拳。索史密斯跌向一旁，年輕人緊隨而上，猛攻同一位置，或許正中從前斷過的肋骨，拳頭在昏暗的光線下飛掠。索史密斯在劇震中轉身，移向格鬥場側邊，直到撞上隔開觀眾席的木板。觀眾紛紛伸手用手指抓他的光頭，口水濺在他臉上。阿達瑪眼睜睜看著，選手的頭剛好在他觸手可及的距離。「加油！」他大叫。「別讓他把你困在角落！」

骨碎聲響，索史密斯一膝著地，伸手抵擋佛麥克的攻擊。

阿達瑪壓低音量。「起來，混蛋。」他透過齒縫嘶吼。

佛麥克捶打索史密斯的手掌和手臂，一直往下打，直到老選手雙膝跪地，任人宰割。佛麥克臉上滿是勝利的喜悅，他逐漸減弱攻擊力度，最後拳頭只是輕輕掠過對方，然後停止攻擊。他站直身子，胸口起伏，打量著腳下的男人。索史密斯沒有抬頭。

呿！阿達瑪心想。快點解決他了事。

但佛麥克並不打算速戰速決。他冷笑，彎腰抓起索史密斯的一條手臂，拉他起身，然後狠狠一拳摜下去。索史密斯再度跪倒，全身都在抖。佛麥克刻意慢慢來，讓索史密斯累到爬不起來，然後繼續毆打他，直到索史密斯變成一灘肉泥。

佛麥克又打了好幾拳，讓索史密斯趴回地上。索史密斯臉上血肉模糊，他對木屑吐血。佛麥克轉身，對觀眾揚起雙手，沐浴在歡呼聲中，然後再度面對索史密斯。

此時，壯漢卻在不到一下心跳的時間內迅速起身，將二十五石的體重灌注在一拳之中，擊中佛麥克俊俏的臉蛋。這一拳打得佛麥克整個人掀翻離地，身體騰到半空中，像玩具般在木板上彈開，最後摔在地上。他抖動一下，接著就沒有動靜了。索史密斯往佛麥克背上吐口水，隨即轉身慢慢爬上樓梯，走向選手休息室。觀眾紛紛拍他的背恭喜他，輸錢的人則開始罵髒話。

阿達瑪收了賭金後趁亂溜進選手休息室。他進入索史密斯的隔間，拉上身後的門簾。「打得精彩。」

索史密斯停止動作，水桶舉在頭上，看了阿達瑪一眼。他傾斜水桶，讓水沖掉一層血汗，然後用髒毛巾擦拭身體。他朝阿達瑪側頭，雙眼旁的皮膚腫大，嘴唇和額頭都裂開了。「是啊，買對人了嗎？」

「當然。」

「那混蛋想殺我。」

「誰?」

「大業主。」

阿達瑪輕笑,然後發現索史密斯不是在說笑。「為什麼這麼說?」

索史密斯搖頭,扭乾毛巾上的紅棕色血水,丟在乾淨的水桶裡。「要我滾蛋。」索史密斯絕非蠢人,但他說話總是很簡短。任何人腦袋被人捶上幾年都會有點思考困難。

「為什麼?你是很棒的選手,觀眾想看你比賽。」

「觀眾是來看年輕人的。」索史密斯朝一個水桶啐道。「我老了。」

「佛麥克下次對上你時會多考慮考慮的。」阿達瑪回想此刻癱在格鬥場上的傢伙,他們得把他抬出去。「如果他還活著。」

「死不了。」索史密斯拍拍自己腦側。「他會害怕。」

「又或許他下次會盡快解決。」阿達瑪說。

索史密斯深吸口氣,輕笑一聲,結果開始咳嗽。「兩種情況都不差。」

阿達瑪看著自己的老友一會兒。索史密斯不是外表看起來的那種人,他不像其他拳擊手,並非普通惡棍。那雙圓眼後面擁有敏銳的智慧,那雙大拳頭其實是屬於哥哥和叔叔的溫柔手掌。很多人對他判斷錯誤,這也是他能打贏這麼多場比賽的原因之一。不過,有一點不會有人判斷錯:

在這一切的背後，甚至埋得比他對家人的忠誠和智慧更深的，是他的殺手身分。

「我有問題要問你。」阿達瑪說。

「我還以為你想我了呢。」

「你說，你曾加入過『克雷希米爾的破碎承諾』這個幫派。」

索史密斯當場僵住，毛巾角還塞在耳朵裡。

他慢慢放下毛巾。「我說過？」

「你當時醉得厲害。」

索史密斯突然警覺起來。他看向休息室的書桌，其中一個抽屜裡肯定有放手槍，但他這種體型的男人根本用不到手槍。

阿達瑪做了個要他放心的手勢。「你醉得厲害。」阿達瑪又說。「我當時不相信你。他們把那些孩子的屍體拖出陰溝時，我在現場，我不認為有任何人逃過凶手的追殺。」

索史密斯打量他一會兒。「或許沒逃過。」他說。「或許有逃過。」

「怎麼逃的？」

索史密斯用他自己的疑問回答問題：「為什麼問？」

「我在調查一件案子。」阿達瑪已決定要把整件事情告訴索史密斯。「幫戰地元帥湯瑪士進行調查。他想知道『克雷希米爾的承諾』是什麼。」

索史密斯露出欽佩的表情。「我唯一不敢招惹的人。」他說。

「同意。你知道那是什麼意思嗎？」

索史密斯繼續清理自己。「我們老大是被皇家法師團淘汰的法師。」索史密斯打開抽屜，拿出一根髒兮兮的老煙斗和菸袋。他將菸點上，然後繼續說。「大嘴巴，混蛋，想要吸引目光。他說我們的幫派名可以提醒皇家法師團，他們都是凡人。」

這是阿達瑪印象中索史密斯近年來說過最長的句子。「他告訴過你那是什麼意思嗎？」

「打破克雷希米爾的承諾。」索史密斯說，一邊吐煙，小房間瀰漫著一股開心果味的煙味。

「承諾的內容是？」阿達瑪問。

「並且終結世界。」

索史密斯聳肩。

阿達瑪在索史密斯往後靠時用一根手指輕敲下巴。看來關於這個話題他不會繼續說下去了。阿達瑪的思緒飄回帕拉吉身上，那個可惡的銀行家還在派人跟蹤他，難以預測他會怎麼做。有個像索史密斯這種體型和名聲的人待在身邊，可以讓那個笨蛋規矩點，至少在阿達瑪的貸款到期、法律站在帕拉吉那一邊前可以。再說，索史密斯在狹小空間裡很有用處——比方說公立檔案處，保王分子路障之後的地方。

「你會不會剛好要找工作呢？」阿達瑪問。

索史密斯透過小眼睛打量他。「什麼樣的工作？」

坦尼爾在保王分子的路障攻擊範圍外找到了他父親的指揮所。空蕩蕩的街道上滿是垃圾，前晚下雨導致石板地潮濕。由於連續透過火藥強化感官將近兩週，他已經快要無法忍受城內的味道了。整個世界都是糞便和恐懼的氣味，是空便壺和不信任的氣味。

卡波站在他身旁。即便處於這種情況下，城市的一切還是令她大開眼界——如此多建築，每一棟都如此高。她不喜歡。太多人了，她用一連串手語表示，太多房子了。坦尼爾完全能理解。火藥法師真正的天賦是讓子彈飛行好幾哩，在遼闊的戰場上射中很遠的目標。當四面八方的視線都被遮蔽時，這種天賦還有什麼用處？

高森站在坦尼爾另一側，破魔師抓了抓後腦杓還有頭髮的地方，一手握著三把手槍中的其中一把，望向眼前的路障。

「一起進去？」坦尼爾問。

高森搖頭。「你父親讓我緊張。」

「不是只有你而已。」坦尼爾喃喃說道。

湯瑪士把指揮所設在市中心附近數百間廢棄房舍之一當中。士兵在屋外走動，他們的制服不是熟悉的艾卓步兵深藍制服，而是紅、金、白三色交織，軍旗是長翅膀的聖徒光環。這些人屬於亞頓之翼傭兵團，雖然他們是以艾卓人為主的傭兵團，不過仍有其他來自世界各地的成員。坦尼爾走到對街，稍作停留，讓一名守衛看清他的火藥桶徽章，然後進屋。卡波跟在他後面。

這間房子的客廳看起來像是指揮帳，所有能放置物品的平台都有地圖，角落擺著武器，包括來福槍和彈藥箱。湯瑪士站在一張桌子後方，檢視城內的地圖，兩名亞頓之翼的旅長——旅指揮官——站在他兩側。湯瑪士的保鏢則坐在一張沙發上抽菸。

坦尼爾走進門時，湯瑪士並沒有抬頭。坦尼爾清了清喉嚨，依然沒得到反應。一旁的旅長好奇地打量他。

「我要包。」坦尼爾說。

湯瑪士終於抬頭，一副在沉思中被人打擾的模樣。

「包？」

坦尼爾兩眼一翻。「包貝德。我要他幫忙。」

湯瑪士皺眉。「我不要榮寵法師此刻出現在城裡。」

「那你叫我合作的那個傭兵呢？祖蘭？」

「那不一樣。」湯瑪士說。「榮寵法師包貝德是皇家法師團的人。」

「他被放逐了。」坦尼爾說。「而且包也不喜歡已故的國王。他是為了財富和女人才加入皇家法師團的。」

「而他被放逐，是因為他睡了皇家法師團首領最寵愛的情婦。」湯瑪士說。他離開桌子，在椅子上坐下，搓揉雙眼，彷彿想用意志力趕跑疲勞。「他們幾個月前差點讓他復職。我將他調去守山人那裡，確保我屠殺皇家法師團時他不在場。我有特別留意這類事情。」

坦尼爾心中湧現感激之情，接著厭惡自己竟然為此心生感激。

湯瑪士轉移話題。「獵殺行動怎麼樣了？」

儘管父親指示他坐下，坦尼爾仍然選擇繼續站著回報狀況。「魏斯伊凡家裡已經沒有人了，榮寵法師也跑了。她將行蹤掩飾得很好，卡波的做法雖然精準，但不夠迅速，無法追蹤持續移動的目標。」

「祖蘭應該能追蹤她。」

「祖蘭只會惹麻煩。」

湯瑪士坐直身體。「祖蘭值得那個價錢。她之前就曾幫我解決過問題。她足夠謹慎，做事也有分寸。」

「問題？」坦尼爾問。「像是去年失蹤的那三名艾卓榮寵法師？法特拉斯塔的報紙都有寫。如果我沒記錯，他們公開反對你的火藥法師團。」

「沒錯。」湯瑪士說。

「你信任她？」

「只要我付她錢。」

「湯瑪士，她是個引信很短的火藥桶。她去追殺榮寵法師——她和她的破魔師，違背我的命令私自動手。她不是活得不耐煩了，就是摻雜私人恩怨。」

「我什麼時候讓你指揮了？」湯瑪士起身走到書桌前，倒了一杯水。

坦尼爾一僵。「你把我和他們分派在一起時是這樣暗示的。我是標記師。」

「嗯。」湯瑪士搖晃杯裡的水。「再讓那個榮寵法師跑掉，我就讓祖蘭指揮。她很有效率，必要時很暴力，但有效率。」

「要是這麼做，你就得向你的議會解釋，為什麼半座城市會因為兩名榮寵法師的正面衝突而被摧毀。」坦尼爾無法壓抑惡毒的語氣。難道湯瑪士在故意裝傻嗎？

「我再給你一次機會。」湯瑪士說。

坦尼爾咬牙切齒。「你不相信我能做好我的工作？你沒辦法相信，是不是？你要怎樣才能對我有點信心？我的來福槍柄刻上五十條榮寵法師記號？還是一百條？」

「我知道你的能力有多強，但你還太年輕了。你脾氣火爆。」

「你有資格講這種話？」

「說話小心點。聽命行事，不然我就派別人執行這項任務。現在芙蘿拉逮到機會就在想辦法贏得我的寬恕。」

「我能完成這項任務。」坦尼爾咬牙道。

「那就證明給我看。必要時聽取祖蘭的意見，她是經驗老到的榮寵法師獵人，也是技巧高超的法師。」

坦尼爾嗤之以鼻。「克雷希米爾在上，感覺像是你睡過那個女人。」現場陷入一片沉默，湯瑪士眼中閃過一絲危險的光芒。坦尼爾嘴角忍不住上揚。他仰頭大笑。「你睡過！你和那個傭兵上過床！」

「夠了，士兵。」這話是湯瑪士的新保鏢說的。那傢伙坐在沙發上，透過一團白煙看向他們。坦尼爾瞪了他一眼，然後回頭面對父親。他看見湯瑪士脖子上的血管突起。

湯瑪士緊握拳頭，牙齒咬得喀喀作響。坦尼爾察覺自己的自尊正在和瀰漫屋內的危險氣息交戰。兩名旅長低頭看著一張九國地圖，假裝沒聽見父子之間的對話。

坦尼爾清清喉嚨。「祖蘭找不到她，她自己都承認了。榮寵法師利用大雨散布她的靈氣。我試過我的第三眼，看不出任何蛛絲馬跡。我們唯一的機會就是卡波，問題是她的速度不夠快。即便我們找到她，那個女人仍然很強，而且還不只是魔法高強。我之前射中她三槍，用刺刀刺穿她腹部，但她還是摧毀了兩棟房子然後消失。她在身受理應致命的傷勢下還能逃跑，所以我才要包的幫忙。」

湯瑪士似乎恢復了自制力。「絕對不行。我不會冒險讓皇家法師團的榮寵法師入城，或許過幾個月可以。你得善用手上的資源。萊斯，」他對角落兩名旅長中比較年長的那名說，那人戴了單眼眼罩。「我要一連人馬隨時準備支援坦尼爾，另外再派給他一個經驗老到的追蹤高手，要擅長在城裡追蹤的。」老旅長點頭。湯瑪士回頭繼續對坦尼爾說。「解散，士兵。」

坦尼爾嘲諷般地敬禮，然後轉身離開。他在指揮所外停步，吸了一排火藥，火藥狀態立刻強化。他顫抖，世界在眼中變得清晰無比，令他雙眼濕潤。

「不要那樣看我。」他對卡波說。

女孩模仿他吸火藥的動作，搖了搖頭。吸太多火藥了。

「我沒事。」

她又搖頭。

「妳又知道什麼？」

卡波瞪他。

坦尼爾偏頭不再看她。高森還在對街，調整他的私人軍火庫，讓他可以舒舒服服地坐在門口台階上。

「我認為他們兩個之中有人在向湯瑪士回報。」坦尼爾對卡波說。「背著我來。湯瑪士會幹這種事，他從來沒有信任過我。」他揉揉鼻子。「老覺得我還是小孩。」

卡波用拳頭碰自己心口，然後比向他。

「他愛我？哼，或許。」坦尼爾說。「他是我父親，他是應該愛——而且湯瑪士向來會做正確的事。我只是覺得如果他喜歡我也不錯。」他朝高森側頭。「我向來都不喜歡傭兵。」他左顧右盼，確保附近沒有亞頓之翼的人，然後接著說。「他們做的事抵不過他們收的錢，而且到了緊要關頭，他們總是會把自保擺在完成任務之前。」

卡波似乎在思考這種說法。一般情況下她都能理解他的意思，但當他講得太快時，她會需要一點時間來消化。

她伸手比了個女人的形狀。

「祖蘭？」

她點頭，露出牙齒。

「我也不喜歡她。她可能會在對付那個榮寵法師時把我們全都害死。即使是榮寵法師——特別是榮寵法師——也該知道自己不能直接走到他們面前打倒對方。但她表現得好像很肯定自己能打贏所有人。」

卡波伸手指他。

坦尼爾輕笑。「我？我確定我能打贏所有人。」

他穿越街道，來到坐在台階上的高森面前。

「祖蘭呢？」他問。

高森聳肩。「她要來就來，要走就走，不過我們有工作時，她不會消失超過兩個小時。」

「你和她合作很久了嗎？」

「兩年。」

「幫湯瑪士呢？」

「一年多一點。」

「你之前在哪裡？」

「凱斯。」

「獵殺火藥法師？」

高森不安地改變坐姿。「一個抓狂的勇衛法師，一個前皇家法師團的榮寵法師。大部分都是那種工作。」

「我猜在凱斯很好賺。」坦尼爾決定不要逼問火藥法師的事。

「非常好賺。」高森說。「我們在幫某個公爵辦事時出了差錯，被迫盡快逃離凱斯。」

坦尼爾暗自記下，祖蘭或許會對凱斯心懷怨懟，那顯然解釋了湯瑪士喜歡她的原因。「你們怎麼合作？」他問。「破魔者和榮寵法師當夥伴，她在你身邊又不能施法。」

高森咧嘴一笑。「沒你想像得糟。我得接觸艾爾斯——」他舉起雙手，不過沒戴手套。「才能真正切斷榮寵法師的魔力，雖然我還是得在距離他們十呎內才辦得到。」

「光這點就不容易。」坦尼爾說。

「沒錯。」

坦尼爾往後靠。「破魔師很少見，我想我父親連你們的運作原理都不清楚。」

「我們非常稀有，」高森同意。「我也只見過另外一名破魔師。破魔師並非與生俱來，不像榮寵法師、火藥法師或技能師。」

「那是怎樣？」

「是自己的選擇。」高森說著，同時目光飄向遠方。

「就這麼簡單？」

「就這麼簡單。我釋放感知，接觸艾爾斯，然後用意志力驅趕所有靈氣。」他從口袋裡拿出榮寵法師手套遞給坦尼爾。深藍色，金符文——不是榮寵法師的白手套搭配彩色符文。「我的手套立刻就變成這種顏色。據我瞭解，這是一種極化現象。現在我一接觸艾爾斯，身旁的靈氣就會變得缺乏魔力，沒辦法召喚、創造或控制靈氣。就算我沒接觸艾爾斯，靈氣也不會在六吋的距離內接近我。」

「可以反轉嗎？如果你想再度成為榮寵法師？」

「不行。」高森把手套塞回口袋。

榮寵法師是世界上最強大的生物，他們能像小孩丟球一樣丟擲閃電，他們控制大海和大地。坦尼爾無法想像放棄那種力量。

「為什麼？」

高森踢踢腳下的石板。「我是很弱的榮寵法師，只能勉強接觸艾爾斯，更別說要控制靈氣。我沒通過加入皇家法師團的測試，我很生氣。我想，如果他們不肯讓我離開街頭，分享他們的財富和力量，那我就變成他們最害怕的人——他們的魔法無法影響的人。」

「我尊重這種想法。」

高森回應他的笑容。「如今我透過追殺他們賺取大筆財富。」

「你殺過很多法師嗎？」

高森伸出五根手指。

既然他是幫凱斯工作，殺的八成也有火藥法師。高森沒帶空氣來福槍，但手槍也行，只要火藥法師沒發現。坦尼爾聽說有些賞金獵人在子彈中融入金沙，火藥法師的體內有黃金就會無法點燃火藥或進入火藥狀態。幸運的是，那種技巧既昂貴又不可靠。

「你覺得我們在獵殺的這個榮寵法師怎麼樣？」坦尼爾問。

高森臉上蒙上一層陰霾。「她非常強大。」他說。「比我獵殺過的榮寵法師都強，祖蘭說是我胡思亂想。」

「我不這麼認為。」坦尼爾說。「她摧毀那些房子時我也在場。我沒死完全是因為你站在我和她中間，為此我要向你道謝。」

高森不太確定地點頭。「有件事情你該知道。」

「什麼事？」

「跳到你身前時，我接觸了艾爾斯。我和她距離很近，理應可以切斷她的魔力，她甚至不該能夠釋放感知，但她辦到了，我從來沒遇過這種事。」

坦尼爾擦掉額頭上的汗珠。「你最好警告你的同伴不要太過自信。」

「說得好像她會聽我的一樣。」高森說。「她表現得有點……像私人恩怨。彷彿她不想要你幫忙。見鬼了，她看起來連我的幫忙都不要。」

坦尼爾輕哼一聲。「她喜歡自己上就去。」

「自己上什麼？」

坦尼爾嚇了一跳。祖蘭就站在他們面前，一手扠腰，皺眉扯動她臉上的疤痕。她悄無聲息地走了過來，似乎只有卡波沒被她嚇到。

他們一聲不吭地坐了一會兒，高森努力迴避祖蘭的目光。他在她身邊顯得惶恐不安。坦尼爾站起身來。

地面突然發生劇烈震動，他又摔回地上。

「地震！」有人大叫。

地面開始震動時，湯瑪士靠在地圖桌上。他向後轉身，彷彿被騎兵衝鋒撞倒般撞上牆壁，然後摔在地上。天花板落下灰泥，房間塵土飛揚。湯瑪士雙手撐著地板，胃腸翻攪，看著桌子左搖右晃，直到一根桌腳斷裂，整張桌子傾斜翻倒，宛如風中落葉般彈開。裝飾品掉下架子，家具東倒西歪。湯瑪士聽見街上傳來驚慌失措的叫聲。

地震來得快去得也快。湯瑪士爬起來，揮開面前的塵土。房間還算完整，不過大部分家具都摔爛了。他鬆了口氣，慶幸整棟房子沒有坍在他身上。這附近有很多房子都年久失修，他估計很多人不像他這麼幸運。

歐蘭摔倒在地，一座書櫃壓在他身上。湯瑪士雙腳無法平穩站立，彷彿在海上待了幾個月。他走過去抬起書櫃。

歐蘭躺在地上，一手搓額頭，一手移開身上的書，握住湯瑪士伸過來的手。

「你身上有血，長官。」歐蘭說。

湯瑪士摸摸額頭，他的手指染紅了。「沒感覺。」他說。

「大概是被灰泥塊打到。」歐蘭說。

湯瑪士抬起頭。天花板上有幾個不小的洞，其中一個就在指揮桌正上方。「只是被敲了一下，」湯瑪士說。「不礙事。」他環顧四周，覺得頭有點暈，大概還要幾個小時才能恢復正常。地圖散落一地。他身體晃了一下。

「你確定沒事嗎，長官？」歐蘭問，伸手扶住湯瑪士。

湯瑪士揮開他。「沒事，我沒事。去看看外面的情況。」

街上一片混亂。人們衝出房子大聲呼救，傭兵努力扶正彷彿毫無重量被震倒的野戰砲。街上石板突起，好像下方的地面膨脹了般。一整排公寓式建築都塌了，大量磚塊滾到街上。

一名亞頓之翼傭兵停在湯瑪士面前。

「有地震，長官。」對方說。

「謝謝你，士兵。我也發現了。」

傭兵快步離開，神色有點迷惘。湯瑪士和歐蘭對看一眼。「這裡很少有地震。」湯瑪士說。

歐蘭搖頭。「我這輩子從來沒遇過。」

湯瑪士轉身，評估損失。城內有些地區情況會更糟，有些情況比這裡好。湯瑪士完全不想去設想地震在碼頭造成的混亂。

「黑刺監獄是不是傾斜了，長官？」歐蘭問。

湯瑪士轉頭一看，西方的黑塔看起來是有點歪斜。「至少沒有整座倒下。歐蘭——」

「長官？」

「找幾個信差，我要全城的損害報告。我要知道路障的情況。如果有空隙出現，或許有機會攻破。」

「現在？」

「當然是現在。魏斯伊凡將軍會趁亂推進路障，用地震震垮的建材強化屏障。我們也得利用機會。」

「你確定沒受傷，長官？」

「非常確定。去吧。」

歐蘭快步離開。湯瑪士等到他消失在視線外才靠上身後的牆壁。他頭上被砸到的地方陣陣抽痛。他看見有人翻過路障衝到後面，抓起磚頭和石塊丟回來。

「萊斯！」湯瑪士喊道。

傭兵旅長從廢墟中闖出一條路走到湯瑪士面前。

「我們還有能用的槍砲嗎？」湯瑪士問。

「輪軸都彎了，輪子也壞了。我們得找鐵匠來修。」

湯瑪士指向路障。「傳令下去，叫你手下移動到射程範圍，別讓魏斯伊凡強化防禦工事。」

萊斯敬禮，轉身高聲下令。

湯瑪士回到屋內，找了張椅子扶正，然後在殘骸中亂翻，拉出一件備用外套。他捲起外套壓在頭上，接著癱坐在椅子上。

「你額頭會腫一個大包。」

一個男人站在門口，雙手扠腰，打量屋內的損毀情況。他的黑長髮綁成辮子，垂在一邊肩膀上，還有細細的小鬍子。他是個大塊頭，體重起碼有二十石，比湯瑪士高上一個半頭。這人膚色偏淺黃，顯然有羅斯維血統，但講話是道地的艾卓口音。他身穿棕色褲子、又長又髒的城市工人白色髒上衣，搭一件磨破了的外套。

「對。」湯瑪士說，輕輕用手指按摩腦側。「我覺得會腫起來。你是醫生嗎？」

男人低頭看自己的手，神色訝異。「不，我想不是。這雙肥手只有一個使命——廚房。」

「廚師？」他才讓歐蘭離開一分鐘，什麼雜七雜八的人都晃到指揮中心來了。「如果你要人幫忙，我確定外面的士兵有搭建戰地醫護所。」

對方瞇起雙眼。「廚師？」他問。「我看起來像是專做稀湯和半生不熟肉的辦伙人員嗎？我是大主廚，該死，你以後最好不要亂叫人廚師，有些人很玻璃心的。」

湯瑪士放下壓著頭部傷處的手，盯著這個男人。這人以為自己是他媽的什麼人？他本來還覺得有趣，直到對方進屋扶起一把椅子，在湯瑪士身旁坐下，他就開始有點不高興了。

「你知道我是誰嗎？」湯瑪士問。

那人揮動一手，另一手則舒舒服服地將他的大肚子放在大腿上。「戰地元帥湯瑪士，除非我弄錯了。」

妄自尊大。「那你是？」

男人從口袋裡抽出一條手帕，擦擦額頭。「這裡面可真天殺的熱。我太沒禮貌了？我叫米哈理，莫阿卡之子，黃金主廚之王。」

「黃金主廚」聽起來有點耳熟，但湯瑪士一時想不起來。

「莫阿卡？」湯瑪士問。「男爵繼承人？」

「我父親喜歡自認為是做菜專家，願克雷希米爾讓他安息。」

「是了。」湯瑪士說。他輕輕摸頭，傷口似乎不再流血，但頭痛加劇。「我去過他的宴會，食物無比美味。他是去年過世的，對吧？」就算是男爵繼承人的兒子，也不該出現在這裡。歐蘭究竟跑去哪兒了？

「他總是獨自掌廚。」米哈理低頭。「很遺憾，他在品嚐我的羔羊奶蛋酥時心臟衰竭。他很以我為傲，因為我的廚藝終於超越他了。」米哈理凝望房間對面，沉浸在回憶裡。

「不好意思，」湯瑪士說，他頭痛得越來越厲害。「你他媽的來做什麼？」

「喔，」米哈理說。「非常抱歉。我是亞頓轉世。」

湯瑪士忍俊不禁，先是輕笑幾聲，接著哈哈大笑。他拍著自己的膝蓋。「哦？聖徒亞頓？噢，真是不錯的笑話。」他摀住腦袋，顯然大笑不是什麼好主意。

「聖徒，」米哈理咕噥著。「我和克雷希米爾一起為混亂的世界建立秩序，這些人卻把我貶低為聖徒。喔，好吧，世事豈能盡如人意，是吧？」

湯瑪士努力壓抑笑意。「看在克雷希米爾的份上，你是認真的？」

「當然。」米哈理說。他一手放在胸口。「我用我母親的濃湯發誓。」

湯瑪士起身。這人是在開玩笑嗎？是薩邦幹的？或許是歐蘭做的好事，他是個放肆的傢伙。「歐蘭。」他叫道。沒有回應。湯瑪士低聲咒罵。他叫歐蘭去找信差，不是自己去查看全城的狀況。「歐蘭！」他探頭到走廊上。附近沒人。

他轉身，和米哈理面對面。米哈理看了門口一眼。「我現在還不想見其他人，謝謝。」他說。「我不想引起騷動。我認為，與神見面是件大事。」

「你是誰，演員嗎？」湯瑪士問。他戳了戳對方的肚子，檢查裡面有沒有塞衣服。結果那真的是肥肉。「演得很棒，但我現在沒心情看。」

米哈理指著湯瑪士的額頭。「你被砸傷得很嚴重。」他說。「我知道很難接受，或許你該坐一下。我的記憶在這具肉體中並不完美，但我會盡力回想。」他清清喉嚨。「榮寵法師臨死前有照規矩警告你嗎？」

正在摸頭上傷口的湯瑪士突然愣住。他揪起米哈理的外套衣領。「警告我什麼？」

米哈理表情困惑，聳肩道歉。「我說過了，我的記憶力有點混亂。」他抬起頭。「我想會日漸好轉的。」

「少給我開玩笑。」他說。「你該死的究竟是誰？」

湯瑪士飛身而起，肩膀重重撞上門框，然後摔在地上。一時之間，他以為是米哈理打他，但接著發現又是一場地震。他的心臟快跳出來了，伸手緊抓住門框，眼看更多灰泥掉落地板，然後祈禱這次整棟房子不會倒塌。地震幾秒鐘後就結束了。

他爬起來拍拍身上的灰塵，掃視屋內。

那個男人不見了。

湯瑪士咬牙，看向走廊。歐蘭在外面，正扶著牆穩住自己。

「你他媽的去哪了？」湯瑪士問。

「去找信差。」歐蘭說。「沒事吧，長官？」

湯瑪士懷疑地盯著他看，歐蘭臉上沒有一絲笑意，沒人能為玩笑做到這樣。

「沒事。有人路過嗎？」

歐蘭看著他，轉頭確認走廊兩側，接著彎腰從腳下的碎石中撿起還在冒煙的香菸。「沒有，長官。」

湯瑪士退回指揮所。他很肯定這間屋子有後門，但在地面震成那樣時沒人能走那麼遠。

我腦袋的傷得有多嚴重？

10

阿達瑪回家拿他的手槍。他雇用索史密斯已經五天了，市中心外圍的封鎖線沒給他們任何溜進公立檔案處的機會，但地震改變了事態。全城陷入混亂，房屋倒塌，到處都是無家可歸的人。阿達瑪趁機查看保王分子的守備區域，企圖找路混進檔案處，可惜運氣不佳。

謠傳湯瑪士把所有部隊都調入城內，準備進攻路障，但他似乎讓士兵和傭兵轉而幫助市民，沒有投入戰局。一旦雙方真的開打，森泰斯特夏爾的情況將會非常危險。另外還有謠言指出，湯瑪士的火藥法師還在艾鐸佩斯特大街小巷獵殺逃跑的榮寵法師，此刻在城內亂逛可不是什麼明智之舉。

阿達瑪每隔三天會收到一次湯瑪士的信息，而他則被迫回報自己毫無進度。在戰地元帥緊迫盯人的壓力下，毫無進展可回報讓他十分沮喪。

阿達瑪進門後便彎腰撿起地上的信件。至少湯瑪士沒有停掉郵務，很難不為此敬佩他。阿達瑪等索史密斯進門後，用腳關上門。索史密斯拍了拍他的肩膀。

阿達瑪走過走廊，經過廚房旁虛掩的後門，把信件放在邊桌上，取下門旁置物架上的手杖。

索史密斯走向客廳。阿達瑪高舉手杖繞過他身後的角落，接著又慢慢壓低手杖。

「你讓我少跑一趟。」他說。

帕拉吉坐在阿達瑪最喜愛的椅子上，就在火爐邊，雙掌交疊在大腿上，身旁那兩個惡棍上次也跟著來過。開鎖的那人懶洋洋地坐在沙發上，沒脫靴子，手臂上有炭灰的壯漢則在欣賞斗篷上方阿達瑪與家人的畫像。還有第四個人坐在阿達瑪的書桌後，雙手輕輕交疊在大腿上。

帕拉吉瞪大眼睛看著索史密斯。「你要來找我？」他問。

「對，正要去。」

「我想不出你要來找我的理由，你不可能籌到欠我的錢。」帕拉吉又一次緊張兮兮地看向索史密斯。

阿達瑪深吸口氣，保持鎮定。「沒有，但我弄到一部分了。你之前說過，債務到期前不會來煩我的。」

「我不是來煩你。」帕拉吉說。

阿達瑪環視屋內。「我還有一個多月。」

「你家人的地址不對。」帕拉吉說。

「我給你的是我表哥的地址。」阿達瑪說。

「你表哥一家都是拳擊手？」

「七個兄弟，全都承襲父親的衣缽。」阿達瑪說。「非常成功的拳擊手。」

「沒錯。」帕拉吉說。「好吧，或許是，但你家人不在那裡。」

「有這種事？」

「當我的手下逼問此事時，他們就被趕出鎮上了。」帕拉吉說。「抱頭鼠竄。」

「真難以想像。」阿達瑪說。他暗自偷笑，不過沒有表現在臉上。

帕拉吉努力克制自己。「我可以不跟你計較。」

阿達瑪一僵，看來帕拉吉別有所圖。「為什麼？」他問。

帕拉吉研究著自己的指甲。「我想將你介紹給我的新朋友認識。」他說，一邊指向坐在書桌後面的男人。「這位是維塔斯閣下，他擁有許多天賦，還有很多有權有勢的朋友。」

「很高興認識你。」阿達瑪朝那人輕輕點頭，迅速打量對方。男人膚色暗黃，是血統純正的羅斯維人。他一身黑衣，不黑的部分只有紅背心，還有放在胸口口袋裡懷錶的金鍊子。他像個學生般端正坐在阿達瑪的椅子上，目光沉穩掃視屋內，看起來沒打算放過任何細節。

「你知道政變的事。」帕拉吉說，將阿達瑪的注意力拉回來。「甚至在報紙報導前就已經知道了。那天晚上，你半個晚上都不在家。有人找你，我的手下看到你離開，你回家之後立刻把家人送上馬車，前往——」

「安全的地方。」阿達瑪替他把話說完。

「安全的地方。」帕拉吉繼續說。「然後你寫了很多封信，寄到天知道什麼鬼地方。接著，你幾乎是直奔大學，完全錯過處決。這點很奇怪，因為其他艾鐸佩斯特的居民都沒有錯過處決。之後你就一直在艾鐸佩斯特東奔西跑，雇用馬車往北又往東，寫了更多封信。你去過南艾卓所有圖書館。」

「看來你雇用更厲害的人跟蹤我。」阿達瑪說。

「沒錯。」帕拉吉在背心上擦亮指甲。

「即使如此，你還是花了這麼久才弄清楚情況？」

「我不會讓你破壞我的心情。」帕拉吉表示。「我知道你在幫湯瑪士辦事，維塔斯閣下也知道，還有他主子。」

阿達瑪瞧著書桌後的男人。「他主子是誰？」

「非常關心艾卓和九國現狀的人。」這是維塔斯閣下首度發言。他的聲音很平靜，咬字清楚，是在頂尖學校受過教育的人。

「罪犯？」阿達瑪問。「帕拉吉很少認識不是罪犯的人。或許是個大業主？」

維塔斯閣下冷笑。「不是。」他說。

「不要轉移話題。」帕拉吉低吼起身。「你現在是不是在幫湯瑪士辦事？」

「坐下。」維塔斯閣下說。

帕拉吉坐下。

「是又怎麼樣？」阿達瑪問。

帕拉吉張嘴欲言。

「安靜。」維塔斯閣下說，語調很輕，帕拉吉立刻閉嘴。「你可以走了，帕拉吉，你已經介紹完畢了。」

帕拉吉瞪著維塔斯閣下。「別以為你可以自己居功。是我發現的，是我告訴——」

他的喉嚨上突然多了條頸索，從後方勒緊。阿達瑪拔出杖劍，索史密斯拔出手槍。維塔斯閣下舉起一隻手。阿達瑪動彈不得，他以病態的著迷眼光注視著奮力掙扎的帕拉吉。動手的是那名反應很快的煤炭工人，帕拉吉臉色發紫，惡棍持續勒緊帕拉吉喉嚨上的頸索，直到他的生命徹底離體而去。阿達瑪壓低杖劍。

維塔斯閣下雙手疊放回大腿上。「現在，我從已故的帕拉吉手中接手你的債務，你最好和我合作。」

「合作什麼？」阿達瑪的思緒飛快地轉動著。帕拉吉是容易預測的流氓，他完全應付得了，但是維塔斯閣下……很危險，和大業主一樣危險，是能讓警察提早退休的那種危險人物。

「我要知道湯瑪士的一舉一動，他做的每一件事，對你說的每一句話，他要你找的東西。」

「我的忠誠是非賣品。」阿達瑪說。

「那你就得改變陣營。」

「我不知道你到底是誰，也不知道你的主人是誰。」阿達瑪說。「我效忠艾卓，這點永遠不會改變。」

「我向你保證，我的主人是以九國的利益為優先考量。」維塔斯閣下說。他那寧靜優雅的嗓音開始讓阿達瑪有些惱怒，他幾乎得耐著性子聽對方說話。

阿達瑪說：「九國和艾卓不同。據我所知，你可能是幫凱斯做事。報紙說他們在派遣使者，還想要湯瑪士簽署協議。」

「我不是幫凱斯做事。」

「那是幫誰？」

「和你無關。」

「你一點也不討人喜歡。」阿達瑪說。「你闖進我家，在我的客廳裡殺了人，還威脅我，你怎麼知道我不會立刻叫警察來？」

維塔斯閣下臉上閃過一絲淺淺的笑意。「我可不是能讓人隨便叫警察來的人。」他警告道。「你應該最清楚這一點。」

「沒錯，我已經意識到了。」阿達瑪咬牙道。「你是讓邪惡正當化的人。」

維塔斯閣下彷彿吃了一驚。「邪惡？不，好先生，我只是講求實用主義。」

「我知道你這種人。」阿達瑪說。「而你似乎對我很熟悉，或是你自以為很熟悉。現在，滾出我家。」

他瞄向索史密斯。帕拉吉是被自己的手下勒死的，而他也會遭受同樣的命運嗎？索史密斯真的是朋友嗎？拳擊手似乎很困擾，他看著那些惡棍和維塔斯閣下，捏響指節，一副準備動手的模樣。「如果債務真的是由你來接手，我會償還給你。」阿達瑪說。「否則一旦我被你趕出去，就要流落街頭了。但我不會背叛我的客戶或國家。」

維塔斯閣下若有所思地看著自己的雙手，接著站起身，從桌上拿起帽子。「我等握有籌碼再來。」這話像是陳述事實，不過「籌碼」二字讓阿達瑪不寒而慄。「現在，就當是我的主人先釋出善意，我們會延長你的還債期限。」他路過阿達瑪，輕點帽子。「考慮考慮我們的提議。」他給阿達瑪一張印有地址的名片。

維塔斯閣下及他的手下離開以後，阿達瑪才想起自己最喜歡的椅子上有具屍體。他冷眼看向索史密斯。「去廚房弄點吃的，我得想辦法處理屍體。」

「雅各很依賴妳。」女人說。

妮拉和女人隔著咖啡桌相對而坐，啜飲一杯溫茶。太陽高掛天際，微風輕拂街道，她幾乎要忘記房子外面就有道路障，保王分子正在和湯瑪士人數眾多、訓練精良的部隊對峙。

「我不能留下來。」妮拉說。

女人透過茶杯打量她。她名叫羅莎莉雅，是名榮寵法師。黑爾衛士說她是艾卓僅存的榮寵法師，但沒人知道她是從哪裡來的。她並非曼豪奇的皇家法師團成員，天知道她為什麼會對妮拉感興趣。妮拉不知道在榮寵法師面前該如何表現，坐著行屈膝禮可不容易。她目光停留在茶杯上，努力做出禮貌的樣子。

「為什麼不能，孩子？」

妮拉坐直了。她不認為自己是個孩子，她十八歲了，是個女人。她會洗衣服、燙衣服、縫補衣服，有一天或許會嫁給管家的兒子葉文——如果這個世界沒有隨著湯瑪士的政變分崩離析。如今葉文沒了，或許逃走，或許死在街頭。

妮拉沒有回答，羅莎莉雅繼續說：「我們一早會與戰地元帥湯瑪士和談。如果他恢復理智，魏斯伊凡將軍能讓他理性思考，妳或許會成為新艾卓國王的保姆。」

「我不是保姆。」妮拉說。「我負責洗衣服。」

「妳不必如此界定自己，孩子。我這輩子做過很多事，榮寵法師並非最偉大，也非最卑賤的身分。」

有什麼身分比榮寵法師還偉大？「我很抱歉。」妮拉說。

羅莎莉雅嘆了口氣。「說話大聲點，孩子。看著我的眼睛，妳已經不是公爵的洗衣工了。」

「我出身卑微，夫人……女士。」妮拉努力回想該怎麼稱呼榮寵法師，她之前從未見過榮寵法師。

「妳救了第一順位王位繼承人的性命。」羅莎莉雅向她解釋。「有人因為更微不足道的事情得到封爵。」

妮拉吞了口口水，努力不去想像自己在北艾卓當男爵夫人的模樣。這種事情不會發生在她身上，她感覺得出來榮寵法師在審視她。

「妳認為我們會輸。」羅莎莉雅說。她等待妮拉回答，接著又不耐煩地補充。「大聲說出來，妳可以對我說。」

妮拉抬起頭。「他處決半數貴族，可不是為了讓雅各繼位為王。幾週之內，他就會拆掉所有路障，把雅各和所有支持雅各的貴族送上斷頭台。我打算在那之前離開，不想見證那種事情。」這不是她第一次懷疑帶雅各來找魏斯伊凡將軍是否是個錯誤的決定。她本來可以和雅各一起逃往凱斯，她從排屋裡拿的銀器足以支付旅費。

「聰明的女孩。」羅莎莉雅說，手指抵著下巴。

妮拉雙臂抱胸。

「那妳要怎麼做？」羅莎莉雅問。「等妳通過湯瑪士的路障，離城之後？」

榮寵法師怎麼會對這種事感興趣？妮拉發現她不知道自己該怎麼做。她有銀器，大部分還在手上。她為雅各弄來新衣服和一些藥，還在暴動期間找地方藏身。「我可以加入軍隊，部隊向來用得著洗衣女工，酬勞也不錯。」她說。

「那妳最多就只能成為士兵的妻子。」羅莎莉雅說。「太浪費了。」

「那樣總好過為了註定失敗的目標枉送性命。」妮拉輕聲說。

「妳以為湯瑪士的士兵發現妳把雅各偷偷帶出公爵宅邸後，會怎麼對妳？妳勇氣可嘉，孩子，別想假裝妳不愛那個小男孩。如果妳只在乎自己，現在已經在前往布魯丹尼亞的路上了。」

「留下來，」羅莎莉雅繼續說。「照顧雅各。如果明天早上的談判順利，妳會變成富有的女人。如果不順利……妳或許得要再救一次他的性命。」

如果待在雅各身邊，她可能會如羅莎莉雅所說，變成富有的女人，也可能和他一起上斷頭台。她還記得士兵用手壓住她，記得那股無助感和恐懼感。下次湯瑪士的士兵進門時可不會有大鬍子中士出面救她。她把銀器埋在城外墓園的角落，不想再次體驗那種恐懼。

妮拉不禁懷疑羅莎莉雅要她留下是否別有用心。榮寵法師只會利用普通人，可不會幫助普通人。她對自己這麼感興趣一定有原因。

雅各從羅莎莉雅身後出現。儘管過去兩週遭受壓力，他的臉色還是比之前好多了。羅莎莉雅治好了他的咳嗽。他笑著對妮拉揮手，然後就被一隻在地震廢墟上飛舞的蝴蝶給引走了。她看著他追趕那隻昆蟲，身後跟著兩名神色警覺的黑爾衛士。

「我會留下來，」她說。「暫時如此。」

「你可以盡快解決這件事。」祖蘭說。

湯瑪士看著懶洋洋坐在他辦公桌對面的女人。祖蘭主動來找他，把坦尼爾和破魔師丟在天知道什麼地方單獨前來。她身穿低領上衣，露出引人遐想的乳溝，但又足夠合身，讓她能隨心所欲地移動。湯瑪士知道這是她刻意營造出來的效果，不過他可不是會重蹈覆轍的人。祖蘭是個危險人物，她會為了達到目的而不擇手段。他將視線從她胸口移開，向上移動到那道從嘴角一路延伸到額頭的疤痕。

他思考那道疤痕。有些榮寵法師擅長治療魔法，那是很困難的技術，治療法師十分罕見，但以祖蘭的收費來看，她絕對出得起這種錢。或許她只是喜歡看起來更剽悍。

「怎麼解決？」

「暗殺。」她說。「派人到路障後面，除掉所有領導階級，剩下的人就會投降。」

湯瑪士輕哼一聲。「我竭盡所能重組曼豪奇之前的間諜網，但是成效不彰，而妳還要我找更多的殺手去對付路障？妳瘋了。」

「雇用黑街理髮幫。」祖蘭說。

「街頭幫派？」

祖蘭點頭。「他們很貴，但非常專業。他們可以結束這場內戰。」

「幫派不受控制。」

「報酬夠多就可以。」祖蘭說。「理髮幫不一樣，他們比較有組織。他們向理卡．譚伯勒回報。他會利用他們來管理碼頭秩序。」

「暗殺有風險，可能會讓人民對我不滿。」

「你在幹蠢事。」

「說話小心點。」

「如果你不考慮暗殺，和談就得帶我去。」

「為什麼？」湯瑪士看了看手錶。和談是十點，還有兩小時。

「因為魏斯伊凡將軍在和我們獵殺的榮寵法師合作，她會到場。她如果對你出手，我可不會感到驚訝。」

「我有火藥法師保護。」湯瑪士說。

「你兒子射中她三槍，還插了把刺刀在她肚子裡。你其他火藥法師有更新奇的做法嗎？」

這話證實了坦尼爾的報告。這名榮寵法師大不相同，更加強大。

「妳認識她，是吧？」他說。「是私人恩怨。我從妳說話的模樣就看得出來，妳想要那個女人的命。」

「荒唐。」

「過去兩年內，我雇用妳殺了七名榮寵法師，妳每次都冷酷無情。」

「而每次我都能在短短幾天內殺死目標。」祖蘭表示。「這是私人恩怨沒錯，我要殺了那個婊子。」

「所以妳不認識她？」

「當然不認識。」

她說謊。湯瑪士能從她說話時的眼神看出來。那是很細微的變化，他最近才發現，祖蘭想讓別人相信她的謊言時就會特別激動。她為什麼不肯吐實？

「妳認為對方出手的話，妳應付得來？」湯瑪士問。

「當然。我們每次一開打，她就跑了。至少我能嚇走她。」

「那就過來。」湯瑪士說。「一小時內帶著高森、坦尼爾和他的寵物野人一起去。別幹其他蠢事。」

「我只是去保護你而已。」祖蘭說。

⚔

湯瑪士站在一座修好的野戰砲旁，眼看著一排人馬舉白旗穿越路障而來。歐蘭站在野戰砲另外一側，靠著砲管，低聲和薩邦交談。芙蘿拉、萊斯旅長和薩巴斯坦尼安旅長都站在他後面。城內就只有這兩名傭兵指揮官。坦尼爾從對街一棟屋子裡舉槍瞄準路障，祖蘭輕拉她的手套，她的破魔者夥伴則待在一旁。一連艾卓士兵立正站在二十步外。湯瑪士要魏斯伊凡清楚知道他的勝算有多低。

這會是場關鍵會談。湯瑪士自認自己手中握有大多數的牌，但魏斯伊凡將軍是個能力超群的指揮官，他只要拖延內戰就能摧毀湯瑪士的計畫。

「看起來很可悲，長官。」歐蘭說，比向走近的保王分子。

湯瑪士不予置評。保王分子已經縮在路障後面八天了，他們很髒、衣冠不整，不過絲毫沒有挨餓或疲憊的模樣。他們或許躲在臨時搭建的路障後面，但魏斯伊凡將軍確保手下所有男女都有床睡，也有東西吃——這不難，因為城內的主要穀倉都在他們的掌握之中。此刻保王分子吃得可比城內其他人都好。

湯瑪士目前處於輕微的火藥狀態中，這讓他能輕易從遠距離打量對方的長相。他認得魏斯伊凡將軍，高個子、禿頭、頭皮上有血斑。歲月讓將軍變成皮包骨，全身在風濕痠痛下緩緩前進。儘管如此，他還是沒理由小看對方，對方的心思遠比匕首銳利。

和將軍一起來的人湯瑪士一個也不認得。從他們破破爛爛的華服判斷，應該都是貴族，是政變之夜逃過他手下搜捕的傢伙，或是微不足道到他完全沒想到要抓的人。

但他認得和將軍一起來的女人，那個殺了拉喬斯和其他火藥法師的榮寵法師。坦尼爾應該對她造成了傷害，但她看起來並不太糟。或許坦尼爾弄錯了，他可能沒打中。湯瑪士和她相互瞪視彼此，她毫不畏縮地迎向他的目光。

坦尼爾從不失手。

保王分子的隊伍停止前進，爭論片刻，然後才走完最後這段路，在湯瑪士和傭兵面前列隊站好。對方共有二十人，魏斯伊凡是其中唯一的軍人。他們根本不是什麼反對勢力，湯瑪士感到一陣噁心，他們是委員會。

「戰地元帥湯瑪士。」一個繫著骯髒腰帶的胖貴族說道。「命令你的人馬退下！我們是來和談的。」

湯瑪士看了身後的士兵一眼。他們立正站好，來福槍揹在肩上。「魏斯，」他說。「很高興見到你。」

魏斯伊凡朝他點頭。「真希望是在其他場合碰面，我的朋友。」

「如果你現在就丟下這群人不管，我們可以盡釋前嫌。重建國家還有用得上你的地方。」

「就我看來，」魏斯伊凡說。「國家是毀在你手上。」

「你肯定看見其中的腐敗了吧？」湯瑪士說。「除非摧毀所有貴族階級，否則你絕對救不了艾卓。」

魏斯伊凡眼神疲憊，表情緊繃。他一副很想認同這句話的模樣。「事情比你想像得嚴重。而且你殺了我的國王，湯瑪士。我不能原諒你。」

「你的國王打算把國家送給凱斯！」湯瑪士突然提高音量。魏斯伊凡是個聰明人，不，是天才。他怎麼可能不懂？魏斯怎麼能阻擾他？「我不允許他們簽訂協議，讓國家遭受奴役。還有什麼事比人民更重要？」

將軍瞥了湯瑪士身邊的護衛一眼。「我不會在這裡談這件事。」他面色凝重。「我們是來協商的。」他說。

「你有什麼資格和我協商？」湯瑪士問。「你們完全被包圍了。我的人更多——」

「我的路障後面有兩萬人。」

「——或許，你把女人和小孩也算進去了。」湯瑪士說。「你最多只有幾名危險的技能師，還有這傢伙。」他向榮寵法師比了個手勢。「而我有十幾名火藥法師，和足以摧毀半座城市的野戰砲。」

「你是說沒有毀於地震的那一半？」魏斯伊凡冷靜的語氣令人火大。湯瑪士咬牙切齒。

「我有時間。」魏斯伊凡繼續說。「城裡主要的糧倉和軍火庫都在我的掌握中，都是你要的食物和武器。凱斯使節團隨時都會抵達，如果發現我們在內戰，他們就會聞血而來，凱斯部隊幾週之內就會兵臨城下。就算沒來，人民也會開始厭倦內戰，他們會把你的士兵和傭兵當成累贅。一旦你無法展開重建，他們會在你無法提供食物時反撲。」

這混蛋非常清楚他的問題。湯瑪士打量面前的貴族。「你們有何提議？」

繫髒腰帶的胖子迎上前來。「我是麥西爾子爵。」他拿出一張紙，遞了過來。「我們列了張要求清單。」

湯瑪士在對方抗議前搶走清單，迅速掃過一遍。

「你們要我退位？逮捕自己？」他難以置信地看向那些貴族。

「你犯的是叛國罪！」其中一名貴族怒道。「你殺了我們的國王！」

湯瑪士瞪著他們，直到另一人輕聲說：「那點我們可以談。」

湯瑪士繼續看清單，一段都還沒看完，他就開始搖頭。「你們要瓜分國王和被處決貴族的所有土地？你們當我是什麼，傻瓜嗎？」

「那些也可以談。」麥西爾說。

「你剛剛還說那些是要求。」

「比較算是協商。」麥西爾說著，偏過頭去。

湯瑪士把清單還回去。「魏斯，你肯定能和他們講講道理吧？」

魏斯伊凡聳肩。「協商，湯瑪士。我求你。」

「給我點時間。」

湯瑪士退回野戰砲後面，指示旅長上前。結果歐蘭、芙蘿拉、薩邦、萊斯旅長和薩巴斯坦尼安旅長都圍了過來。祖蘭還是站在一旁，目光如貓般瞪著對方的榮寵法師。

薩巴斯坦尼安旅長率先開口。「他們沒有籌碼可談判。」此人很年輕，只比坦尼爾大一點。湯瑪士很難認真看待他，不過如果沒有兩把刷子，他絕不可能在這年紀就成為亞頓之翼的旅長。

「恐怕他們有。」薩邦說。「魏斯伊凡說得對，我們沒時間。如果凱斯使節團來時發現我們這種情況……」

「更別提穀倉的事，」湯瑪士說。「我們為了讓城裡的人民有基本的食物吃而把部隊配糧降到只剩三分之一。人民在挨餓，他們不會忍受太久。」

「如果不諮詢議會就下決定，議會成員會氣炸的。」芙蘿拉指出這一點。「長官。」她補上一句。

「這是戰爭事務，上尉，」湯瑪士說。「他們讓我全權處理。我會照我認為適當的方式去協商。」他轉向萊斯。「我們可以在不損失數千人的情況下攻下路障嗎？」

萊斯想了一下。「除非我們先猛烈砲擊。即使砲擊……還是會折損大量人馬。」

湯瑪士翻了個白眼。萊斯加入亞頓之翼前是砲兵指揮官，他將砲擊視為一切情況的答案。

「如果不砲擊呢？」

「那就會血流成河。」萊斯說。「雙方都是。」

「狗屎。」

湯瑪士回到保王分子面前。「開出條件。」湯瑪士說。他指著麥西爾手上的清單。「是認真的條件，別給我那種豬糞。條件要包括她——」他指向榮寵法師。「她要為了謀害我的手下遭受處決。」

榮寵法師以老婦人特有的嚴厲眼神瞪向湯瑪士。對她而言，這些人都是玩孩童遊戲的小孩。

「不可能。」魏斯伊凡將軍說。「實際點，湯瑪士。這是戰爭，傷亡難免。」

湯瑪士咬牙。「開條件。」

麥西爾立刻開出條件，湯瑪士發現對方本來就預期會是這種情況。

「我們的占領區裡有個國王的表親。」麥西爾說。

「姓名？」湯瑪士插嘴。

「公正雅各。」

湯瑪士眨眼，努力回想王家血脈。「比較像是小鬼雅各，他最多只能算是四代遠親，而且才五歲多。」

「他是曼豪奇還活著的親戚裡血緣最近的人。」麥西爾解釋。「我們提議讓他坐上王位，成為曼豪奇十三世。你和魏斯伊凡將軍繼續掌握軍隊，我們和你的議會聯合組成國王的新顧問團。你的火藥法師就是新的皇家法師團。」

「國王呢？」湯瑪士問。

「我們會輔佐他到成年為止。」

湯瑪士看向魏斯伊凡。這些條件清楚合理，肯定是他在背後指點。貴族會讓他掌握大部分控制權，但他不能接受。

「我絕不會再讓國王掌控艾卓。」湯瑪士說。「我絕對不接受。如果你們要國王，他就只能是個虛銜。」

麥西爾皺眉。「傀儡君主？」

「最多就是如此，而那已經是在考驗我的耐心了。」

「不。」麥西爾說。「艾卓一定要有真正的國王。」

「永遠不行。」湯瑪士說。

「你拒絕我們？就這樣？沒得商量？我們把部隊都交給你指揮，讓你成為下一任皇家法師團的首領，你會是艾卓第二人。你真的貪婪到得把一切抓在手裡嗎？」

湯瑪士輕笑。「你們這群可憐蟲。我這麼做不是為了權力，是為了摧毀君王制度。我是為了解放人民才這麼做的。我不會繞了一大圈又把小國王放到王位上，讓你們可以回到鄉村大宅繼續搾乾國家。」他看向魏斯伊凡。「很抱歉，我的朋友，沒有國王，也沒有其他國政權可以再度染指艾卓。」

「我會對抗到最後。」魏斯伊凡說。

湯瑪士對老朋友鞠躬。「我知道。」湯瑪士感覺有人碰了一下他的肩膀。祖蘭來了，表情非常嚴肅。

「不對勁。」她說。

「什麼？」湯瑪士說。他和魏斯伊凡將軍對看一眼。

路障後傳來一陣空氣來福槍擊發的熟悉聲響。祖蘭跳到湯瑪士和魏斯伊凡將軍之間，推開湯瑪士。子彈擊中一道隱形屏障。祖蘭向後退，以最快的速度拋出火球。火球擊中路障，引起火花四濺。

對方的榮寵法師在祖蘭之後迅速展開行動。堅硬的空氣盾牌擋下了湯瑪士反應最快的士兵發射來的子彈，掩護保王分子代表團撤退。地面震動，空氣彷彿也在顫抖，最接近湯瑪士的野戰砲突然爆裂，輪子脫落，壞掉的金屬砲管轟然落地。

湯瑪士跳起來。他們攻擊他，他們打著休兵的旗號攻擊他！魏斯伊凡不該幹出這種事。魏斯伊凡……湯瑪士看向他的老朋友。魏斯伊凡被人拖回路障後面，他少了一條手臂，整個胸口焦黑。他死了嗎？他被祖蘭的火球擊中。湯瑪士感到噁心。

「不可理喻。」他啐道。「萊斯旅長，裝填火砲！我們立刻攻擊！」

11

「公立檔案處就在我們的上方。」阿達瑪說。索史密斯的油燈在他身後停止搖晃，燈油潑濺的聲響消失。

「你確定這次不會弄錯？」

阿達瑪舉起自己的油燈，照亮面前的生鏽鐵梯。階梯之間的磚塊上有個牌子，照理說是標明這道鐵梯通往何處，但牌子上的字早就模糊不清。艾卓的暴風渠道大多年久失修，沒毀於地震實屬奇蹟，也側面證明了艾卓絕佳的工程質量。

「我或許擁有完美的記憶，」阿達瑪說，聲音在肩膀高的長長地道中迴盪。「但這些可惡的暴風渠道全都長得一模一樣。」

「嗯，我喜歡女子澡堂。」

「我敢說你喜歡。」阿達瑪說。「湯瑪士正在對這個區域進行砲擊，也不知道澡堂有沒有人在使用。」他伸手搓了搓牌子，想看清楚上面的字跡。「一定是這裡。」

索史密斯走到他身旁。高大的拳擊手幾乎整個腰都彎下來。阿達瑪在暴風渠道裡走得膝蓋和大腿痠痛，但肯定沒有索史密斯慘。

「我去看看。」說完，索史密斯把油燈交給阿達瑪，爬上鐵梯。鐵梯嘎吱作響，抗議他的體重。「油燈。」他邊說邊往下伸手。

阿達瑪聽見索史密斯推開格柵爬了出去。在他們頭頂上某處，比阿達瑪想得還要近的距離，傳來低沉的隆隆砲響。

「上來。」索史密斯說，聲音有點悶。

阿達瑪跟著他爬上鐵梯，發現自己出現在一座拱形的地窖裡。牆壁都是水泥砌成，潮濕發黴，地上積了半吋深的死水。看來這裡起碼有十年沒人來過了。

「就是這裡。」阿達瑪說。

「真的？」索史密斯顯然很懷疑。

「我小時候會在暴風渠道裡玩，」阿達瑪說。「常惹我母親生氣。我肯定在艾卓半數地窖探險過。」他對索史密斯一笑。「找到澡堂時，我就知道我們離得很近了。」

「你在那底下待了很久？」

「當然，畢竟我曾經也是青少年。」

他們路過幾間一模一樣的拱形儲藏室，然後找到一條向上的狹窄階梯。門在阿達瑪推動時搖了搖。

「索史密斯。」他喊道，一邊往後退，讓拳擊手從自己身邊擠過去。索史密斯雙手撐住兩側牆壁，對著門一腳踢過去。鎖頭應聲斷裂，門脫離鉸鍊向內傾倒。他們在屋內迴盪巨響時互看了一眼。

兩人把油燈放在地窖門邊，小心翼翼地前進。阿達瑪帶劍杖，索史密斯則帶了兩把短管手槍。他們經過一條長廊，來到檔案處的大廳。

這棟建築物和遊行廣場一樣大，足足有四層樓高，書櫃一路從這面牆排到對面那面牆。阿達瑪沿著一條走道行走，期間聽見石牆外傳來火槍和來福槍擊發的聲響。空氣中滿是灰塵，以及濃重的書味——膠水、紙張、老羊皮紙、歲月和腐敗的氣味。

「這裡沒人。」索史密斯說。

阿達瑪回頭看了一眼，索史密斯正用懷疑的眼光打量著書櫃，顯然專靠拳頭解決問題的人和書不太熟。「不意外。」阿達瑪說。「魏斯伊凡將軍贊助九國境內十幾間圖書館，包括這一間。他不會讓人碰它們的。」

他們離開長廊，走到圖書館中央。這裡的空間很寬敞，沒有書櫃，擺滿了閱讀桌，照明來自屋頂中央四層樓高的天窗，所有桌面都乾乾淨淨。

只除了一張桌子。

阿達瑪手指抵住嘴唇，指示索史密斯跟上。這張桌子一角擺了一堆書，書都是攤開的，彷彿片刻前還有人在閱讀。他越走眉頭皺得越深。那些書顯然都缺頁，還有整段內容被塗黑。他把一本書翻到封面——是《服侍國王》。

阿達瑪拔出杖劍，順勢轉身。他聽見索史密斯扣扳機的聲音。

一個女人從他們之間走出來。她身穿羊毛騎馬裝和外套，灰髮及肩，雙眼漆黑睿智，令阿達瑪聯想到渡鴉。她戴著榮寵法師的手套，抬手指向他和索史密斯。一陣砲擊撼動圖書館，激起書櫃上的灰塵。

阿達瑪舔舔嘴唇，索史密斯則瞪大雙眼，手指輕觸扳機。

「你會害死我們兩個的。」阿達瑪對索史密斯說。

「我不喜歡這樣。」他回答。

「我也不喜歡。妳是誰？」他問榮寵法師，雖然他已經知道答案。

「我叫羅莎莉雅。」她說。

「妳就是湯瑪士在獵殺的榮寵法師。」

她的沉默就是答案。他垂下眼睛，看向桌上的書。

「妳要殺我們嗎？」

「除非有必要。」

阿達瑪緩緩壓低杖劍，並指示索史密斯放下手槍。

「你是技能師。」羅莎莉雅說。

「對。」

「你在找我嗎？」

「不是。」

榮寵法師一臉疑惑。「那你們來這裡做什麼？」

阿達瑪朝書點了點頭。榮寵法師還是沒有放下戴手套的手，那令他緊張。他說：「那些書頁是妳撕掉的嗎？內文是妳塗黑的？大學的書是妳拿走的？」

羅莎莉雅慢慢放低雙手。「不是。」她說。

「妳沒拿走大學的書？」

「書是我拿的，但我沒有撕書。是她幹的。」

「誰？」

榮寵法師沒有回答。

「妳為什麼要拿那些書？」

「顯然是和你一樣，」她說。「找答案。」

「克雷希米爾的承諾。」阿達瑪輕聲道。

羅莎莉雅面露嘲弄。「事情很單純。」她說。「只是問題比你以為得還多。」

「我只在乎克雷希米爾的承諾。」阿達瑪說。「那是什麼？」

她側頭審視阿達瑪，如同貓在打量老鼠。來福槍的開火聲填滿此間的沉默，外面還有火砲爆炸聲。

「幫我傳個信。」

「什麼？」

「一段口信。你得親自傳遞。」

「我會幫妳傳該死的信。告訴我那承諾是什麼，給我證據。」

「我不信任你。」羅莎莉雅說。「但如果你幫我傳口信，我就告訴你。」她的目光突然轉向被來福槍柄敲響的大門。榮寵法師喉嚨發出嘶吼。「戰地元帥湯瑪士來了，我得走了。你不可能在這些書裡找到答案，只有我能給你答案。」

阿達瑪內心盤算著趁她不注意抓住她的機會有多大。給索史密斯打個暗號，一拳揮向她後腦杓。他們能把她交給湯瑪士，讓他去問答案。不過，阿達瑪看得出來這麼做會得到什麼結果，就是他會死於榮寵法師的魔法之下。

「給誰帶口信？」

「榮寵法師包貝德。」羅莎莉雅說。「曼豪奇皇家法師團僅存的成員。他人在肩冠堡壘。告訴他，她會嘗試召喚克雷希米爾。」

「就這樣？」阿達瑪問。

羅莎莉雅輕輕點頭。

「那克雷希米爾的承諾是？」

她大笑，笑聲很刺耳。「去問包貝德，他知道。」

檔案處主門廳的大理石地板傳來腳步聲。羅莎莉雅轉身就跑，像個年紀只有她一半的人般跳過桌子。她剛消失在遠方走道上，對面的書櫃後就冒出士兵。他們身穿亞頓之翼傭兵團的制服，槍口指向阿達瑪和索史密斯。

傭兵彼此對看。

阿達瑪舉起雙手，嘆了口氣。「告訴戰地元帥湯瑪士，阿達瑪調查員來見他。」

「怎樣？」阿達瑪說。「他在附近，對吧？」

其中一名傭兵沿著走道往回跑。索史密斯瞪向阿達瑪。

「別提了。」阿達瑪低聲道。「如果我知道湯瑪士今天要攻下檔案處，我們就不用在暴風渠道裡跋涉兩天。」

「混蛋。」索史密斯說，低頭看向自己濕透的鞋。

「調查員？」戰地元帥湯瑪士從書櫃間的一條走道中走出來。他佩戴鋸柄決鬥槍，槍管上的火藥痕跡顯示他才剛開過槍。「你在這裡做什麼？」

「進行調查，先生。」阿達瑪說。

「當然。」湯瑪士心煩意亂地說道，上下打量阿達瑪和索史密斯，然後嗅了嗅。「你們去過下水道？」

「暴風渠道。」

「非常厲害。」湯瑪士看了看他們身後的傭兵團。「退下，阿達瑪調查員是我的人。去檢查圖書館的其他地方。」傭兵離開後，湯瑪士轉回來面對阿達瑪。「你已經解開我的謎團了嗎，調查員？」

「有些頭緒了，不過目前還沒有定論，先生。我在找的書都被破壞或失蹤了。」

「我以為你除了整天翻書之外還有其他調查方式。」

「通常調查工作就是翻書，先生。」阿達瑪說。「有線索就要追。」

「非常好，繼續查。等等。」

阿達瑪停頓。

「你知道黑街理髮幫嗎？」

阿達瑪回想這個幫派的細節，仔細思考一遍。「他們的領袖叫提夫。在艾卓的地下幫會裡，他們算是頂尖殺手。據說只要價錢合理，他們什麼工作都會接。過去數百年來，至少有一打理髮師嘗試暗殺艾卓國王，因為報酬不錯。不過，由於國王有皇家法師團保護，他們從未暗殺成功。我見過提夫，他是……整個幫派裡腦袋最沒問題的人。老實說，整個幫派都該進精神病院。我希望你不是在考慮……」

湯瑪士輕輕點頭。「謝謝。」他跨步離開。

「……雇用他們。」阿達瑪輕聲說完。

阿達瑪從傭兵出現時丟下手杖的地方撿回手杖。他看了一眼羅莎莉雅離開的方向，思索她隱晦難懂的訊息。「該去肩冠堡壘走走了。」他對索史密斯說。

「雅各！」妮拉推開一名保王派士兵，然後被剛剛砲擊打到街上的磚塊絆倒。她撩起裙子爬起身，跌跌撞撞地叫著男孩的名字。

她衣服上有血跡。稍早，她在和一名叫潘恩的男人一起吃簡陋的早餐，一顆砲彈掠過她肩膀打掉了潘恩的腦袋。她依然能在腦中聽見那個聲音，宛如燒開的茶壺發出的可怕尖叫聲，同時瞬間發生的死亡就從她耳邊掠過。那顆砲彈將潘恩身後的牆炸出一個大洞，一路穿越路障後面還算完整的一棟房子裡的雅各房間。潘恩的屍體還坐在椅子上，肩膀無力垂下，一手握著湯匙。雅各本來應該要在床上的，但他不在。

妮拉發現雅各的其中一名黑爾衛士在清理制服上的石塊。他名叫拜斯特，約莫三十五歲。他沉穩的態度讓她聯想到在艾達明斯公爵家見過的那名大鬍子中士。

「雅各呢？」她問。

「他不在床上？」拜斯特問。

「不在。」

「見鬼了，他一定又跑出去了。」

一顆霰彈砲在上空炸響，所有人四下奔逃尋求掩護。妮拉發現自己倒在地上，拜斯特正壓在自己身上。

「妳沒事吧？」他問。

「我沒事。去找雅各。」

他扶起她，跑過街道，大喊雅各的名字。妮拉聽見火槍擊發聲，鼻中充滿刺鼻的火藥味。街道盡頭是一道路障。保王派士兵和志願兵蹲在後面，對著另一邊看不見的艾卓軍開火。和談已經是五天前的事了，之後的每一天，戰地元帥湯瑪士的部隊都在步步進逼。砲聲和槍聲日夜不停，空氣中瀰漫著黑火藥的硫磺味。

有人高聲警告。片刻過後，藍制服士兵宛如衝破水壩的大水般越過路障而來。

「跑。」拜斯特指示。「退到下一道路障後！」他對附近的志願兵大叫。

拜斯特抓住妮拉手臂。「我們得找到雅各。」才剛說完，他突然轉身看向從巷子裡跑出來的艾卓士兵，頭上的羽帽掉了下來。拜斯特拔劍擋下刺刀突刺，對方用槍柄重擊他下巴。拜斯特摔倒在地。士兵站在他面前揚起刺刀。

妮拉吃力地搬起地上的磚塊，高高舉起，狠砸向艾卓士兵的後頸。男人一聲不吭摔在地上。拜斯特摀住下巴，用力甩頭。

她拉他起身。

「那裡！」她說。她看見雅各跑過大街，離路障很近。一顆子彈激起男孩身前的塵土，嚇了他一跳，他哭著跌倒。

艾卓士兵已經攻陷這道路障，距離雅各不到一百呎，不過妮拉離他更近。她撩起裙子開始奔跑，聽見拜斯特緊跟在後。攻陷路障的士兵忙著鞏固陣地，對路邊的小孩興趣不大。妮拉跪在雅各身旁，把他抱在懷裡。拜斯特扶她起身，兩人一起奔向安全的地方。

妮拉發現拜斯特不在身邊時停下腳步。她轉身，看見他回頭看著淪陷的路障。

「已經失守了。」她說。

「是他！」拜斯特拔劍。

「你做什……」她看見了，戰地元帥湯瑪士和他手下一起站在路障上觀察後方街道。她在他旁邊看見一張熟悉的面孔，是那天晚上在排屋廚房救她的大鬍子中士。

「拜斯特，我們得帶雅各前往安全的地方。」

「在那個奸詐的混蛋面前沒有安全的地方。」

「魏斯伊凡將軍……」

「將軍死了。」

妮拉不知道該說什麼。她知道魏斯伊凡將軍在和談時受傷，但他們告訴保王分子他還活著，因為只有他能和戰地元帥湯瑪士一決勝負。這下他們真的輸定了。

妮拉看向下一道路障。保王分子向她招手，示意她先躲到相對還算安全的地方。她緊緊抱著雅各。他雙掌摀住耳朵，她感覺到他肩膀起伏在嗚咽哭泣。

「拜斯特。」她哀求道。羅莎莉雅在哪裡？她是他們唯一的希望，她能用魔法對付湯瑪士和他的部隊，把他們驅離街道。

拜斯特從士兵屍體上撿起一把開過火的來福槍，檢查上面的刺刀。他拍掉底火盤上的火藥，雙手緊握槍身，獨自衝向淪陷的路障。

大鬍子中士伸手指向拜斯特，舉起來福槍。戰地元帥湯瑪士轉身，饒富興味地側頭看著衝過來的黑爾衛士。他拔出手槍，扣下扳機。拜斯特中槍倒地，身體在衝勢下往前滾了一圈，然後抽搐一下，再也不動了。子彈從超過一百步外的距離貫穿他的眼睛。戰地元帥湯瑪士揮開槍管前的硝煙。

妮拉尖叫。

她看見戰地元帥朝她比了個手勢，等著另一顆子彈貫穿自己的腦袋。子彈始終沒來，反倒是艾卓士兵跳下路障朝她衝過來。她看著他們，震驚無比，直到想起在她懷裡的雅各。

妮拉轉身奔向下一道路障。她比艾卓士兵離路障更近，但他們比她快多了。她被裙襬絆倒，掙扎著爬起來。四十呎外，保王分子從下一道路障後開火掩護她。子彈在四周石板地上反彈，火藥味差點令她窒息。

還有三十呎。

有人從後面打中她。她倒地，轉身看見艾卓士兵撲上來。她尖叫掙扎，但雅各被人搶走。一名士兵轉向她，刺刀對準她的肚子。他在最後關頭扭轉來福槍，用槍托把她推開，然後士兵帶著大吼大叫的雅各撤退。

妮拉掙扎起身，跌跌撞撞跟過去。他們不能把他搶走，現在不行，不能在她保護他這麼久之後搶走他。她停在拜斯特的屍體旁。他趴在地上，剩下一隻眼睛瞪著對街。蒼蠅已開始在他頭顱上的血洞旁亂竄。她跪倒在地，開始嘔吐。

槍聲再次響起前，有人把她拖離大街，拉到充滿碎石的小巷裡。

妮拉癱在某間房子尚未倒塌的牆壁前方。「妳讓他們搶走他。」她對救她的人啐道。

羅莎莉雅看向大街，手套擺好架式，準備施法，直到某種不明顯的威脅過去。她放下雙手。

「這已經不是我的戰爭了。」羅莎莉雅說。

「妳本來可以阻止他們的。」妮拉指控。「妳可以直接殺了湯瑪士，妳可以保護拜斯特。」她聽見自己的聲音崩潰，感覺眼淚流過臉頰。她用髒兮兮的袖子擦眼淚。

「魏斯伊凡將軍死了。」羅莎莉雅說。「已經沒理由繼續這場內戰。」她頓了一下，面對妮拉指控的眼神。「對，我本來可以殺了湯瑪士，但妳完全無法想像的傷害已經造成，事情到了這個地步，殺死湯瑪士只會讓傷害加倍。」

「拜斯特。」妮拉說。

「我不期待妳理解。」羅莎莉雅說，聲音突然變得溫柔。「妳很勇敢，很聰明，我只期待妳繼續過妳的人生。那孩子已經落入湯瑪士手中，而魏斯伊凡死了。雖然其他保王分子會繼續拖延內戰，但湯瑪士遲早都會獲勝。妳要趁還有機會時趕緊脫身。路障西南角的廢墟有路可以出去，雙方人馬都還沒發現那裡。從那裡離開，弄點錢，遠離此地，好好度過一生。」羅莎莉雅沉思片刻。「法特拉斯塔這個時節不錯。」

「他會把雅各怎麼樣？」妮拉問。

羅莎莉雅伸出一隻手。妮拉拉住她的手，站起身。

「雅各，」她看羅莎莉雅沒有回答，又問了一次。「湯瑪士會怎麼處置他？」

「湯瑪士很務實。」羅莎莉雅說。「如果讓王位繼承人活下去，今日的情況就有可能重演。他會悄悄解決掉那個孩子。」

妮拉擦乾眼角的淚水。想到雅各的金髮腦袋落在籃子裡的畫面，她下定決心。

「離開艾卓，」羅莎莉雅說。「這裡的事情辦完後，我也會離開。拿去。」她從外套口袋裡拿出一樣東西塞到妮拉手中。那是一百克倫納幣。

「謝謝妳。」妮拉說。羅莎莉雅輕輕揮手，沿著巷子前進，遠離路障。妮拉在原地等了一會兒，想著手裡的錢幣和城外的銀器。她現在站的巷子還看得見拜斯特，他的屍體一動也不動地躺在保王分子和艾卓士兵持續交戰的火網中。妮拉緊緊握住錢幣。那些錢夠她買套新衣，雇用馬車前往布魯丹尼亞。而她的銀器，足以讓她展開新生活。

但她心中浮現戰地元帥湯瑪士殘殺拜斯特的景象。

她不能開始過新生活，帶著那些記憶就不行。

12

肩冠堡壘坐落在南矛山崎嶇的稜線上。儘管受到高山嚴酷氣候侵襲，堡壘城牆依然光滑平順，可見五百年前建造並保護這座堡壘的人法力有多強大。往東南方，是一望無際的凱斯琥珀色平原；往西北方，穿越山丘和再過去的森林，就能看見艾卓邊境的遠山，艾鐸佩斯特宛如鑽石般鑲在艾德海淚珠狀的尖端；而在北方，南矛山的山峰冒出不祥的黑煙。

阿達瑪從堡壘邊緣轉身離開。看到整個世界如此展現在眼前令他一陣頭昏眼花，想要返回鎮上——這座堡壘如此之大，能容納一整座城鎮——但是守山人士兵要他在這裡等待榮寵法師包貝德。他們應該要提供他一間房，這種海拔高度足以把人凍僵。看來他們想看他瑟瑟發抖的模樣。

阿達瑪感到身心俱疲。即使有現代道路，這段旅程還是得搭五天馬車，而他們幾乎沒有停下來休息。顛簸又不舒適的座位讓他渾身痠痛，缺乏睡眠令他頭疼。即使真的睡著了，羅莎莉雅那則口信——有個女人打算召喚克雷希米爾——也讓他噩夢連連。他到底是怎麼回事？克雷希米爾是神話人物，是教會為了控制平民而捏造出來的權力象徵。

「你在幹嘛？」

索史密斯停下裝填短管手槍的動作。那把武器在他的大手中宛如孩童的玩具。「我看起來像在幹嘛？」

「你以為他會殺了我們？」阿達瑪問。「因為我們問他問題？」

「上一個榮寵法師差點殺了我們。」

「然後呢？」

「什麼然後？」

「他是榮寵法師，索史密斯。如果他不想見我們，只要一揮手就能把我們吹落堡壘牆頂。」

索史密斯聳肩。「你付錢叫我保護你，是吧？」

「對。」阿達瑪嘆氣。索史密斯似乎不明白，對方是榮寵法師，在那種人面前沒人守護得了任何人。

「就算是榮寵法師，也得先通過我才能動你。」索史密斯繼續裝填武器。

阿達瑪忍著笑，發現這話紓緩了些許緊張情緒。他立於世界的屋脊上，離艾鐸佩斯特五天路程遠，在守山人的堡壘裡。大家都知道守山人是由九國中最剽悍的罪犯和惡棍所組成的，他們修築高山道路，負責礦坑和林場的工作，也是艾卓對抗外國侵略的第一道防線。阿達瑪相信守山人會保護國家，但不太相信他們會保護他。

「榮寵法師跑來這種地方做什麼？」索史密斯裝填完畢，將槍塞回腰帶。他倚著一座火砲，砲口朝向凱斯。

「被放逐了。」阿達瑪看著他口中吐出的白霧。

「為什麼？」

「你是問官方說法？皇家法師團中權力轉移，包貝德選錯邊站了。然而，檯面下的說法是，據說他睡了榮寵法師克汗最寵愛的小妾。」

索史密斯輕笑。「他沒被剝皮？」

「當然沒有。」

榮寵法師從堡壘內部的鎮上走來。他距離他們很遠，照理說應該聽不見兩人的對話。他穿著馴鹿皮及膝長外套、靴子、褲子和帽子，比阿達瑪想像中矮，淡紅色的鬍鬚覆蓋在鬆垮的臉頰上。守山人不會優待任何人，就連榮寵法師也不例外。

榮寵法師在他們身前數呎外停下腳步。他雙手縮在袖子裡，但阿達瑪能隱約看見榮寵法師的白手套。

「其實這並不難。」榮寵法師解釋道。「我對克汗大師說，如果他殺了我，我最好的朋友會去殺了他。」

「你最好的朋友是誰？」

「雙槍坦尼爾。我是榮寵法師包貝德，叫我包就好。」

阿達瑪伸出手，包用戴著手套的手和他用力地握了握。「我是阿達瑪調查員，這位是我的同事，索史密斯。」

包瞇眼打量索史密斯。「那個拳擊手？」

「沒錯。」索史密斯語氣有點驚訝。

「我小時候常常去看你比賽。」包說。「坦尼爾和我會為了看你溜出去。押你輸害他損失了很多錢。」

「你呢？」

「大賺一筆——對小孩而言。」

阿達瑪審視著對方。他對這名榮寵法師的認識僅止於城內的謠言，對任何皇家法師團成員瞭解太深都不是明智之舉。「榮寵法師和火藥法師當朋友似乎有點奇怪。」

「我們兩個早在天賦展現前就認識了。」包說。「坦尼爾和我交朋友時，我是個孤兒。湯瑪士讓我住在地窖裡，甚至付錢請家教教我。他說，如果坦尼爾要交朋友，最好是交受過教育的朋友。法師測驗員把我點出來時，我們全都吃了一驚。不過，坦尼爾去法特拉斯塔後，我就沒再見過他了。」

「榮寵法師不是對火藥過敏嗎？」

「我在他附近時，眼睛就會腫起來。」包說。「小時候就一直在想這是為什麼。所以，像你這樣的紳士跑來守山人堡壘做什麼？你看起來不像湯瑪士的殺手。」

「我們不是殺手。」阿達瑪連忙說。「不過我明白你為什麼會這麼想。我在幫戰地元帥湯瑪士做事，他如果不想要你活下來，我懷疑你現在還能活著。」

包後退一步。「他不知道。」他喃喃說道。

「不知道什麼？」

「沒什麼。你來找我做什麼？」他健談的語氣消失，微笑也不見了。

「克雷希米爾的承諾是什麼？」

包打量他片刻。「你是認真的？」

「非常認真。」

「湯瑪士派你大老遠跑來山上，就為了問我這個？」

「我是自己主動來的。」阿達瑪說。「但我是為了幫戰地元帥湯瑪士找答案而來。」包這種難以置信又半嘲弄的反應讓他感到不安。

包彷彿鬆了一大口氣。他面露微笑，然後笑出聲。「讓我猜猜，」他說。「湯瑪士屠殺皇家法師團時，他們臨死前說了些類似『不要打破克雷希米爾的承諾』之類的話？」

阿達瑪咬牙。這名榮寵法師開始讓他有點生氣了。知道阿達瑪不知道的事情似乎讓這人享受很大的樂趣。「是的。」阿達瑪回答。「你是在嘲笑法師的臨終遺言？那是什麼變態的玩笑嗎？用來嚇唬殺死他們之人的法術？」

包的笑聲停歇。「並不是。那些榮寵法師非常認真。你可以施展法術或某種力場，讓法師死前說某些話。你以為那是在開玩笑？不，開玩笑是我會幹的事情，但那些傢伙不會。他們對那個深信不疑。」

「那到底是什麼意思？」

「克雷希米爾的承諾。」包一副吃了酸東西的模樣，在嘴裡咀嚼這幾個字。「據說，克雷希米爾建立九國時，挑選了九位國王統治他所創造的國度，並為每位國王指派一群皇家法師團保護和輔佐他們，稱之為榮寵法師。國王們看到那些榮寵法師都是力量強大的人類，便告訴克雷希米爾，他們擔心皇家法師團會叛變，把權力據為己有。於是，克雷希米爾對他們許下承諾。」

「他承諾國王們，他們的血脈將會永遠統治九國，他們的子孫永遠不會不孕，而事實也是如此。克雷希米爾告訴榮寵法師，如果有人透過暴力斷絕了國王的血脈，他就會親自重返，摧毀整個國家。」說完，他向後一靠，彷彿想起要寫功課的學生。「你覺得如何？」

「我是崇尚理性的人……」阿達瑪雖然這麼說，但仍感到不寒而慄。

「你當然是。」包說。「現代人大部分都是。那是則愚蠢的傳說，許多讓皇家法師團安分守己的故事之一。克雷希米爾的統治是將近一千四百年前的事了——據推斷可能更久。就連國王也不太相信這則故事，皇家法師團裡也只有最老的幾名成員相信。」包伸手觸摸外套底下的某樣東西。「不，要控制皇家法師團還有更有效的做法。」

「我該怎麼對湯瑪士說？」阿達瑪問。

包聳肩。「愛怎麼說就怎麼說。叫湯瑪士去煩惱更重要的事，像是餵飽人民或——」他指著堡壘牆外的凱斯國境。「他們。」

阿達瑪深吸口氣再緩緩吐出。「所以就這樣了？」他問。

「就這樣。不過，」包補充。「我不知道你為什麼沒辦法在圖書館裡查出這件事。有十幾本書都有提到過。」

「被燒掉了。」阿達瑪說。「那些頁面被撕毀，內文被塗掉。很可能是榮寵法師幹的。」

包皺起眉頭。「榮寵法師應該知道不該做這種事。書很重要，能幫我們連結過去和未來。所有寫下來的字句都提供我們進一步控制艾爾斯的暗示。」

「包！」堡壘鎮的方向有人朝這裡喊道。

他轉身。

「我們要去採石場了！」

「再五分鐘！」包喊了回去。他把手從衣袖中伸出來，扭動戴手套的手指。「那些混蛋越來越懶散了。」他說。「他們以為鎮上有名榮寵法師，就能使喚我切割石頭、砍樹或清理雪崩。上週收拾地震的殘局差點把我搾乾了。好了，很遺憾我的答案不夠戲劇性。如果見到雙槍坦尼爾，幫我向他問好。」

包走到半路，阿達瑪才想起他答應要帶的口信。他慢跑過去追上榮寵法師。

「我有則口信。」他說。

「坦尼爾的？」

「不是，是一名叫羅莎莉雅的榮寵法師。」

包聳肩。「沒聽過。」

「好吧，她叫我帶口信給你。」

「然後呢？」

「口信說：『她要召喚克雷希米爾。』我不知道這女人口中的『她』是指誰。我想不是指她自己。而我……」

包僵在原地，面無血色。他失足跌向一側，被阿達瑪扶住。「什麼意思？」包一把推開他，牙齒打顫地說道：「那是地獄和詛咒。離開！快走！回艾鐸佩斯特，叫湯瑪士集結部隊！叫坦尼爾遠離國境。告訴他……狗屎！」最後那個字是用吼的。包衝過堡壘城牆，奔向鎮上。

阿達瑪站在原地，震驚到說不出話來。

索史密斯走到他身旁，拍掉煙斗裡的煙灰。「怪人。」他若有所思地表示。

「我不喜歡這樣。」湯瑪士說。

「我想沒人喜歡，我的朋友。」

湯瑪士回頭看著薩邦。戴利芙人站在大遮陽傘下，看向遠方路障，光頭上的汗水宛如冰杯外凝結的水珠。雖然是早春，但今天的氣溫熱到不尋常。太陽高掛天空，曬乾持續幾週潮濕氣候的最後一絲濕氣。

「弟兄們能理解嗎？」湯瑪士問。

「我們的弟兄，還是傭兵？」

「傭兵都很務實，無論如何他們都拿得到錢。但對於我自己的士兵，這麼做會讓他們對我喪失信心嗎？」

歐蘭站在幾步外，雖然這個問題不是在問他，但他轉頭看了湯瑪士一眼。

「我認為他們不會對你喪失信心。」薩邦說。「他們或許不喜歡這種感覺，畢竟戰爭應該是紳士的競賽，不過他們會明白的。他們會尊重你不願讓人枉送性命的決定，他們會尊重你不想砲擊自己城市的想法。」

湯瑪士緩緩點頭。「我以前從未採取暗殺的手段，帶領部隊二十五年來從未有過。」

「我記得有幾次你應該要這樣做。」薩邦說。「我們在葛拉東南對抗夏的那次？」

「我努力不去想。」湯瑪士傾身啐了一口。他拿起腰間的水壺，目光停留在路障上。他聽見兩哩外萊斯旅長進攻時軍械庫所發出的槍砲聲。「我這輩子遇過不少壞人。」湯瑪士說，回想夏的情況。「但那傢伙是怪物。部下質疑命令，他就把人家親戚全部活埋。」

「你閹了他。」薩邦說。

歐蘭嗆到。他把菸丟到地上，咳出煙來。

「戰爭絕不是紳士的競賽，我的朋友。」湯瑪士說。「不然我絕不會參加。」他看向歐蘭。「給我們一點時間。」

歐蘭退到聽不見他們說話的地方，繼續咳嗽。湯瑪士走到薩邦的遮陽傘下，從口袋裡拿出一封信交給薩邦。

「你的新任命狀。」湯瑪士說。

薩邦接過信。「什麼？」

「我派安卓亞和瓦戴史雷夫去招募更多火藥法師。皇家法師團死光了，我想火藥法師會比較願意公開承認天賦。更別提有我們提供的酬勞。」他說。「他們在城外建立招募所，在大學附近，很快就會前往戴利芙、諾維和猶尼斯展開招募。我要你跟他們一起去。」

「不。」薩邦拒絕，把信還回去。

「我是你的上級。」湯瑪士說。「你不能拒絕。」

「我可以拒絕我的老友。」薩邦說。

「你為什麼要拒絕？」

薩邦咕噥著：「安卓亞和瓦戴史雷夫完全能夠應付招募工作。你把其他火藥法師派去瓦賽爾之門，坦尼爾在城裡追殺鬼魂，儘管你把芙蘿拉留在身邊，你還是氣到不肯和她說話。我不會讓你身邊沒有其他火藥法師。」他朝路障一指。「凱斯大使一週內就會抵達，你還要收拾殘局。我們能肯定理髮幫會成功嗎？」

「你在擔心我？」湯瑪士問。「那就是你的藉口？」

「我擔心你會搞砸一切，要有人收拾爛攤子。」薩邦停頓。他們都聽見路障後傳來叫聲。「或許我們該去幫幫他們。」他說。

「天殺的理髮幫可以照顧自己。」湯瑪士說。「他們就算全死光，我也不會皺一下眉頭。別轉移話題。瓦戴史雷夫說他們已找到七個有點天賦的人選，他們說其中三個很有潛力。」

「訓練火藥法師要好幾年的時間。」薩邦說。「他們得學會控制力量，同時還得學會當個稱職的軍人。」

「所以我才要你去。」湯瑪士說。「坦尼爾和芙蘿拉基本上都是你一手調教出來的。如今坦尼爾是全世界最強的狙擊手，芙蘿拉可以從半哩外引爆火藥桶。」

「你很清楚那不一樣。」薩邦生氣了，黑眼睛閃耀著危險的光芒。「坦尼爾會拿槍後就開始射擊。芙蘿拉……好吧，她是天才。」

「你不必去招募人才。」湯瑪士解釋道。「但我要你辦學校。你會有經費，能夠主導一切事務。你離我不會超過幾小時路程。如果我需要你幫忙，就會立刻把你找回來。」

「你保證？」薩邦問。

「我保證。」

薩邦把信封塞入口袋。「凱斯大使抵達時，我要在場。」

「當然。」

「不要表現得一臉高興的樣子。」

湯瑪士忍著不笑。

「長官！」歐蘭走回來，指向路障。

一道人影緩緩爬上路障，然後跳回大街，走過還沒清理的地震碎石堆。他身穿白衣黑褲，以及一條白圍裙，圍裙上沾有血漬。

男人直接朝他們走來。他甩開一把剃刀，刀刃反射陽光。湯瑪士看見歐蘭處於戒備狀態。那人用剃刀輕抵額頭，嘲弄式地敬了個禮。

「提夫，先生，黑街理髮幫。」男人說。「路障是你的了。」

「保王分子領袖？」

「不是死了就是被捕，」提夫說。「不過大部分都死了。」

湯瑪士輕哼。「女人和小孩呢？」

男人收起剃刀，又再度甩開。他有點緊張地用刀刃沿著自己喉嚨輕輕劃過。「呃，有些不好的情況發生。我有些手下有點問題，先生。我，呃，已經永久處置了那些人。」

湯瑪士緊握拳頭。這是個錯誤。「魏斯伊凡將軍呢？」

「他死了，先生。就和你說的一樣。」

湯瑪士希望魏斯伊凡在和談後的襲擊行動中只是受傷而已，但對方整條手臂都沒了，年紀又大，也不是火藥法師。「歐蘭，集合黑街理髮幫，保護他們安全，直到我們找到機會付錢。」

「好了，聽著。」提夫說著，朝湯瑪士上前一步。歐蘭立刻擋在他們中間，刺刀對準提夫帶血的圍裙。提夫吞嚥口水。

湯瑪士指示附近的傭兵隊長。「別擔心，提夫。」湯瑪士說。「只要做好你答應的事，我就會做好我該做的事。我很想把你丟進黑刺監獄裡，但我是個信守承諾的人。而你……或許日後還有用處。」

湯瑪士丟下提夫，和薩邦、歐蘭及一連亞頓之翼傭兵走向路障。他釋放感知尋找火藥，發現有一個小彈藥箱被棄置在路障旁，四周還有一些丟在地上的火藥。

湯瑪士爬到路障上方環顧四周。依照之前攻陷路障的情況，他知道自己將會看到什麼景象——一堆士兵的營帳、清理過的街道、改建成軍營的住家和店家外面插了一些旗幟。

街上擠滿了人，遠比湯瑪士預期還要多。有數百名女人和小孩，男人則少很多。他們臉上充滿恐懼、沮喪、失落，是一覺醒來發現他們的丈夫、朋友、父親、領袖在床上慘遭割喉的表情，經歷這種事的人往往會喪失鬥志。

每一群站在一起的人，都有名理髮師在旁看守，他們手持手槍或木棍，有些人只拿了一把剃刀。似乎剃刀就夠了。

「薩巴斯坦尼安旅長。」湯瑪士說。

年輕旅長爬上路障，站在他身邊。「長官？」

「讓你的手下接替理髮幫，帶那些人離開路障。」

「帶去黑刺監獄嗎，長官？」

「不。」湯瑪士再度打量那些人。「我想那些得為保王分子起義負起責任的人，都已經面對他們的命運了。把所有倖存者帶去老城牆那邊，解除武裝，給他們東西吃，讓醫生檢查，然後安排床位。他們不是保王分子了，他們是公民，是我們的同胞。」

「我的人不是保姆，長官。」

「現在是了。解散。」

湯瑪士看著傭兵走向保王分子。現場安靜無聲，大部分的人都願意合作。士兵開始拆除路障，每隔一段時間會有人轉頭看向南方傳來的砲聲處。

「薩邦，聯絡萊斯旅長，告訴他我們攻下了主要路障，要他提出和談。不是貴族的保王分子都能獲得赦免。如果理髮幫徹底做好了他們的工作，我想這些人會接受條件。」

「長官，你打算赦免所有人？」歐蘭問。

「如果把他們當成牲口或罪犯，很快就會有第二次保王分子起義。把他們視為公民，讓他們取回在城裡原先的地位，讓他們有歸屬感，這才是最好的處理方式。我不會再來一輪處決。」

「或許這才是明智的抉擇，長官。」歐蘭說。

湯瑪士看著對方一會兒。「很高興你認同。」

「這個嘛，長官，即使提供一整個月的薪資，還是沒人願意清理選舉廣場上的血跡。石頭都鏽了。有人說某些地方的血塊有半個腳掌深，應該不會有人想再增加更多血。」

「選舉廣場？」

「就是之前的國王花園，長官。改名了。」

「我沒聽說。」

「這個嘛，你一直忙著應付路障之類的事情。」

「為什麼叫選舉廣場？」

歐蘭輕笑。「哦，這有點黑色幽默。你看，人民將處決視為某種選舉。」

「又沒有投票。」

「我認為人民把那些黑爾衛士分屍就算是投票了。」

一名傭兵穿過保王分子井然有序離開路障的隊伍跑步過來，並行了軍禮。「長官，薩巴斯坦尼安旅長說你會想知道，我們找到魏斯伊凡將軍了。」

將軍在昔日一座跳蚤市場後方的小房間裡。房間冰冷潮濕，對這個偉人而言似乎太狹小了。

湯瑪士得矮身入房。

魏斯伊凡躺在一張帆布床上。除了床以外，家具只有一座衣櫃，裡面擺了幾樣東西：魏斯伊凡亡妻的口袋畫像、一把刀柄陳舊的葛拉獵刀、一座原住民串珠像、一副眼鏡，還有一條摺疊得很整齊的手帕。

湯瑪士皺眉看著屍體。魏斯伊凡躺在一張薄毯下，對他的個子而言毯子實在太短了，甚至遮不住他穿襪子的雙腳。他們清理過他的屍體，但還是看得出燒傷的痕跡。他閉著雙眼，即使死了，完好的手還是握著一本皮革書。看來他在斷臂後存活下來了——或許只活了一、兩個小時。老人的手指因為風濕而彎曲。

湯瑪士轉頭看向魏斯伊凡手中書籍的封面：《克雷希米爾時代》。他不知道魏斯伊凡信教。

湯瑪士拿起葛拉獵刀和原住民串珠像。「旅長。」他輕聲道。

薩巴斯坦尼安彎腰走入房內，來到他身邊。陰暗的房間幾乎不足以容納他們兩人。

「把將軍的屍體送還給他的親人。」

薩巴斯坦尼安脫帽。「我認為將軍已經沒有親人尚在人間了。」

湯瑪士覺得喉嚨一哽，吞嚥口水。恢復鎮定後，他繼續說：「我來負責他的後事。派人去找總管大臣，我要讓將軍風光大葬——國葬，不惜成本。有必要的話，我會自掏腰包。」

薩巴斯坦尼安沒有回應。湯瑪士轉身，看見年輕旅長眼中閃爍淚光。

「長官，」薩巴斯坦尼安說。「我正式請求將魏斯伊凡將軍葬在亞頓之翼墓園。我肯定溫史雷夫女士會同意。」

湯瑪士伸手搭著薩巴斯坦尼安的肩膀說：「謝謝你。」這是極高的榮耀。活人要加入亞頓之翼傭兵團很難，死人更難。

薩巴斯坦尼安讓湯瑪士和遺體獨處。湯瑪士把帽子放在魏斯伊凡胸口，深吸口氣。

「不怎麼樣的結局。」湯瑪士說。「很抱歉，我的朋友。至少你最後是為了你相信的理念而戰。接下來我要應付凱斯，真希望你能和我並肩作戰。」

13

「她在這裡。」祖蘭說。

坦尼爾皺眉看著榮寵法師傭兵。她笑容詭異，有疤的那側嘴角更是高高揚起，眼睛不自然地瞠大。那表情讓坦尼爾聯想到在馬戲團看過的山獅。他們站在艾鐸佩斯特大學正門外，大學校舍高塔的旗幟在微風中飄盪，高塔後方環繞大學鎮的圍牆看起來只比古城遺跡好一些。坦尼爾聽見學生的談笑聲。這裡可不是和榮寵法師作戰的好地方。

但還是比擁擠的市中心好多了。

「妳確定？」坦尼爾問。他好幾天沒打開第三眼了。上次開眼時，他差點崩潰。他告訴自己這不是因為他已經處於火藥狀態超過四週的緣故。他沒有火藥癮，沒有沉迷。

他吸了一口手背上的火藥，身體微微顫抖。

祖蘭沒有理會他的問題。

「怎麼樣？」坦尼爾問高森。

破魔師確認地點頭說：「她在這裡。」

坦尼爾轉頭看向卡波，她正在打量大門上的石像鬼，而一群男學生正在打量她。坦尼爾瞪著他們，一手放在槍柄上。

「她是真的野人嗎？」一個學生問。

「你要有許可才能攜帶武器進入校園。」另一個人告訴他。

「滾開。」坦尼爾說。「等等，哪裡有校區地圖？」

那個男孩——坦尼爾把他當作男孩，雖然他們可能同年——哼了一聲。「你才滾開。」

坦尼爾轉向那群學生，直到他們看見他的火藥桶徽章。

「那是要讓我們害怕嗎？」男孩問。

坦尼爾微笑。「等我把你的牙齒打掉，你就會怕了。」他從腰帶上拔出手槍，甩過來握住槍管，又甩一次，用中指轉圈，然後握住槍柄。

「厲害。」一個男孩笑道。「行政中心，進門右轉，你遲早會看到的。」

「謝謝。」坦尼爾說。「沒錯，她是野人。我的野人。」他的笑容在發現卡波在瞪他時完全褪去。

他清清喉嚨。「我們先找校區地圖。祖蘭，妳在不被她察覺的情況下能多靠近她？」

「我才不在乎被她發現。」

「我在乎。」坦尼爾大聲說。「別做個該死的蠢蛋。」

卡波拍拍自己胸口，然後伸出兩根手指比劃走路的姿勢。

「妳能接近她？」坦尼爾問。

卡波翻了個白眼。

她當然能。卡波基本上能直接走到榮寵法師面前戳她而不被發現。坦尼爾不知道自己在想什麼，他認為是因為天殺的火藥。等此事結束後，他起碼要一個月不去碰那玩意兒。

「好吧。波，找出榮寵法師。我要知道她的確切位置，哪棟建築，哪個房間。你們兩個，」他指向傭兵。「等阿祖凱爾隊長。」那名隊長過去一週都奉湯瑪士的命令跟隨他們，距離遠到不會礙事，但又近得能隨時現身提供協助。

坦尼爾回頭看了一眼，遠方的騎兵映入眼簾。「叫他開始疏散大學，我們現在就在這裡除掉榮寵法師。高森，你有辦法隔絕她和艾爾斯嗎？」

「當然。」

「這次沒問題？」

「沒有。」高森說。「我不會犯上次犯過的錯誤。」

這下只要讓高森接近到足以阻斷她魔法的距離就行了。就算子彈和刀劍殺不了她，也能讓祖蘭有機會使用魔法。

「疏散學生會驚動她。」祖蘭說。

「以防萬一我們失手，妳們倆開始亂丟魔法，我可不想害一堆學生葬身火網。」

祖蘭面露輕蔑。

「我待會兒回來。」坦尼爾說。

坦尼爾走過大門，前往行政大樓。沿路的路標為他指引方向。校園裡簡直就是座小鎮，校舍都很大，用灰暗的石頭建成巨柱和拱廊。校舍之間是寬敞的空間，供學生在草地上坐臥。坦尼爾走過一大塊草坪，經過圖書館。他的來福槍吸引了不少目光。

「先生，我能為你效勞嗎？」

踏上行政大樓台階時，一名年約四十歲的男人上前攔下他。

「我是火藥法師坦尼爾。」坦尼爾說。「你是誰？」

男人抬頭挺胸。「校長助理烏斯肯教授，在此為你服務。」

「教授，」坦尼爾說。「校長在嗎？」

「他去艾鐸佩斯特洽公。請見諒，你是雙槍坦尼爾，戰地元帥之子？」

「聽著，有一連士兵即將擁進校門。你們校園裡有個亡命法師，我們在獵殺她，奉我父——戰地元帥湯瑪士的命令。」

烏斯肯瞪大雙眼。「什麼……不，你們不能在這裡打起來，這裡是大學。」

「我們盡力避免。你們有疏散計畫嗎？」

「什麼?沒……」

「好吧，你們應該擬定疏散計畫。現在就擬。那些士兵是亞頓之翼傭兵團的人。去叫學生離開學校。」

「離開學校？我們有將近五千名學生！校園占地約莫一平方哩！你想要我怎麼做？」

「想辦法。」

「那榮寵法師呢？」

「我們會對付她。」

男人搓揉雙手。「榮寵法師！校舍會被破壞！損失……」

「我肯定不會走到那個──」坦尼爾僵住。她出現了，距離不到一百碼，從圖書館出來。坦尼爾呼吸急促。她沒戴榮寵法師手套，那讓他占有優勢。

「走。」坦尼爾說。「你該去疏散學生了。」

「我該怎麼說？」

「我不知道。」坦尼爾吼道。他朝手槍慢慢伸手，努力不要看起來太過明顯。

烏斯肯吞口水，上下打量坦尼爾。他露出懇求的表情。「小心別碰應用科學大樓。」他說。

「才剛蓋好。」他深吸口氣，突然揚起雙手。

「免費午餐！」他喊道。「免費午餐，北門外！」他開始跑過草坪。

「狗屎。」坦尼爾說。

女人瞪著他。他拔出腰帶上的手槍，遲疑了一會兒。草坪上的學生慢悠悠地跟著烏斯肯離開校園。坦尼爾咬緊牙關。

女人開始往反方向跑。

坦尼爾舉槍瞄準，扣下扳機。槍聲在草坪上迴響。坦尼爾低聲咒罵著，在最後關頭略微改變了子彈的方向，避免射中一名學生。子彈沒打中榮寵法師，卡進了圖書館牆中。有人在尖叫，學生開始奔跑。

坦尼爾拔腿追趕，把手槍塞回腰帶，拔出備用手槍。她轉過圖書館的牆角，坦尼爾連忙停步。她可能會在轉彎處等他，她的法術能在他開槍前把他撕成碎片。坦尼爾環顧四周，目光停留在行政大樓的鐘塔上。

鐘塔是校園裡最高的地方。他往回跑，穿越行政大樓，路過一座花園。那是座室內花園，巨大的玻璃板用鐵格架相連接。他差點摔到一座池塘裡，連忙站穩腳步，繼續奔向鐘塔的門。

他一次跨越兩階，衝上鐘塔樓梯，半途稍作停留，從窗口向外觀察那塊草坪。他估計這裡約有五層樓高。他沒看見榮寵法師，於是又往上爬了一層去觀看。看到她了，她人在展覽館和大字標示「班納蕭大殿」的大畫廊中間草坪上奔跑。

坦尼爾甩下肩上的來福槍。他閉上雙眼，吸入火藥狀態的寧靜感讓他重新集中精神。再度睜開雙眼時，她在他眼中就彷彿只有五步之遙。她是個意氣風發的女人，五官銳利，一邊眉毛上有痣。她踩著相當焦急的步伐，穿著學院袍，邊跑邊戴上榮寵法師手套，還抽空回頭看了一眼。

「羅莎莉雅！」叫聲貫穿草坪。

坦尼爾吃了一驚，榮寵法師也嚇了一跳，神色驚慌。坦尼爾手指抵住扳機。

魔法竄入他的視線，大塊草皮炸入空中，接著榮寵法師四周的地面竄出大火。坦尼爾眨眼對抗眼中的光點。

土如雨下，遮蔽半座草坪。祖蘭走了過去，高舉戴手套的雙手，放聲大笑。

坦尼爾隱約瞥見學院袍的一角。他槍抵住肩窩，開了一槍。子彈擊中隱形盾牌，在榮寵法師頭旁彈開，發出類似湯匙敲擊玻璃的聲響。坦尼爾咒罵一聲。

一道閃電竄向祖蘭。她後退，雙腳磨過草皮。她沒有摔倒，雙掌高舉過頭。一道能量爆裂聲響起，閃電彈回榮寵法師身上。雷鳴聲震倒了坦尼爾。

坦尼爾滾下幾階才止住滾勢。他撿回來福槍，丟顆子彈到槍管裡，然後從背包裡拿出一管火藥，在指間捏碎。他回到窗口，舉起來福槍，開火。

榮寵法師猛然轉身，肩膀噴血。她用膝蓋和一隻手撐著地面，抬頭看向坦尼爾所在的鐘塔。

「喔，見鬼。」

她伸手做了個斜劈的動作。

坦尼爾緊閉雙眼。沒事。他睜開一隻眼，發現整個世界都在晃動。他聽見下方傳來石頭摩擦的恐怖聲響。

坦尼爾的心臟跳到喉嚨。鐘塔要坍塌了。他抓住來福槍，猛力跳出窗外。

他張開嘴，卻發現自己已經無力叫喊出聲。花園的玻璃頂迅速逼近。他的腳掌先撞上玻璃，接著小腿彎曲，然後玻璃碎裂。他又往下摔了二十呎，肩膀著地。他氣喘吁吁地躺在地上，身邊都是和人一樣大塊的碎玻璃。沒被砸到算他走運。

火藥法師在火藥狀態下比較強壯，他們能比正常人承受更多傷害，還能忽略劇痛。但是這種摔法照理說應該會摔死他，至少也會摔斷骨頭。

地面隆隆作響，鐘塔上半部撞擊到下方的建築，坦尼爾感覺自己被衝擊波捲了起來。石塊相互摩擦，木頭碎裂。坦尼爾雙手抱頭。

當他抬頭時，塵埃開始飄落。他慢慢爬起身。

他的來福槍躺在二十呎外。他踩著碎石和碎玻璃跌跌撞撞跑過去。他身體劇痛，但是骨頭沒斷。他檢查工具包，素描本還在。他拾起來福槍。「你和我最近死裡逃生太多次了。」

另一陣雷鳴震得他整個人都在搖晃。他一瘸一拐地走出花園，步入旁邊的建築，避開鐘塔殘骸。他找了條能夠看見草坪的走廊，走廊末端已經被摧毀——鐘塔就落在行政大樓辦公室上面。他希望沒人在裡面。

他靠在窗下牆邊傾聽外面的情況。又是一陣雷鳴。有人在笑。是祖蘭。他咬牙聽著那詭異的嗓音，重新裝填來福槍，站了起來。

草坪毀了，到處都被翻開，土多到就算一百個人拿鏟子清理一天也清不完，彷彿有神用手掌挖出土地，堆成山丘。他眼前有道細長的火焰從一座土堆後噴出，貫穿班納蕭大殿。坦尼爾看到有人在窗戶後面觀戰，但他們瞬間消失。整座建築物正面坍倒時，那些人臨終前的恐懼神情凍結在坦尼爾心中。

坦尼爾縮回牆後，深吸口氣。這可不是正常打鬥。不，他在法特拉斯塔的戰場上見過榮寵法師作戰。他們會丟火球、冰塊和閃電，但不是這種情況。祖蘭和另外那名榮寵法師的力量遠遠超越坦尼爾的想像。以施展的力量來看，她們兩個都有資格擔任皇家法師團團長。

坦尼爾不知道卡波在哪裡。他的頭在另一陣雷鳴中嗡嗡作響，思緒逐漸渙散。他不是叫她去找榮寵法師嗎？他希望她沒幹任何傻事。他希望她沒事。

他再度偷看向窗外，那名榮寵法師站在斜對面一棟大樓的台階上。那裡是展覽館，他邊想邊緩緩舉起來福槍。

榮寵法師手指飛舞，一手推向草坪中央，撐開五指。一道火焰從她掌心噴發而出。祖蘭從剛剛形成的一座土丘後方飛出，整個人摔向班納蕭大殿的廢墟中。落地後，四周石塊朝她坍倒，整座建築宛如紙屋般搖搖欲墜。

榮寵法師在學院袍上擦了擦手，然後走進展覽館。

坦尼爾跳起來。直到他跑過半條走廊，才開始質疑自己。他在做什麼？這兩個傢伙早就超出他的能力範圍，追過去毫無意義，他又能做什麼？

他回想草坪上的情況。榮寵法師是會累的，她不可能還剩多少體力。

他藏身的大樓和展覽館之間有條狹窄石道。坦尼爾偷看一眼，然後衝向石道，跳入一扇門。他發現自己身處一間房內，大概是管理員擺放抹布和掃把的工具間，其中有扇門通往主廳。他看見一條擺滿古董的展示走廊，有風乾處理過的屍體、遠古野獸骸骨、史前文明陶器，還有包覆寶石的石頭。他聽見大理石地板上傳來有人快步走動的聲響。

榮寵法師走過主要展示廊，肩膀上被坦尼爾射中的傷口還在流血。她左顧右盼，似乎沒看見坦尼爾。她肯定也沒看見上方的破魔師。

高森躍過上方走道的欄杆，落在離她不到五呎處。他起身露出勝利的表情，手持一把小劍。

坦尼爾歡呼一聲。幹得好！他跳出掩體，他們抓到她了。她不能……

榮寵法師張開雙手，學院袍抖動，隨即開始發光。高森瞪大雙眼。

坦尼爾僵住，並在高森開始發出閃光時後退了一步。

他本想叫男人動手了結目標，破魔師卻跪倒在地，張口發出無聲的慘叫，嘴巴越張越大，直到下巴掉落，整個身體宛如融化的蠟燭般起火燃燒。他的衣服被燒得精光，劍變成熔鐵滴落，身體逐漸在榮寵法師腳下變成一灘爛泥。

坦尼爾跳到一根石柱後。他一邊摸索更多火藥，一邊懷疑自己還能做什麼。他把火藥撒得滿掌都是，湊到鼻前猛吸。他低頭看到手上有血，是鼻血。他感覺雙手在火藥狀態中穩定下來。

他咬緊牙關，從腰帶上拔出刺刀，將刺刀扣上來福槍管。他的手幾乎立刻又開始發抖。他再度檢查手槍，確定子彈已經上膛，然後準備一躍而出。

他感到有東西拂過他的頭。

榮寵法師站在他身邊，一手抵住他的額頭。

他顫抖著嘆氣。「動手。」他說。

這麼近的距離下，他可以看出她很疲倦。她的頭髮都被汗水浸濕，雙眼充血，眼角的皺紋很深，整張臉上寫滿疲憊。

「我要你停止跟蹤我。」她說。

「你殺了我朋友。」

「天際王宮的火藥法師？那是誤會。不，不是誤會。如果我及時趕到阻止了湯瑪士和他的愚蠢政變，我就會把他們都殺光。我是去警告皇家法師團的，但遲了一步。發現事情已經結束時，我只想要離開。」

「妳究竟是什麼人？」

「我叫羅莎莉雅。」

「妳是什麼東西？」

她長嘆一聲。「我是僅存的普戴伊人之一，至少以前是。我最近狀況不太好。」

「這種說法對我來說沒有意義。」

「你只是個蠢男孩，你們全都是蠢男孩，榮寵法師和火藥法師，你們什麼都不懂。」

「那就殺了我。」

「如果殺了你，你父親會派所有火藥法師來追殺我，我將永遠不得安寧。」

坦尼爾輕哼一聲。所以她知道他是誰。

羅莎莉雅說：「叫你的野人法師退下，我不想和她打。」

「波？」坦尼爾左顧右盼，沒看到卡波。「出來。」他喊道。他依稀看見一座展示櫃後露出了紅色髮絲。

「讓我安然離開。」羅莎莉雅要求道。「我今晚就會離開這個國家，我保證。我在這裡的事已經做完了。」

「就這麼簡單？」坦尼爾思緒急轉。祖蘭撞穿整棟大樓，肯定已經死了，高森則變成地上的一灘爛泥。他能對她造成什麼威脅？難道她怕他父親？

坦尼爾看見羅莎莉雅一臉緊張地看向卡波。

她怕卡波？但波只是個小女孩。

「就這麼簡單。」羅莎莉雅說。「我要離開這裡。你父親捅了馬蜂窩，我打算在馬蜂出現前離開這裡。」

「妳是什麼意思？」

羅莎莉雅搖搖頭。「你是真的不知道吧？你們在和非常危險的東西打交道——不，不光是危險，還很魯莽。但已經太遲了，你們沒有機會重建君主政體，彌補傷害。魏斯伊凡很清楚，但你們其他人都很盲目。」

「妳瘋了。」

「如果你不相信我，那你可以去問榮寵法師包貝德，他是最後一名皇家法師團成員，他會告訴你真相。」

「我會去問。」

羅莎莉雅低下頭。坦尼爾站了起來。

「我不能保證湯瑪士不會派別人追殺妳，但管他的，我不會再追妳了。」

「我一週內就會搭船前往九國以外的地方。」羅莎莉雅表示。「他找不到我的。再說，他根本沒空管我。」她轉身離開。

坦尼爾戒備地看著她朝展覽館大門走去。

「等等！」他快步跟上，幫她開門。路過高森殘骸時，他盡量將視線避開。

外面有十幾名士兵在等著，上了刺刀的來福槍正對準門口。

「退下。」坦尼爾說。他們看著他。「退下，可惡，不然我們全都會死！」

士兵慢慢壓低槍管。羅莎莉雅走下台階，彷彿她是有儀隊擁護的女王。她穿過所有士兵，走向大學正門，在離坦尼爾二十或三十呎外停步，轉身面對他。「當心祖蘭。」說完就繼續走了。

過了至少一個小時，坦尼爾才看見祖蘭穿越草坪朝他走來。這是完全沒遭受波及的另外一座草坪，位於校園偏僻的角落。卡波在他身旁盤腿而坐。他頭靠牆壁休息，雙手放在素描本上。他開始描繪高森。那個男人很勇敢，不管是不是傭兵，都該有人記得他。坦尼爾覺得心痛，身體也很疼痛，而此刻朝他走來的人根本不該還活著。

祖蘭看起來像被一群戰馬踩過。她衣衫破爛、布滿焦痕，有些不該裸露的部分都露了出來，但她似乎毫不在意。她大步走向坦尼爾，停在他面前，雙手扠腰。

「高森呢？」

「融化了。」

她臉色發白，不過迅速恢復。「阿祖凱爾隊長說你放她走了。」

坦尼爾點頭。「她會離開艾卓。」

祖蘭彎腰，臉和坦尼爾相距不到一個手掌。

「你放那個婊子走！」她揚起戴手套的手。

坦尼爾甚至不記得自己有拔槍。前一秒他的手還交疊在大腿上，下一秒他已經拔槍抵住祖蘭下頷處。她瞪大雙眼。

「滾。」他說。

14

大多數歷史學家認為，高斯唐燈塔是克雷希米爾年代留下來的遺跡，有些人認為它年代更久遠。若真是如此，湯瑪士也不會驚訝。燈塔肯定是艾鐸佩斯特最古老的建築，石材經歷無數世紀的風吹雨打，遭受艾德海各種惡劣天候的無情摧殘。

湯瑪士此時正站在燈室的陽台上，雙手握著石欄杆。事情不太對勁。保王分子徹底潰敗，糧倉開放給市民，並且已在城內展開重建工作，雇用數千人清理街上的磚瓦，建造新的房舍。他應該專心應付即將到來的凱斯使節團，但他無法阻止自己轉頭望向西南方。

南矛山在冒煙。兩週前的地震過後，地平線上就出現一條黑煙，至今範圍已經擴大了十倍。山頂冒出大片灰黑色的雲，隨著高度逐漸擴散，吹向艾德海。根據歷史學家的說法，南矛山上次噴發就是克雷希米爾首度造訪聖山之時。他們說凱斯全境都覆蓋在火山灰中，而岩漿摧毀了艾卓上百座村落。

「惡兆」、「凶訊」之類的詞語開始出現在不該相信這些事物的高知識分子口中。

他將目光從遠山移開，轉而看向南方。燈塔本身約四層樓高，但由於坐落在懸崖上，所以比艾鐸佩斯特中大部分建築還高。山丘一側在地震時崩塌，露出燈塔一部分地基，不過沒有影響到整體架構。下方的碼頭布滿砲台，湯瑪士不認為那些火砲真的開過火，基本上只是擺設，屬於古老傳統遺跡，就和守山人差不多。漫長的歲月裡，九國曾多次瀕臨開戰邊緣，但自大荒蕪年代後就不曾真正染血。

遠方有艘凱斯帆船拋下船錨，旗幟高掛。

「明天測試那些砲台。」湯瑪士說。「或許很快就會派上用場。」

「是，長官。」歐蘭說。歐蘭和薩邦站在他身旁，耐著性子待他靜心思考。一整隊榮譽衛士在海灘上等候凱斯使節團的到來。僕役在海灘上忙進忙出，為遠道而來的貴客準備餐點。他們拿出食物，在沙灘上插好陽傘，搭建帳篷。穿制服的僕役努力不讓艾德海的海風吹跑那些東西。安卓亞和芙蘿拉藏身在海灘兩端，將來福槍上膛、留意榮寵法師。湯瑪士對這個使節團不敢掉以輕心，而腹部那股絞痛感表示他沒想錯。對方帶了榮寵法師，他的第三眼能看出這個事實，不過在這種距離下，無法感應出他們的數量和威力。

大船放下一條小船，往岸邊駛來。湯瑪士拿出望遠鏡，數了船上有二十四個人，其中還有勇衛法師，從他們的體型、彎腰駝背的模樣和畸形的肩膀就能輕易辨識。

「伊派爾竟敢派勇衛法師來。」湯瑪士怒道。「我想現在就炸掉那艘船。」

「他當然敢。」薩邦說。「他是天殺的凱斯國王。隨行的榮寵法師對你的看法，大概就和你對他的看法一樣。他知道你會在海灘上安排火藥法師。」

「我的標記師可不是不信神的魔法殺手。」只有凱斯人會研發擊潰心靈、扭曲肉體，並創造出勇衛法師的方法。九國其他皇家法師團都不敢拿人體來做實驗。

薩邦似乎覺得很有趣。「你比較怕哪一個，幾乎不可能殺死的人，還是能從一哩外用來福槍殺你的人？」

「勇衛法師還是火藥法師？我兩個都不怕。勇衛法師令我噁心。」他朝地板啐道。「你今天是怎麼回事？你最近的哲學發言能讓人落淚。」

歐蘭努力忍笑。「早餐。」他說。

湯瑪士轉向士兵。「早餐？」

「他今天早上喝了六碗粥。」歐蘭說。他彈彈菸灰，看著菸灰隨風飄散。「我從未見過哪個上校吃這麼多，速度還這麼快。」

戴利芙人難為情地聳肩。「那個新廚師真的很厲害，喝粥感覺好像直接吸聖人的乳房喝奶一樣。你是從哪裡把他找來的？」

湯瑪士吞口水，他感到額頭冒汗。「你說『我是從哪裡找來的』是什麼意思？我沒有雇用新廚師。」

「他說是你親自任命他為新主廚的。」歐蘭說。他伸出一手，假裝撫摸大肚子，然後用自命不凡的語氣說話。「『……填飽士兵的心、思緒、靈魂，讓他們接下來幾年充滿力量。』至少他是這麼說的。」

「胖子，這麼高？」湯瑪士在自己頭上比了比。

歐蘭點頭。

「留很長的黑髮，看起來像羅斯維人？」

「我以為他有點戴利芙血統。」歐蘭說。「但沒錯。」

「你瘋了。」薩邦說。「他一點戴利芙血統都沒有。」

「米哈理。」湯瑪士說。

「對，就是他。」薩邦確認。「強得像魔鬼的廚師。」

「主廚。」湯瑪士心不在焉地說。「搞不好真的是魔鬼。查出他是誰，調查他的一切。他說他父親是男爵繼承人莫阿卡……諸如此類的，去給我查。」他絕對不會讓陌生人拿個羔羊奶蛋酥就滲透了他的總部。

「我立刻去辦，長官。」歐蘭說。

「現在！」

歐蘭跳起來。「這就去，長官。」他彈掉香菸，跑向樓梯。湯瑪士看著他離開，然後緩緩回頭面對逐漸逼近的小船。他能感受到背後薩邦的目光。

「做什麼？」他問，語氣比想像中更惱火。

「剛剛那是怎麼回事？」薩邦問。「犯得著為了一個可惡的廚師氣成那樣嗎？」

「主廚。」湯瑪士說。

「你以為他是間諜？」

「我不知道，所以才叫歐蘭去查。」

「在凱斯人出現時把保鏢遣走，那你到底為什麼要找保鏢？」

湯瑪士沒理會這個問題。所以米哈理不是自己想像出來的人，但他說的那些話又是怎麼回事？他警告湯瑪士要去調查榮寵法師的臨終遺言——他根本不該知道這件事。

湯瑪士並非信仰虔誠的人。如果真要挑選信仰，他可能會挑最近上流社會和哲學家最流行的信仰——聲稱克雷希米爾是出現在單一年代的神，他現身建立九國，然後離開，永遠不會回來。

但如今聖山開始怒吼，那代表什麼？

迷信。他不能讓他們得逞，今晚就要逮捕米哈理，徹底解決這件事。

他們又盯著小船一會兒，然後薩邦指向海灘。「搧風點火的傢伙來了。」

「也該來了。」

他們下樓前往碼頭，參加湯瑪士的議會。加上副官、助手、保鏢和男僕，感覺好像全艾鐸佩斯特的人都來了。湯瑪士懷念從前他們得私下會面的日子——只有七個人，一起策劃推翻國王。

他的議會成員站在眾人之前，於木棧道上和他碰面。

「湯瑪士，親愛的，」溫史雷夫女士在他走近時說。「行行好，去請主教大人和另外那位紳士——」她神色輕蔑地向大主教和閹人比了比。「不要在女士身邊抽這麼多菸。」

「妳可以自己對他們說。」湯瑪士說。

「她說了。」理卡解釋。「大主教閣下似乎不懂在女士身邊該如何表現。」

溫史雷夫女士輕哼一聲。「先生，我認為你也不懂。」

理卡脫下帽子，對她鞠躬。「我只是個卑微的工人，女士。請見諒。」

大主教和閹人似乎都很享受讓溫史雷夫女士不適的樣子。查爾曼轉向湯瑪士，呼出幾個煙圈。「你知道這位老兄一出生就割掉了他的男性象徵？我不知道這年頭還有人幹這種事，一千年前就該沒有了才對。」

「教會五十年前才決定不閹割唱詩班。」昂卓斯說，透過他的書看向大主教，笑道。「現在仍有些知名歌手是閹伶，像柯克漢和諾漢豪斯，他們在九國境內所有教堂都深受歡迎。我很驚訝你不知道這些。」

大主教用力吹他的煙管。

「這是很常見的傳統。」閹人輕聲說道，他尖細的嗓音幾乎淹沒在海浪聲中。「在我的家鄉有完整的閹人階級，一出生就去勢，為葛拉行政官工作，或在後宮替他們處理大小事務。」他看向溫史雷夫女士。「所有想像得到的事情。」

「噁心。」溫史雷夫女士說著，轉過身去。

湯瑪士一言不發，看著他們交談。有時候議會成員似乎只是群被塞進寄宿學校的小孩，完全不在乎教養和階級。他們是東拼西湊的大雜燴。「這一切都很有趣。」他說。「但大使已經到了，我要親自接待他，單獨接待。他肯定還沒下船就會提出他們的協議，我會要他把協議塞到屁股裡。」

「我想他會比較願意和女士談。」溫史雷夫女士說。

「我敢說妳會這麼想。」大主教咕噥道。「我對此沒有任何意見。教會對於九國內的戰事保持中立。」

「你毫無保留的支持真是令我感動。」湯瑪士說。「凱斯會提出要求。可能的話，我希望和平解決。唯一的問題在於我們要端出多強硬的態度。協議完全沒得商量，我不會讓他們奪走我們的國家。理卡？」

「戰爭會讓艾德海的貿易停擺。」理卡·譚伯勒表示。「工會不喜歡戰爭。不過話說回來，工廠會被操到極限，製造軍火、衣服、罐頭食物能供應數千個工作機會，艾鐸佩斯特的工業會因而受惠。再加上重建工作，我們或許可以徹底解決艾鐸佩斯特的失業問題。」

「藉由戰爭促進經濟。」湯瑪士喃喃說道。「如果事情這麼簡單就好了。女士？」

「我的傭兵聽候差遣。」

直到艾卓的土地被她的軍官瓜分完為止，湯瑪士心想。

闍人聳肩。「我的主人對開戰沒有意見。」

「他能管好幫派嗎？」湯瑪士問。「如果艾鐸佩斯特因開戰而分崩離析，那戰爭還沒開打就已經結束了。」

闍人吸了口煙斗。「大業主會……控制局面。」

「校長？」湯瑪士問。

老人若有所思地看向大海，手指撫著臉上的蛛紋胎記。「大荒蕪時代之後，九國就再也沒有真的打過仗了。我希望能和平相處，但是……」他疲憊地伸手擦擦額頭。「伊派爾非常貪心。該怎麼做就怎麼做。」

總管大臣最後發言。昂卓斯收起帳簿，摘下眼鏡，收好放回外套裡。「曼豪奇積欠凱斯債務的金額，足夠我們打兩年仗。他們可以下地獄。」

薩邦哈哈大笑，理卡和閹人也露出微笑。湯瑪士忍著笑意，對總管大臣點頭。「謝謝你提供如此精闢的見解，先生。」

湯瑪士沿著碼頭走去，要向大使致意。他從口袋裡拿出一根火藥條，輕輕打開，在舌頭上撒了點火藥，他感覺到火藥帶來的暈眩感，以及隨著火藥狀態而來的清晰感知。他邊走邊閉上雙眼，一腳踏到另外一腳前，碼頭的木板在腳下嘎嘎作響。他在離船二十呎處睜眼。

一小隊代表團上岸。勇衛法師爬到碼頭上，然後轉身去扶貴族，魔法強化的肌肉在外套下如同粗蛇般鼓動。勇衛法師都是壯漢，有些比湯瑪士高上兩個頭，每個在戰場上都能以一擋十。湯瑪士微微顫抖。

他不會受任何人威脅的，不管凱斯在接下來的協商中怎麼說，他都要保持冷靜。他們會威脅他、羞辱他，而他會從容應對。戰爭絕非最好的解決之道，他會爭取和平，但不會以整個國家作為代價。

代表團成員一個接一個上岸，全都身穿貴族華服。他看見一隻白色的榮寵法師手套伸出來，握住一個勇衛法師的手。他的第三眼告訴他，只有一個法師。湯瑪士深吸口氣，釋放感知。這個榮寵法師力量不算強大，不過對於舉手投足就能摧毀建築的人來說，力量強弱都只是相對的。

榮寵法師踏上碼頭，整了整外套。某個代表團成員講了句話讓他大笑，接著他就獨自朝湯瑪士走來。

湯瑪士雙手在身後握住，防止它們發抖。他感覺心臟在耳中劇烈跳動，眼角視線逐漸轉紅。他抖開薩邦搭在他肩上的手。

尼克史勞斯。

尼克史勞斯公爵身材矮小，擁有榮寵法師優雅的手指和看起來像在小身體上搖搖晃晃的大腦袋，披著短毛斗篷，還有一件無釦黑外套。他在湯瑪士面前一呎處停下腳步，伸出一隻手，嘴角揚起笑容。

「好久不見，湯瑪士。」他說。

湯瑪士想都不想就掐住公爵的脖子。尼克史勞斯眼珠凸起，嘴巴無聲張開。湯瑪士用單手把人提離碼頭木板地。尼克史勞斯雙手在空中亂抓，湯瑪士在魔法釋放前拍開它們。他隱約察覺勇衛法師朝他衝來，自己的保鏢也迅速從身後跑出來，並聽到薩邦拉開手槍擊鎚的聲響。他用力搖晃尼克史勞斯。

「伊派爾派這種東西來協商？」湯瑪士問。「這就是他們所謂的和談嗎？我說過，如果你再敢踏足我們國家，我就會把你的手釘在黑刺監獄的塔頂。」

「戰爭。」尼克史勞斯奮力說道。

湯瑪士稍微鬆手。

尼克史勞斯喘著氣說：「這樣做會引發戰爭！」

「你竟敢來這裡——」湯瑪士說。「伊派爾已經宣戰了，他派他的蛇來。」他把尼克史勞斯扔在碼頭上。公爵在木板地上扭動往回爬，雙手無聲施法。湯瑪士指著他。「膽敢亂來，我的標記師就會開槍。」

「放肆！」尼克史勞斯咆哮。「我們釋出了善意。」

「善意個屁，你這條蟲！滾出我的國家。告訴伊派爾拿他的協議擦屁股。」

「你挑動戰爭！」尼克史勞斯叫道。

「戰爭！」湯瑪士從口袋裡抓出一把火藥條，在手中捏碎。他在火藥落下時點火，引導那股能量。尼克史勞斯腳下的木板向上炸開，把公爵炸飛上天，又一頭栽進海水中。勇衛法師連忙跳下水去救人。湯瑪士轉身離去，毫不在意尼克史勞斯的呼救聲。

「那究竟是怎麼回事？」大主教問。

湯瑪士一把推開他，讓他摔到地上。剩下的議會成員目瞪口呆。他踏上沙灘，走向燈塔，感覺所有人的目光都集中在自己背上。他的耳朵在火藥狀態強化下聽見薩邦的聲音。

「別太苛責他。」薩邦對議會成員解釋。「那傢伙砍掉他妻子的頭。」

阿達瑪在公立檔案處前門敲了二十分鐘，終於聽見有人拉開門栓的聲響。一扇大門開啟，油燈照明下有個年輕女子在瞪他。

「圖書館關了。」對方關門。

阿達瑪一腳抵住門縫。

「現在是凌晨三點。」女人說。

「我要進入檔案處。」

「可惜，我們關門了。」她把門推開一點，然後往回拉，猛撞阿達瑪的腳。

「噢，索史密斯，麻煩你。」

索史密斯靠上門。女人向後跌出去，油燈甩動。

「我要叫守衛了！」她在阿達瑪進門時說。

阿達瑪示意索史密斯關上門。

「不必麻煩。」阿達瑪說。「我有戰地元帥湯瑪士的許可證。」他沒有，但她不知道。「我只要做點研究，會在妳明天早上開門前離開。」

「許可證？給我看。」

在調查事件過程中，阿達瑪已經不止一次為不得不送走菲而感到遺憾。她擁有很多朋友，無論何時都有辦法讓他進入檔案處。如今他只能靠蠻力強行進入。

阿達瑪偷看那女人。她並不符合一般人對圖書館員的印象。她的金髮髮垂下來，年紀非常輕，太年輕了——她不可能超過十六歲。「妳是誰？」他問。

她抬頭挺胸，似乎很習慣被人質疑自己的權威。「我是夜班圖書館員！我整理書櫃，還負責研究。」

「好吧，嗯，女士，妳知道公立檔案處的資金從哪裡來嗎？」

「國王……呃，貴族——噢！」

「妳認為戰地元帥湯瑪士聽說他的手下來調查國安問題時被趕出去，會有什麼反應？妳認為他的手下受到這種待遇，他還會繼續資助公立檔案處嗎？他說不定會去資助其他圖書館，像是艾鐸佩斯特大學圖書館，一個我很肯定這個時間會讓我進去的圖書館，只不過有點遠罷了。」

夜班人員通常都很容易說服，因為他們往往不是很聰明。不過他可以從眼前這位圖書館員的眼神看出，她很認真地聽完他所說的每一個字。幸好他的論點有說服力。

「好吧，」她說。「但只能進來幾分鐘。」

阿達瑪跟著她進入檔案處。牆上掛著幾盞油燈，但只夠照亮走道。圖書館對火災都很小心謹慎。他在抵達書桌時停下腳步。

「你說妳整理書櫃？」

「這是圖書館員的職責之一。」

「當然。」

「妳記得十天前攤在這張桌子的一疊書嗎？湯瑪士從保王分子手中奪回圖書館後，應該沒人動過那些書。」

她突然轉身，嚇得他後退一步。

「那些書被人損毀了。」她說著，伸手指向他的鼻子。「是你幹的？」

他聽見索史密斯輕笑一聲。「不是。」阿達瑪嘆氣道。「此事非常重要，書在哪裡？」

她又瞪了他三十秒。「往這邊走。」她嚴肅說道。「書被拿去修復了。」

他跟著她走進圖書館後方的房間，那裡的一角擺放著一張工作台，看起來已經被使用很久，木頭因為被圖書館員坐了無數小時而變得光滑。上面擺滿一疊疊破書或舊書，等著修補封面或書脊。阿達瑪認出羅莎莉雅在看的那些書，全部整齊疊在最後一疊。阿達瑪坐上工作台，拿起第一本書。

發現他顯然不可能「一下子就走」後，圖書館員不情不願地放他自己去查資料。他迅速閱讀內文。他擁有完美記憶力，但閱讀顯然不是看一眼書頁那麼簡單的事。一直到室內的光源不只來自油燈，看到第五本書後，他才終於心滿意足。他拿起其中三本，搖醒索史密斯。

「我們得去見湯瑪士。」阿達瑪說。

公立檔案處離貴族議院只要步行二十分鐘。阿達瑪穿越市中心時感到有點吃驚，大道上的磚瓦已清理乾淨，毀於地震中的房舍都被拆光，人們已經開始準備重建。報上說高貴勞工戰士工會雇用了五千人幫忙進行重建事宜。

阿達瑪幾乎立刻就獲准晉見戰地元帥。來到頂樓時，阿達瑪差點喘到癱倒在地。一名胸口別著火藥桶徽章的黑髮年輕女子推開他。她嘴唇緊抿，面紅耳赤。辦公室裡擠滿了看起來都不想待在裡面的人。阿達瑪認得兩個湯瑪士的議會成員——總管大臣和大學校長。其中有兩男一女是亞頓之翼的旅長。六名艾卓軍人坐在桌子的一側，他們的軍階都是上尉以上。

戰地元帥湯瑪士坐在辦公桌後，雙手抱頭。他在阿達瑪進房時抬起頭來，一副剛剛在對某人大吼大叫的樣子。

「你來回報？」他的聲音出奇寧靜。

「對。」他舉起手中的書。「不只是你要我調查的事。」

湯瑪士朝陽台側頭。「容我告退片刻。」他對手下軍官說。

室外陽光耀眼，涼風讓阿達瑪希望自己有穿厚一點的外套。這個高度颳來的風比街上還大。

「你查到什麼？」

阿達瑪放下書。「克雷希米爾的承諾。」

「如何?」

「我去了南矛山一趟,拜訪榮寵法師包貝德,曼豪奇皇家法師團僅存的成員。」

「是皇家法師團的前任成員。」湯瑪士說。「他被放逐了,不然他早就和其他法師一起被埋在無名墳裡。」

阿達瑪皺眉。「那個我們待會兒再談。我提起承諾時,包的反應是嘲笑。那是皇家法師團成員之間流傳下來的古老傳說,內容是克雷希米爾承諾最初的九國國王,他們的後裔會永遠統治王國。如果他們的血脈斷絕,他就會親自重返,為他們報仇。」

「嚇唬小孩的童話故事。」湯瑪士說。

「包也是這麼說,那是國王為了控制皇家法師團而散布的謠言。他們怕克雷希米爾一離開,榮寵法師就會奪權。」

「我看不出來這件事有什麼成真的可能性。受過教育的人怎麼可能會相信這些?」

「顯然過往皇家法師團的成員都信。」

湯瑪士嘟噥一聲。

「不過這讓我深入思考,」阿達瑪說。「包隱晦地提到國王利用其他方法控制榮寵法師——不必用到『克雷希米爾的承諾』的方法。」

這話引起湯瑪士的興趣。「繼續。」

阿達瑪拿起其中一本書,翻到之前標記的頁面,遞給湯瑪士。湯瑪士看完後,阿達瑪又拿了另外一本書給他看，然後是第三本。

湯瑪士交還最後一本書，一臉擔憂。

「制約。」他說。

「那是某種強制法術，每名皇家榮寵法師都身負這道制約。如果國王遇害，這個法術會強迫他們為國王報仇。制約的影響力還會與日俱增，直到他們成功報仇或是死於制約。這項制約的實體是一顆惡魔寶石，無法移除的大寶石，掛在榮寵法師身上。我和包談話時，他一直摸一條項鍊。還有這個——」他將第三本書翻至其中一頁，交給湯瑪士。

湯瑪士邊看邊皺眉。看完之後，他闔上書，還給阿達瑪。「所以制約是永久性的，完全無法移除，就算遭受流放、逐出皇家法師團也一樣。」

「沒錯。還有一件事。」阿達瑪說。他很快解釋了遇上羅莎莉雅和她要他帶給包的口信。「他一聽完口信，就立刻衝回守山人堡壘。我跑去問他那是什麼意思，但他拒絕見我。一個小時後，我看見他從南矛堡壘北門離開。」

「北門？」湯瑪士問。

「是山門，朝聖者要上南矛山峰時會走的門，也就是克雷希米爾首度踏足聖山之地。上面只有一條路。」

湯瑪士靠著陽台欄杆，抬頭看向太陽。「對於這些事，你怎麼想？」

阿達瑪在從南矛山回來的五天旅程中都在思考這個問題。「先生，我是崇尚理性之人，是個現代人。儘管法師的臨終遺言讓我不寒而慄，但事實擺在眼前，整件事情都是胡說八道，只是宗教故事。皇家法師團五百年前疏遠克雷辛教會是有理由的。」

「我同意。」湯瑪士說。「那制約呢？」

「宗教和魔法又不一樣了。我透過第二手資料確認了此事。」阿達瑪指向那疊書。「魔法真的會要人命。」

「看來我終究不能放過包貝德。」痛苦神情在湯瑪士臉上一閃而逝，快到阿達瑪以為是自己的幻覺。湯瑪士上下打量著他。「你做得很好。」他伸出手說。「遠遠超出我的期待。」

「很遺憾結果只是無稽之談。」說完，他和戰地元帥握了握手。

「沒什麼好遺憾的，知道是無稽之談總比不知道是怎麼回事好。去找總管大臣領取報酬，我保證他不會刁難你。祝你有個美好的一天。」

坦尼爾赫然驚醒，手持手槍。他努力看清站在面前的身影。

「拿著那玩意兒睡覺會把腳打爛。」

坦尼爾癱回床上，把槍丟到地上。

「你來做什麼？」

湯瑪士拉過房內唯一的椅子坐下，靴子蹺在坦尼爾床沿。「這可不是對父親說話的態度。」

「下地獄去。」

兩人陷入一陣沉默。坦尼爾覺得自己很難思考。他昨晚努力不吸火藥，撐到凌晨兩點才去找他的火藥筒。卡波把它藏起來了，連同他的鼻菸盒和火藥條一起。他的手槍沒裝填子彈。野蠻的婊子。他才剛剛睡著一會兒。

「芙蘿拉在找你。」

「我不在乎。」

「我沒告訴她你在哪裡。」

「我不在乎。」

「我把尼克史勞斯公爵丟下艾德海。」

坦尼爾睜開眼睛坐起身。他父親在清理指甲縫，看起來有點開心。

「我想我引發了一場戰爭。」湯瑪士說。

「你該把他的腦袋轟掉。艾德海對他來說太仁慈了。」

湯瑪士深吸口氣。「不，一顆子彈對他來說太仁慈了。我要那傢伙受苦，我要那傢伙受辱。我要苦難延續下去。」

坦尼爾嘟噥一聲，表示同意。

「那是算計好的。」湯瑪士說。

「什麼算計好的？」

「伊派爾派尼克史勞斯來是為了激怒我，要我動手或殺人。他想要一個開戰的藉口。」

「你也是。你從一開始就想向他們開戰。」

「我這幾個月一直在思考，」湯瑪士說。「我在想我們應該避免戰爭，特別是在地震過後，我們得重建國家，餵飽人民。但現在已經太遲了。」

「我們打得贏嗎？」坦尼爾的腦袋稍微清醒一點了，但那並非好事。他的腦袋宛如遭受鐵匠鎚子猛力敲打一般。

「或許。」湯瑪士說。「教會威脅說要選邊站。明確說來，是站凱斯那一邊。他們不喜歡我把尼克史勞斯丟到艾德海裡。查爾曼那個傲慢的傢伙說，他在努力說服他們。我相信他，也得相信他，畢竟他在成為大主教前是艾卓人。」

坦尼爾挪動雙腿下了床，發出一聲呻吟。他的身體在痛，頭也痛。不管在大學裡救他一命的是運氣、魔法，還是什麼玩意兒，總之都沒有幫他度過戰後的疼痛。

「我有個新主廚。」湯瑪士說。

坦尼爾看了父親一眼。他為什麼要在乎這個？他渾身痠痛，只想要火藥，而波把火藥都藏起來了。

「他說他是亞頓轉世。」湯瑪士繼續說。「我應該要逮捕他，但他煮的菜實在太好吃了，據說部隊裡有一半的伙食都是他做的。不知道他怎麼辦到這點，但是弟兄們都很喜歡他。我們即將開戰，部隊裡又有個迅速成為受歡迎人物的瘋廚師。而且……」

「你就直說吧。」坦尼爾說。

「說什麼？」

「你在東拉西扯，只有在要求我做我不想做的事時才會這樣。」

湯瑪士安靜下來。坦尼爾眼看他內心掙扎，臉上卻幾乎沒顯露情緒。這是相隔多久以來他第一次和父親獨處，四年了？他注意到湯瑪士佩帶了他從法特拉斯塔帶回來的鋸柄決鬥槍，看起來很常使用。

湯瑪士深吸口氣，笑聲慢慢消失，凝望著天花板。

「我要你去殺掉包。」

「什麼？」

湯瑪士花很多時間解釋制約，有很多技術性的細節。坦尼爾幾乎沒怎麼在聽。那個制約跟一個調查員還有什麼承諾有關。坦尼爾可以從父親的語氣中聽出來，他也不想說出口，唯一逼他這麼做的只有職責。

「為什麼找我？」他在父親終於說完後問道。

「如果薩邦非死不可，我也會想親自動手。找別人代勞的話，我會覺得自己是懦夫。」

「而你認為我殺得了我最好的朋友？」

「我知道包很強，我會派幫手給你。」

「我不是那個意思。我知道我射得中他，搞不好可以在不讓他起疑的情況下接近到用手槍動手的距離。但你真的認為我下得了手？」

「你下得了手嗎？」

坦尼爾看著自己的手。上次和包見面是兩年前，他上船前往法特拉斯塔那天。包跑去向他道別。但是朋友又算什麼？世界已經變了，他殺過好幾十個人，他的未婚妻和別的男人睡了，他的國家已經沒有國王。誰敢保證包還和從前一樣？

坦尼爾雙手緊握成拳。湯瑪士怎麼敢？湯瑪士怎麼有膽跑來這裡要求他做這種事？坦尼爾是軍人，但他同時也是湯瑪士的兒子。那有任何意義嗎？「我不會因為你要求我而做。」坦尼爾說。「你對兒子提出要求不行。如果你是在對火藥法師下達命令，那我就做。」

湯瑪士臉色一沉。他知道這是在挑戰他的權威。坦尼爾的父親不喜歡有人挑戰他的權威。湯瑪士站起身。

「上尉，我要你去南矛守山人堡壘殺了榮寵法師包貝德，並帶回他身上的寶石當作證明。」

坦尼爾閉上雙眼。「是，長官。」狗娘養的，他真要逼自己殺最好的朋友。坦尼爾考慮解決掉包後，回來往湯瑪士腦袋裡塞顆子彈。

「我派祖蘭跟你去。」

他立刻睜眼。「不，我不和她合作。」

「為什麼？」

「她太莽撞。她害死自己的夥伴，還差點害死我。」

「她也是這樣說你的。」

「你信她不信我？」

「她至少知道在你主動放走敵人後來向我回報。」

「那個榮寵法師本來會把我們殺光的。」坦尼爾說。

「我下令了。」湯瑪士轉身走向門口。「標記師坦尼爾，執行你的命令，然後你會需要時間處理你的……私人問題。」他離開。

私人問題？坦尼爾嗤之以鼻。他感到手臂上有些異樣，於是低頭去看，他的鼻子幾乎在噴血。他咒罵一聲，四處尋找毛巾。這問題要怎麼解決？喔，沒錯，來點黑火藥就好了……

15

貴族議院地下有個房間，比下水道還深，在鐵國王統治時期使用程度達到巔峰。榮寵法師以法術驅趕此間的霉味和黑暗，同時也防止牆壁漏水，即使在施法的人死後依然維持效用。這個房間寬五十步，高十步，白灰泥牆上掛滿早已無人在意的掛飾。房內有桌椅、能當床睡的躺椅、一箱箱罐頭食物，還有藏在絲綢窗簾後的水桶。

曼豪奇並不知道他父親的這間緊急避難所，只有鐵國王最信任的顧問，包括湯瑪士在內，知道這個地方，以及從貴族議院下來的方法。鐵國王一直擔心人民會起義推翻他，或他的間諜會把刀架在他的脖子上。不過，自從曼豪奇十二世登基後，這間房間顯然就荒廢了，而湯瑪士認為這裡是最適合用來陰謀推翻國王之地。

政變過後，湯瑪士的議會就把開會地點改到不這麼偏僻的議院三樓，更適合政府單位開會，湯瑪士則將這裡當成尋求安寧和獨處的地方。他的幕僚都不知道要來這裡找他，就連歐蘭或薩邦也一樣。他很快就會上去。

湯瑪士坐在最舒服的椅子上，只穿襪子的腳放在腳墊上，大腿上擺著一碗濃湯——他經過廚房時，米哈理唯一讓他帶走的東西——手裡握著那張瑟可夫谷小地圖。他另外一手輕輕搔著一隻獵犬的頭，大狗會時不時舔他的手作為回應。

他正在仔細研究那張地圖。他把尼克史勞斯公爵丟到艾德海已經過了三天，而從連接艾卓和凱斯的山間狹谷瑟可夫谷趕到艾卓，也要馬不停蹄地趕上三天路。湯瑪士不到一小時前收到消息，凱斯部隊在巴德威爾外集結，那是凱斯邊境、瑟可夫谷入口的城市。

尼克史勞斯和使節團只是個幌子，是伊派爾開戰的藉口，他早就已經在備戰了。凱斯打定主意要入侵艾卓，但他們至少需要十萬人才能攻陷瑟可夫谷。現在整條谷地已經交錯部署了軍隊和砲台。不過，瑟可夫谷也可能不是他們的目標。

他放下地圖，將湯碗放到一旁的桌上。皮賴夫輕吠，匍匐著慢慢離開。「閉嘴。」他對獵犬說。湯瑪士拿出另一張艾卓南境大地圖，仔細打量。

南矛山是唯一能讓凱斯不用花一整個夏天就能率領大軍通過的途徑。他們會不會打算從那裡下手？他們的指揮官會不會認為，比起瑟可夫谷，規模較小的戰略要地和較少的守軍會更好打？他看著地圖上的艾德海，其中一個角落裡畫著除了河流三角洲外，凱斯唯一面艾德海的港口。他們或許會嘗試走水路，但凱斯在艾德海上幾乎沒有什麼海軍艦隊。湯瑪士嘆氣，將地圖摺好，靠回椅背。他低頭看向赫魯斯奇。獵犬回應他的目光，腦袋側向一邊，哈氣的大嘴像是在笑。

伊派爾到底在想什麼？凱斯的部隊人數比艾卓多五倍，但艾卓占有很多優勢：工業、能力強悍的軍事將領、守山人。艾卓還占據了所有戰略要地。

「我該帶歐蘭下來的。」湯瑪士對大狗說。「看著人思考對我的思緒很有幫助。」但這房間裡就會充滿他的菸味。湯瑪士湊過去喝了一口米哈理的濃湯。他從未嚐過如此美味的食物，甜甜的奶香加上一點黑糖味。

湯瑪士聽見門外傳來微弱的嘎啦聲響，就在房門附近。通往這個房間外的走道有很多沒路的走廊、假牆、蜿蜒的通道和暗門，足以令意志最堅決的人困惑，讓對方打消通過的念頭，所以湯瑪士有點訝異地坐起身，穿上靴子。他站起來轉向門口，整了整上衣，伸出一隻手要赫魯斯奇保持安靜。

湯瑪士心跳加速，看著穿門而入的那個怪物。對方是人，或曾經是人。他身穿黑色的長外套，頭戴大禮帽，不過那些衣物完全無法遮蔽他畸形的軀體。他是個手腳粗壯的駝子，長相還算英俊，但是過大的額頭顯得有些古怪。他臉上沒有毛髮，金色直髮垂落臉龐。

「勇衛法師。」湯瑪士說，沒想到自己的語氣能如此平靜。勇衛法師通常都是凱斯榮寵法師的僕役，但數百年前凱斯皇家法師團創造出他們時就只為了一個目的——獵殺火藥法師。

湯瑪士身上沒有手槍或來福槍。他有帶劍，但他知道劍在勇衛法師面前用處不大。不帶保鏢就出門是他自己愚蠢，即使是去全艾卓最安全的地方也應該帶上保鏢。他檢查口袋，沒有火藥條，他甚至連那個裝火藥菸的假菸盒都沒隨身攜帶。那些東西都放在他外套裡，而外套掛在房間對面，在勇衛法師身旁的外套架上。

勇衛法師謹慎打量房內，確定沒有其他人，然後才脫下帽子掛在外套架上，接著又掛上他的外套、上衣和領結，只穿一條黑褲子。他脫掉鞋子，邊脫邊笑。

肌肉在他皮膚下位移，繃緊或放鬆，有時候會突然抽動。有些部位糾結成一團，有些則彷彿沒有肌肉，皮膚直接貼在骨頭上，然後所有肌肉再度位移。那感覺像在看一堆塞在絲袋中的蛇。

勇衛法師伸展著不停位移的肌肉。「法師。」他說，聲音低沉洪亮。

「你笑得好像吃屎一樣。」湯瑪士說。他從椅背上拿起劍帶，拔劍後丟掉劍鞘。老獵犬皮賴夫站在他身邊露出利齒，發出危險的低吠。赫魯斯奇退到一張沙發後面，在安全的距離之外對勇衛法師叫。

「我很少能遇上這麼乾淨的火藥法師。」勇衛法師說。「更少遇上這麼有名的。我通常得吃法師在凱斯鄉間找到的那些殘渣。」

吃？湯瑪士感到一陣噁心。

勇衛法師微笑。他伸出雙手，彷彿從房間對面要擁抱湯瑪士，改造過的手長到足以環抱迫擊砲管。

「你怎麼找到我的？」湯瑪士問。他離開椅子，斜舉長劍。皮賴夫移動到湯瑪士和勇衛法師中間，湯瑪士想像勇衛法師撕裂獵犬的畫面。「皮賴夫，」他說。「退後。」

獵犬不情願地後退，遠離兩人。

勇衛法師搖頭，笑容依然掛在臉上。「我不會讓你有機會活下去。」他將畸形大手的指節壓得喀喀作響。「但在你死前，我要你知道，你所有寶貴的火藥法師都會遭受我們的獵殺和吞噬，包括肉體和心靈。」

勇衛法師宛如鬥牛般低頭，展開衝刺。他們相距三十步，但那怪物幾乎一瞬間就衝過這段距離，伸出一隻大手去抓跪墊，像扔玩具一般朝湯瑪士甩去。

湯瑪士矮身閃過跪墊，跨步來到勇衛法師側邊，看準心臟的位置，猛力出擊，一劍狠狠刺過去。一顆大拳頭擊中他腦側，打得他跌到房間另一端。

勇衛法師不給他機會恢復，瞬間改變方向撲向湯瑪士，完全沒將瞄準自己胸口的劍放在眼裡。湯瑪士使盡全力猛刺，同時避開勇衛法師的龐大身軀。他矮身單肩著地翻滾，隨即起身。

勇衛法師胸口兩道刺傷滲出鮮血。湯瑪士肯定擊中了對方的肺和胃，但那怪物神情飢渴地對著他笑，根本不把傷口放在心上。勇衛法師的心臟有魔法骨外殼保護，榮寵法師的魔法也能讓勇衛法師其他器官在他們本應死去時持續運作。

勇衛法師再度衝鋒。湯瑪士閃到一邊，揮劍猛砍，但一隻大手朝他伸來。他低頭躲到手臂下方，從後方出擊，一劍插入勇衛法師腋下，直沒至劍柄。

勇衛法師放聲怒吼，猛然退開，逼得湯瑪士長劍脫手。湯瑪士聽見耳中響亮的心跳聲，雙手劇烈顫抖。

勇衛法師抽動了一段時間，然後突然停止。他漆黑的目光被過長的眉毛遮蔽，圓睜的藍眼布滿血絲，右手軟垂在身側，肌肉幾乎擋住劍柄。劍刃刺穿他胸口，突出三個手掌長。他輕蔑地低頭一看，伸出左手想拔劍，但那個角度讓他難以辨到。

「你胸口有東西。」湯瑪士說，雖然他根本沒力氣嘲弄對方。他肺部彷彿在燒，肌肉劇痛。他看著放在房間對面的外套，幾乎感覺得到口袋裡的火藥條。

勇衛法師突然撲向他，像條岸上的魚般扭身而上。湯瑪士連忙後退，遠離他的攻擊範圍，上衣卻被勇衛法師抓住。對方彷彿要擁抱他，他的脖子距離對方胸口的劍刃不到一指。他感覺到火熱憤怒的空氣噴在臉頰上，聞到怪物口中的膽汁惡臭。

湯瑪士出手戳向勇衛法師的眼睛。怪物像頭受傷的熊般狂叫，單手和湯瑪士角力，將對方的胸膛拉向自己胸口穿出的劍尖，然後使勁把人扔到房間對面。

湯瑪士摔在沙發上，立刻爬起來，注意的外套架就在旁邊，立刻跑了過去。「皮賴夫！過去殺了他！」

獵犬帶著十石的怒齒和肌肉衝向勇衛法師。皮賴夫繞過勇衛法師受傷的手，撲向他的喉嚨。勇衛法師剛要轉身，手臂就被皮賴夫咬住。

湯瑪士跑到外套架前，把勇衛法師的衣服丟到地上，抓起自己的外套，拿出雪茄盒，甩開盒蓋，露出整齊擺在裡面的六根雪茄。他咬掉一邊雪茄頭，將藏在裡面的火藥倒入口中。舌尖傳來苦澀灼燒的硫磺味，接著襲來的是短時間內大量吸食火藥的暈眩感，幾乎使他無法站穩。

湯瑪士在聽見哀鳴聲時猛地回頭，發現皮賴夫被摔在地上，後腿怪怪的。牠正試著爬離勇衛法師身邊，大聲哀叫。那聲音令湯瑪士心碎，內心深處某樣東西驟然崩潰，整個人瞬間進入火藥狀態。

湯瑪士幾個大步便穿越房間，幾乎沒注意到距離。勇衛法師用完好的那隻手臂揮拳攻擊。湯瑪士凌空抓住拳頭，點燃其中一根假雪茄，牽動其中的火藥能量，生生將勇衛法師手臂上的骨頭給折斷。

湯瑪士繼續抓著那隻無力的手扭轉，勇衛法師整個人被提起來，腳尖點地。他瞪大雙眼，張大嘴巴無聲呼喊。湯瑪士一手抓住劍柄用力來回拉扯，感覺劍刃刮過怪物體內的骨頭。他將劍拔出並鬆手，讓劍噹啷落地。

勇衛法師露出牙齒獰笑，一頭往湯瑪士撞來。即使在這樣的痛楚中，怪物還是不肯撤退。湯瑪士在火藥狀態提供的力量下輕易舉起怪物，雙手抓住怪物的大腦袋。他扭轉那顆頭撞擊大理石地，聽見石頭碎裂的聲響。他點燃口袋裡另一根假雪茄，將能量灌入勇衛法師的腦中。

怪物身體癱軟，終於死亡。

湯瑪士從怪物身上摔下來。他頭昏眼花，筋疲力竭，身上染滿鮮血，分不清這其中有多少是自己的。胸口的劍傷很深，需要縫合，在火藥狀態下隱約能感受到一股灼痛感。他的手腕和手臂都很痛，這身老骨頭不習慣他釋放的那些火藥。他深吸口氣，目光落在皮賴夫身上。

老獵犬蜷縮在地毯角落，赫魯斯奇從沙發後的藏身處奔向皮賴夫，輕聲哀叫，用鼻子頂牠。皮賴夫背脊扭曲，後腿呈現奇特的角度。牠在湯瑪士凝視自己時睜開雙眼，可憐兮兮地看著他。

「你表現得很好，孩子。」湯瑪士低聲說道。他走向門口，隨即在皮賴夫大聲嗚嗚、拖著後腿跟上來時停步。湯瑪士覺得雙眼發熱。

他花了些時間才抱著皮賴夫回到貴族議院地面上的樓層，在二樓找到正和幾個軍官玩牌的佩屈克醫生。他們全都轉頭看向滿身鮮血抱著獵犬進房、身後還跟著赫魯斯奇的湯瑪士。

過了一會兒，皮賴夫躺到一張沙發上，讓佩屈克為牠檢查傷勢。幾十名士兵擠在門口想看清房內的情況。歐蘭咒罵幾聲，他們立刻讓路。他在看見湯瑪士時當場愣住。歐蘭面紅耳赤，瞪大雙眼。

「長官。」歐蘭說。他雙手顫抖，觸碰湯瑪士，彷彿要確定長官還活著。他沒辦法直視湯瑪士的雙眼。「我讓你失望了。」他說。

「不是你的錯。」湯瑪士說。「你不可能知道。是我偷偷溜走了。」

「我應該要在場的。」歐蘭目光停在皮賴夫身上。「我很抱歉，長官。看在克雷希米爾的份上，我……」

「你沒做錯事，」湯瑪士語氣堅決地表示。「你根本不在場。現在我要你跟在我身邊。找信差來，我要議會成員一小時內在此集合，他們就算要長翅膀才能飛來我也不在乎。去，我要他們在貴族議院下面的房間和我碰面。」

佩屈克醫生走來。「我救不了牠，就算是醫術高超的獸醫也救不了。」

「當然。謝謝你，醫生。」

湯瑪士從歐蘭身上拿了把手槍，走到獵犬身旁。他伸手輕輕撫摸皮賴夫雙眼中間。「沒事的，孩子，安息吧。」

槍聲迴盪屋內，他感到體內有樣東西劇烈震動。他又在皮賴夫身旁跪了一會兒，沒理會來調查槍聲的守衛所引發的騷動。

湯瑪士站起身來，隨便挑了名士兵。「幫我找支鎚子和大釘子，立刻去找。」

之後，湯瑪士在貴族議院地下的房間裡等候。他凝視著勇衛法師的殘軀。這種怪物很強，很難殺死，但凱斯人當然知道湯瑪士有能力應付一名勇衛法師。他遭受攻擊時身上沒帶火藥純粹是運氣不好。這樣做有何意義？讓他們互相猜忌嗎？還是要在湯瑪士的親信之中製造混亂？

如果那是他們的目標，那他們就成功了。

他的議會成員依序進入房內，他指示他們坐在房間一側的椅子上，不管他們如何抗議或質疑，直到所有人都到齊為止。他站在他們面前，雙手交疊，身上還穿著之前的血衣。勇衛法師被大釘子釘住手腕，掛在他身後的牆上，血液持續滴落，濺在石板地上。

「你們之中有人背叛我。」湯瑪士說。「我會找出是誰。」

他把他們留在房內，讓他們好好看看那具屍體。

阿達瑪察覺有道陰影遮住了他的肩膀，發現有個男人站在他面前。他摸摸靠在膝蓋上的手杖，將茶放在鐵咖啡桌上。他打量那道影子片刻，回想踏在石板地上的腳步聲，放開他的手杖。

「戰地元帥湯瑪士。」阿達瑪說，沒有抬頭。

湯瑪士把一份報紙丟在阿達瑪的茶杯旁，在他對面坐下。他揚手招呼服務生。

「你怎麼知道是我？」

「軍靴，軍步。」阿達瑪說，輕啜一口茶。「我十年內沒幫其他軍方的人辦過事。」

「搞不好我是派助手來找你。」

阿達瑪聳肩。「所有人的腳步聲都有不同的節奏。你的很好認。」

「了不起。我相信昂卓斯給你的錢足以償還債務？」

阿達瑪並不驚訝湯瑪士知道他欠錢的事。阿達瑪迅速打量戰地元帥，他臉上有瘀青、幾道擦傷，像是剛和人打過架，整個人看起來心力交瘁。

「當然。」阿達瑪說。不過不夠，他心想。如果這個月底前接下十幾份好差，他或許能夠清償維塔斯閣下的債務。「謝謝你這麼慷慨。」

「錢花得值得。」湯瑪士壓低音量，伸長脖子打量街上的行人。一陣沉默過後，他目光自街上移開，伸手從外套裡拿出一個信封。他把信封放在桌上的報紙上面。

「我又有工作要給你。」他說。

阿達瑪努力掩飾熱切的神情。「希望別又是法師的臨終遺言？」

「還不是。」湯瑪士向端茶過來的服務生道了聲謝，一口將茶喝光，似乎一點也不覺得燙。喝完後，他從口袋裡拿出一把硬幣，嘟噥一聲，一臉厭惡地看著錢，然後丟了一枚硬幣到桌上。

「查出誰想殺我。」

他起身離開。阿達瑪低頭看硬幣，硬幣上印著湯瑪士的輪廓。

阿達瑪拿起信封，在桌面上拍了幾下。他攤開艾鐸佩斯特日報，上面寫著「企圖暗殺戰地元帥湯瑪士。」

他看著信封。他要工作，但這份工作很危險，更讓維塔斯閣下有充分的理由回來勒索自己，逼自己交代湯瑪士心腹的事情。叛徒同時也會讓他和他的家人陷入險境。他本來打算叫菲回艾鐸佩斯特的，但現在不行了……還不行。

他打開信封，裡面有張一萬克倫納的支票。一小張摺起來的紙條掉在桌上，他在風把紙條吹走前一把抓起。

除了我，有六個人知道暗殺發生地的位置。

底下是份名單，都是湯瑪士的議會成員。阿達瑪擦擦額頭上的汗，又把名單看過一次，懷疑一萬克倫納夠不夠辦這個案子。紙條最後只有四個字：僱個保鑣。

阿達瑪將支票和紙條塞進口袋，心想他可能太早解除與索史密斯的雇傭關係了。

16

「長官，我們查出米哈理的身分了。」

湯瑪士自桌面上抬頭。難得他沒什麼事要處理，眼前沒有亞頓之翼的旅長或議員或軍官或祕書。歐蘭是湯瑪士整個早上第一個見到的人，雖然他一直在門外站崗。

「米哈理？」

歐蘭點了根菸。「新主廚。」

湯瑪士想起擺在桌角的那碗濃湯，對湯已經喝光感到非常遺憾。那玩意兒和黑火藥一樣容易上癮。「對……米哈理。」湯瑪士說。「你還查真久。」

「這禮拜瑣事很多。」

「有道理。」

「米哈理是莫阿卡的爵位繼承人。」歐蘭說道。「大部分人都用他的頭銜稱呼他：黃金主廚之王。」

「什麼意思？」

「黃金主廚是九國最頂尖的廚藝學院，從他們學院畢業的人，會被四大陸上最有錢的人雇用當私人主廚。他們幫國王做菜。」

「主廚之王呢？」

「每個世代都有一個人被同儕視為當代最偉大的主廚。」

「而他在我們伙房，幫三個軍團做午餐？」

「一點也沒錯，長官。」

「為什麼？」湯瑪士問。

「他似乎在躲什麼人。」

湯瑪士凝視歐蘭。「躲人？」

「他最近剛從哈森堡精神病院逃脫。」

湯瑪士靠回椅背。

「什麼這麼好笑，長官？」歐蘭問。

湯瑪士咬自己臉頰內側。「他有告訴大家說他是亞頓轉世嗎？」

「有的，長官。」歐蘭說。「他就是為此入院。」

「那解釋了不少事。」湯瑪士說。他低頭看著手邊的工作。桌上有艾鐸佩斯特馴狗社提出的要求、理卡・譚伯勒的工會許可證，還有克雷辛教會提出的稅率報告。他搖頭，現在他不想處理那些。「去找我們的主廚聊聊，如何？」

歐蘭隨他步入走廊。「長官，你認為這是明智之舉嗎？」

「他危險嗎？」湯瑪士問。

「在我看來不算。弟兄們都很喜歡他，從來沒有廚藝這麼好的人幫他們做菜過。他讓其他部隊口糧變得像屎一樣。」

「他在做什麼？濃湯？」

歐蘭大笑。「記得你昨天午餐吃什麼？」

「當然記得。」湯瑪士說。「天殺的九道菜大餐。糖鰻魚、餡睡鼠、燉牛肉、分量大到可以餵牛的沙拉……我這輩子只吃過另一頓那麼豐盛的大餐，而那是在曼豪奇的宴會上。」

「那是一般伙食，長官。」

湯瑪士突然停步，歐蘭撞到他身上。「你是說所有人都吃那麼好？」

「是，長官。」

「你？」

「是，長官。」

「整個天殺的旅？」

歐蘭點頭。

「他肯定花掉了整年的伙食預算。」湯瑪士繼續前進，步伐開始有點急了。「昂卓斯會在大街上拉屎。」

歐蘭跟了上去。「正好相反，長官。我問過一位祕書，但他似乎沒碰伙食費。」

「那他怎麼支付食材費用？」

歐蘭聳肩。

整間貴族議院的伙食都來自一間廚房。廚房位於主樓的正下方，所有光線都來自牆壁高處的氣窗，整個空間全長幾乎等於議院的寬度。廚房一側有幾十個烤箱，煙道直通天花板，還有足夠供給每天出現在議院中上千名書記和貴族餐點的料理空間。中央的寬矮桌上放著食譜和食材，另一側是許多儲物櫃和碗櫃，擺放測量器材、香料及其他食材。還有很多香腸、藥草、蔬菜等掛在天花板下。

湯瑪士一進入廚房，立刻拿手帕擦額頭。廚房裡的高溫差點把他逼回走道。他眨眨眼站在原地，讓他佇足的部分吸引力來自瀰漫在空氣中的各式香味：可可、肉桂、麵包和肉香。他開始分泌唾液。

「你還好嗎，長官？」歐蘭問。

湯瑪士看了他一眼。

廚房裡有幾十名助手，身穿類似的制服，黑褲子外面套著白圍裙，頭上帶著某種帽子。有些人似乎有能力買品質較好的制服，其他人的衣服則一副從街上撿來的樣子。湯瑪士注意到，不管制服多破舊，所有人都很乾淨。他還注意到另外一件事——所有助手都是女人。她們年紀和容貌差異甚大，不過全都在專心工作，似乎沒人注意到湯瑪士。

主廚本人行走在助手之間。湯瑪士立刻認出他就是地震當天出現在總部的那個人。湯瑪士看著米哈理停下腳步，對一名助手說話，接著立刻去查看下一名助手，在一道菜裡添加香料，又在另一名助手往麵團添加太多麵粉前輕輕抓住她的手臂。他幫那些女人安排工作崗位，用前線指揮官的技巧遊走在她們之間下達命令或更動食譜，似乎隨時都能留意到所有狀況。

米哈理看見湯瑪士，面露微笑。他朝門口走來，半路在一座料理台前停下來，幫一名身材高壯的女人調整剁肉的姿勢。他如劊子手般精準地剁下十幾根牛肋骨，然後對女人點頭，把切肉刀交還給她。他安慰了對方幾句，接著走向湯瑪士。

「午安，戰地元帥。」米哈理問候道。「上次見面後，這兩週可真忙。」

歐蘭一臉好奇地看向湯瑪士。

米哈理繼續說：「我告訴你，要不是為了訓練一批新助手，我的動作會快上一倍。」他脫下帽子，用衣袖擦拭額頭，弄得袖子上都是汗水，又在圍裙上擦手。他臉上露出擔憂的神情。「恐怕午餐要晚幾分鐘了。」

湯瑪士環顧四周。人多手雜，根本看不出她們在準備什麼菜。他本來是打算下來問問題的，想弄清楚這個「瘋主廚」是怎麼回事，但話到嘴邊就是說不出來。

「我想不會有人抱怨。」湯瑪士說。他的肚子突然大叫。「午餐吃什麼？」

「黑蠑螈佐咖哩配清淡蔬菜派。」米哈理說。「今晚又有紅酒牛肉吃了，我想我會搭配香料酒。這只是主菜，還有很多配菜可選。」

「貴族議院裡所有人都吃這樣？」

「當然。」米哈理瞪大雙眼，彷彿湯瑪士說了很蠢的話。「你認為書記沒資格吃和戰地元帥一樣的料理？還是軍人配不上會計師？」

「我道歉。」湯瑪士說。他和歐蘭對看一眼，努力回想自己到底為什麼跑來這裡。

「拜託，戰地元帥，陪我走走。」米哈理不等回應就快步離開。湯瑪士跟上去時，米哈理已在透過改變火爐的氣流來調整一鍋湯的溫度。他伸手沾了點湯汁，放到嘴裡嚐味道，隨即從圍裙裡拿出一把菜刀和一瓣大蒜，俐落地切了一小片丟到鍋裡。

「我聽說有人想要你的命。」米哈理說。

湯瑪士停下腳步。他突然感覺到傷口和胸口縫線的痛楚在進入廚房後幾乎消失，變成細微的抽痛，彷彿隔絕在火藥狀態之外。

米哈理的語氣有點哀傷。「我不認同那些法師對勇衛法師做的事，那有違自然。我很高興你還活著。」

「謝謝。」湯瑪士緩緩說道。他漸漸不再懷疑米哈理是間諜。他的名聲和主廚的手藝絕不可能造假。

「米哈理，」湯瑪士說。「我是來問你精神病院的事。」

米哈理愣了一下，一匙正要放到嘴裡的蔬菜派停在半空中。他迅速吃掉那口派。「多加點胡椒。」他吩咐一名助手。「下一批再多加十幾顆馬鈴薯。」他迅速走向下一個工作台，強迫湯瑪士跟上。

「對，」他在湯瑪士再度來到身邊時說。「我從哈森堡逃出來，那個地方很邪惡。」

「你怎麼逃脫的？」

他們來到附近沒有助手的地方。事實上，那裡感覺像有道隱形的門簾遮住四周。高溫和蒸汽消退，噪音也變小了。湯瑪士回頭看了一眼，確定他們還在同一間廚房裡，身後還是一樣繁忙。

「我沒在接受治療時，他們讓我進廚房。」回憶令米哈理顫抖。「他們說我是在幫精神病院做菜，但我沒多久就發現他們把我做的菜送去附近的貴族宅邸，收取很高的價格。我把自己放到一個蛋糕裡烘烤，然後請我的助手把我送去下一間豪宅。」

「你在開玩笑。」歐蘭說。他嘴裡叼了根沒有點燃的香菸，目光飄向一座火爐。

米哈理聳肩。「那個蛋糕很大。」

湯瑪士等他繼續說些別的，或許會說出他真正的逃脫方法，但米哈理沒再說下去。有一半的廚房區域擺著和另一半一樣多的鍋具和烤箱，但隨著米哈理從一道菜走向另外一道菜，可以明顯看出這一半廚房都是米哈理一個人在顧。米哈理手伸到頭頂上，從上方鉤子取下一口大鍋。那口鍋看起來和湯瑪士一樣重，但米哈理輕鬆取下，然後放到一座火爐上。他打開火爐，檢查溫度，走到角落一座開放式的烤肉架旁。

湯瑪士跟著他穿越廚房。他停在米哈理剛剛放下的大鍋旁——鍋裡在冒煙。他湊上前去，眨了眨眼。那口鍋裡燉了一整鍋馬鈴薯、胡蘿蔔、玉米和牛肉。

「那口鍋剛剛不是空的嗎？」湯瑪士低聲詢問歐蘭。

歐蘭皺眉。「是啊。」

他們一起找尋米哈理剛剛取下的大鍋，但這半邊廚房裡所有的鍋都煮著滿滿的食物。湯瑪士肚子沒那麼餓了，反而越來越不安。米哈理還在烤肉架那裡，火堆上插著一大塊牛肉正烤著。米哈理拿起一個小碗，開始往那塊肉上撒調味料。湯瑪士發現自己的肚子又在叫了，這股新的香味趕跑了內心的不安。

「米哈理，你有告訴其他人說你是亞頓轉世嗎？」湯瑪士仔細觀察米哈理的臉，尋找精神異常的跡象。米哈理毫無疑問是廚藝大師，湯瑪士聽說所有天才都是瘋子。他試著回想童年上過的神學課。亞頓是艾卓的守護神，教會說他是克雷希米爾的弟弟，但是與克雷希米爾不一樣的神。

米哈理用菜刀尖端戳了戳牛肉，看著油脂在表面冒泡，沿著肉往下流，滴在底下的煤塊上吱吱作響。他又緩緩皺眉。「我的親戚把我送去精神病院。」他輕聲說道。「我的兄弟和表親。我是私生子，我母親是羅斯維美女，而我父親愛她勝過他妻子，為此，我的兄弟從小就痛恨我。父親保護我，培養我的才能，還不顧傳統指定我為繼承人。」他又戳了戳那塊牛肉。「他死的那天，我那些兄弟就把我送去精神病院，不讓我參加葬禮。我自稱亞頓轉世只是藉口。」

米哈理突然站直，彷彿剛回過神來。「麵包、麵包。」他喃喃自語。「至少還要五十個。那些女孩手腳不夠快。」

他走到廚房中央的料理台，那裡有幾團麵團蓋在濕毛巾下。他一手抽走毛巾，另一隻手插入大塊麵團裡。「發得剛剛好。」他自顧自地說著，臉上浮現心不在焉的笑容。他把麵團分成完美的等分，手掌的動作快到湯瑪士幾乎跟不上。他一次放兩團麵團到麵包鏟上，塞入等著烤麵包的烤箱，直到所有麵團都放進去。

最後一團麵團放入烤箱後，他立刻取出第一個麵包。雖然才放進烤箱一、兩分鐘，已經呈現金棕色的酥脆薄皮。湯瑪士瞇起雙眼，計算數量。

「不是我老眼昏花。」湯瑪士湊向歐蘭說道。

「不是。」歐蘭也證實了他看到的景象。「他放進烤箱裡的麵團數量只有出爐麵包的四分之一。」歐蘭比了個聖繩的手勢，雙手指尖交抵，觸碰額頭和胸口。「克雷希米爾在上，你聽說過什麼魔法能無中生有的嗎？」

「沒聽過，但我最近見識到很多新鮮事。」

米哈理取出烤箱裡的所有麵包，轉向湯瑪士和歐蘭。「哈森堡會派人來抓我。」米哈理說。「我很快就要逃去法特拉斯塔幫野人做飯，然後回到哈森堡精神病院。」

湯瑪士目光自麵包上移開。他看向烤好的牛肉和十分鐘前還是空的大鍋。他對米哈理點了點頭，慢慢走開，歐蘭跟在一旁。

「技能師。」歐蘭說。「這是唯一的解釋。我聽說有些技能師的魔法比榮寵法師更強，他的技能肯定和食物有關。」

「第三眼？」湯瑪士問。

歐蘭點頭。「用第三眼看過了，他身上散發技能師的光芒。」

「好吧，他不是神。」湯瑪士說。「但他自以為是。而他的技能很強大，他的食物撐起一半部隊的士氣。我該怎麼處置他？」

17

「我要找榮寵法師包貝德。」

坦尼爾站在一間酒館的門口。酒館很大，不過很老舊。屋頂塌了一半，似乎根本沒人認真修補。這間酒館名叫「嚎叫溫迪哥」，它的名字來自屋簷間低吼的風聲，而此刻正因為那種風聲掩沒了所有聲響，酒館中的人都停止交談。

五十幾雙眼睛盯著坦尼爾看。他孤身走進酒館，把祖蘭和卡波留在外面等。他很慶幸自己穿了鹿皮外套和斗篷，不管谷裡是不是春天，肩冠堡壘都還處於嚴冬。

「火藥法師找我們的榮寵法師有什麼事?」

我們的榮寵法師。坦尼爾不喜歡這種說法。包和這些惡棍交朋友，罪犯、不滿現狀的人、窮人和苦命人——這些人都是守山人。他們不會輕信於人，而他們歡迎陌生人的程度就像擁擠的城市歡迎瘟疫一樣。他們是九國中最剽悍的一群人。

坦尼爾深吸口氣。他沒心情來這套。他很想說：我是來殺他的。敢阻擋我，我就在你頭裡塞顆子彈。然而他卻說：「那是我的私事。」

一個男人起身。他比坦尼爾年輕一、兩歲，瘦巴巴的，留著大鬍子，儘管天氣很冷仍然穿無袖上衣，手臂肌肉一看就像是長期搬木材或挖礦練出來的。他皺眉看著坦尼爾。

「那是我們的事。」對方說。

「費斯尼克，別惹火藥法師。」有人說。「你要湯瑪士來找我們麻煩嗎？」

「閉嘴。」費斯尼克回頭喊完，又對坦尼爾說。「如果我們不告訴你呢？」

「你是這裡最強悍的人？」

「嗯？」費斯尼克似乎有點膽怯。

「很簡單的問題。」坦尼爾問。「你是不是這裡最強悍、會捅老爸、強暴山羊、近親相姦的婊子所生的混蛋？」

費斯尼克帶著微笑轉身，很快又回頭面對坦尼爾，手裡多了把匕首。坦尼爾拔出雙槍，一根槍管直接戳進費斯尼克嘴裡撞爛他的牙齒，讓對方的匕首刺了個空。費斯尼克瞪大雙眼。坦尼爾另一把手槍指向第一個起身的守山人。

「我是雙槍坦尼爾。」坦尼爾大聲宣布。「我是來找我的好朋友包的。請好好告訴我他現在在哪裡？」

「雙槍坦尼爾？」有人問。「你他媽怎麼不早說？包在山上。」

「真的？」坦尼爾問費斯尼克。

對方點頭，用鬥雞眼看著嘴裡的槍管。

坦尼爾收起雙槍。

「抱歉，」費斯尼克邊檢查牙齒邊說。「包說不要讓任何火藥法師知道他在哪裡，除了你之外。他說你或許會來找他。」

坦尼爾努力不讓自己皺眉。「抱歉打爛你的牙。」他說，然後提高音量。「戰地元帥湯瑪士請大家喝酒！」

酒館裡傳來一陣歡呼。坦尼爾示意費斯尼克過來。「你說他在山上？」

「他大概是在兩週前上去的，就在艾鐸佩斯特的調查員來找他之後。」

「他有說什麼時候下來嗎？」

「沒有。」

坦尼爾搔搔下巴。從在艾鐸佩斯特追殺榮寵法師以來，他就沒刮過鬍子了，脖子上的鬈曲鬍鬚弄得他很癢。「他為什麼要上山？」

費斯尼克搖頭。

坦尼爾感到一股恐懼感爬上背脊。包知道湯瑪士會派人來殺他。

「他對你們說只能告訴我？」

「對，他經常向我們提起你，說你們倆是多年好友。」

這話像把尖刀刺入坦尼爾腹中。他咬緊牙關，勉強擠出笑容。這是包在打心理戰嗎？還是純粹喝醉了閒聊？「沒錯。爬到山頂要多久？」

「這個嘛，他不會真的跑去山頂。」費斯尼克說。「上面有座照顧朝聖者的修道院，距離克雷辛克佳大約兩哩。他會待在哪裡。」

傳說中的聖城——克雷辛克佳。坦尼爾只在小時候保姆每週固定帶他去克雷希米爾禮拜堂時才會聽到這個名字。不過即使在當時，他也不相信那是真實存在的地方。

坦尼爾把自己拉回現實。他不能在這裡等，他得去找包，把他埋在雪地裡。坦尼爾會在他們發現包死之前返回艾鐸佩斯特。

「我上去找他。」坦尼爾說。

「在這個時節？」費斯尼克搖頭。「經驗老道的守山人都不會帶你上去的。相信我，少了嚮導，你會遇上雪暴，永遠下不了山。在夏初之前，山道都非常凶險。」

「我父親提到一個名叫加瑞爾的人。」坦尼爾說。「是他的老朋友。他說加瑞爾是九國境內最強的守山人……怎麼了？」

費斯尼克哈哈大笑。「加瑞爾，他或許肯帶你上去，如果他夠清醒能看路，又醉到不會仔細思考的話。我幫你找找他。」

費斯尼克跑去找其他酒客打聽加瑞爾的行蹤。坦尼爾回到街上，看到祖蘭正瞪著卡波，而卡波則在凝望上面的高山。

「包在上面。」坦尼爾指著高山說。「我們要上去找他。」

祖蘭瞇起雙眼。「可能是陷阱。他肯定知道湯瑪士會派人來。」

「他知道。但他吩咐過守山人，除非來的是我，不然不能向其他人透露他在哪裡。那表示他相信我。」

「或他相信他能在你開槍前殺了你。」

「我熟悉包，那表示他相信我。」他深吸口氣。「算他倒楣。」

「我們需要補給品和登山用具。」祖蘭說。「還有冬季服裝。」

「妳不能去。」

「什麼？」祖蘭狠狠瞪向他。

「妳不止一次差點害死我。」坦尼爾說。

「你敢說這種話！」

「閉嘴。我會和波一起上去，我們會殺了我最好的朋友，然後下山。我們會小心謹慎且安靜無聲。妳若在山上施展法術，不但會讓所有守山人知道我們在幹什麼，還可能引發雪崩，害我們被活埋。」

祖蘭嗤之以鼻。「我不信任你。你太懦弱，不可能扣下扳機。」

「殺榮寵法師是我的專長。」坦尼爾說。他吸了一口火藥，僅夠讓他冷靜下來的一小口。他又吸一口。「包是危險人物，我知道該怎麼處理危險人物。現在，閉上妳的嘴，找個房間窩進去。我留妳下來還有一個原因，如果包占了上風或是溜走，我要妳暗中留意，看到他就格殺勿論。妳能辦到嗎，女士？」

祖蘭雙臂顫抖，一副想撲到坦尼爾身上咬爛他喉嚨的模樣。要是不在火藥狀態下，坦尼爾或許會有點害怕，但在火藥狀態裡，坦尼爾毫不在乎。

「怎麼樣？」他問。「妳他媽的能辨到嗎？」

祖蘭突然轉身，沿著街道大步離去。

「我想那是能的意思。」

酒館的門打開，費斯尼克走出來，聳了聳肩，穿上一件及膝鹿皮長大衣。他身後跟著坦尼爾這輩子見過最高大的壯漢，壯漢穿著厚厚的皮衣，還有沾滿汗水和啤酒的皮草，儘管斜靠在酒館牆上，他還是努力打量坦尼爾。他搖了搖頭，含糊說道：「我是加瑞爾。」

坦尼爾上下打量他。「太棒了。」

坦尼爾停下腳步，在凜冽寒風夾帶雪花迎面來襲時調整保護臉部的皮草。雖然加瑞爾警告過他這麼做可能會死，他仍在酷寒前畏縮，轉頭避開寒風——隨時都要一腳跨在另一腳前，盯著眼前的雪地，不然可能會陷入難以察覺的岩縫，或是墜落山崖。

此刻，坦尼爾並不在太在意。農夫在一萬呎以下的地方趁著暖春耕田。再過幾週，或許艾德海就會溫暖到能讓人游泳了，而他卻身處此地，接近九國最高峰的山頂——也有人說是全世界最高峰——腳上綁著雪靴，佩戴的來福槍和手槍八成已凍到無法擊發，走在前去殺害好友的路上，還有個酒鬼當嚮導。

他和加瑞爾用一條堅固的繩索綁住彼此，風勢漸歇，他能隱約看見那個壯碩的守山人就在坡道上方十步開外。坡道很陡，不過能爬得上去，畢竟積雪下是有路的。這條路在夏天會有很多人走——至少加瑞爾是這麼說的。他們身旁的旋風沒有夾帶新雪，捲起來的都是最上層的積雪。坦尼爾發誓，每當有雪拍在臉上時，他就能聽見小孩的笑聲。他認為高山是很殘酷的地方。

坦尼爾身後還有另一條繩索，卡波在他後面踏著雪靴慢慢跟上，她後面還有個名叫達登的小個子。他是老戴利芙人，堅持要跟來。他說他在修道院的表親去年秋天瀕臨死亡，他想知道對方有沒有活過冬天。坦尼爾不信任他。他會是包的朋友嗎？

加瑞爾是個樂天的酒鬼，對上山之旅抱持很大的興趣。他們幾小時內就準備完成並出發，一開始加瑞爾一直抱怨他的雪靴，但坦尼爾確信他在第二天結束前就已經完全清醒過來。

坦尼爾停步片刻，檢查腰上的手槍。燧發裝置凍住了，有雪和碎冰卡在裡面，不過火藥似乎還是乾燥的，子彈也還在原位。對標記師而言這樣就夠了。他可以自己製造火星擊發子彈，但是……坦尼爾打量加瑞爾。這傢伙會在他對包的眉心開槍時給他帶來麻煩嗎？那些僧侶呢？坦尼爾檢查第二把手槍。如果事情走到那一步，他有辦法在沒有加瑞爾的情況下下山嗎？

終於闖過最猛烈的狂風後，坦尼爾早已感覺不到自己的雙腳。夾帶雪的旋風變小了，灑落的陽光差點刺瞎他的眼睛，坡度趨緩，他突然看得見地面了——不是堅硬的雪地，是貨真價實的土地。地面上有不少鏟子鏟過的痕跡，這裡不久前剛有人清理過。他訝異地眨了眨眼，試著微笑。他的臉太僵了。

「你還好吧？」加瑞爾的聲音穿越坦尼爾的思緒而來。在呼嘯風聲和高山的嘲弄聲中經歷三天半後，他很樂意聽見人聲。坦尼爾這才發現一路上都沒人說話，就連晚上紮營過夜，他們四個人縮在加瑞爾的小帳篷裡取暖時也沒有。

「豪。」坦尼爾停在壯漢守山人身旁等待卡波和達登。他閉上雙眼，扭動舌頭，努力想把話說清楚。「好。」他又重新說了一次。「還有多眼……遠？」

「那裡。」加瑞爾說著，手往上指。

坦尼爾伸手遮擋，瞇起眼睛直視太陽。「太亮了，我看不見。你怎麼能看得見？」

「在山上生活太多年了。你如果待得和我一樣久，就不必用眼睛看。我們就在諾維棲息修道院的正下方。」

達登裂開的嘴唇對坦尼爾露出笑，深膚色的臉在那種笑容下分成兩半。他身材矮小，和湯瑪士年紀差不多。「快到了。」他說。坦尼爾有點惱怒地注意到對方的呼吸絲毫不顯急促，自己卻氣喘吁吁。

坦尼爾把鼻菸盒湊到鼻子前，就著盒子吸火藥，之後他小心翼翼地把鼻菸盒收回口袋——他並不信任麻痺的手指能拿好東西。火藥狀態的快感令他暈眩了一會兒，接著呼吸變得順暢，肌肉也開始放鬆。

他們脫下雪靴，走完最後一段前往修道院的路。再走幾百呎就到了。路越走越窄，左邊是高聳的岩壁，右邊只能看見白色天空，懸崖似乎深不見底。他們步入修道院的陰影中，坦尼爾終於能夠抬頭看清附近的景象。

諾維棲息修道院彷彿是高山的一部分，是由同樣粗糙的灰岩建造而成，有一部分甚至鑿入了南矛山的骨脊之中。它擋住山道——意即山道末端結束在修道院門口，而修道院聳立在他們頭頂上起碼一百呎高處，高懸於他們右側崖壁邊上十餘呎。坦尼爾懷疑，那些僧侶怎麼能在心知身處數千呎高的懸崖上依然安然入睡。

修道院很樸素且未經修飾，石塊都被鑿平，拱門和窗戶頂端都有弧度。修道院沒有尖塔或華麗的門面，唯有它的地理位置，以及立於懸空深淵的大膽建造賦予它宏偉的氣勢。

坦尼爾離開山道，踏上門口的石階。他往上看，沒發現自己正在恍神，直到加瑞爾伸手抓住他外套。他嚇了一跳，發現自己離懸崖邊的萬丈深淵不到兩呎。

修道院的雙扇門在沒有上油的鉸鍊哀鳴聲中開啟。坦尼爾槍拔到一半才發現開門的不是包。一男一女鞠躬招呼他們，兩人都和坦尼爾差不多高。以諾維人的標準來看他們算高了，皮膚呈橄欖色——只比達登的膚色淺一點。

「這個時節來朝聖算很早了。」諾維男子在他們都進屋後評論道。

坦尼爾視線掃過自己的武器、厚毛皮和皮衣，以及同伴身上的爬山用具。很顯然他們並不是朝聖者。

「我是來找榮寵法師包貝德的。」坦尼爾輕聲說道。話音在長長的石廊上迴盪，讓坦尼爾覺得自己好像在南矛山的老骨頭裡低語。「我該去哪裡找他？」他得盡快解決此事。如果包疑心自己要殺他……

女人嚴肅點頭。「我懂了。恐怕你們的旅程尚未結束。」

「見鬼了。」說完，坦尼爾一臉抱歉地看著僧侶。「抱歉，姊妹。」

「沿著修道院後的山道再走幾哩路。他在一座洞穴裡。」

「我知道那座洞穴。」加瑞爾說。

「包有說他為什麼要上去嗎？」

兩名僧侶搖頭。「他說或許會有人來找他。」男人說。「他要我們不要阻止對方。」

包肯定在等人。這下避不開了。

「我要怎麼上去？」坦尼爾問。

「穿越修道院。」女人說。「上山的路只有一條，就算是夏天也一樣。我們是克雷辛克佳的守門人。」

坦尼爾心跳加速。「那裡真的存在？」

兩名僧侶都對坦尼爾揚眉。

「聖城？」坦尼爾問。「真的在上面嗎？」

「沒錯，聖城遺跡。」男人說。「很久以前，諾維挑選他的子民守護九國的聖地。克雷辛克佳或許早已遭人遺棄，克雷希米爾的守護消失，但我們並沒有推卸聖徒賦予我們的職責。」

加瑞爾走到坦尼爾身旁，達登則迎上去和那一男一女低聲交談。坦尼爾在一旁試著聽清，他聽見「生病」和「表親」，然後男僧侶就領著達登沿走廊離開。

「克雷希米爾的守護是什麼？」坦尼爾問。

加瑞爾身材高大，腦袋幾乎要頂到修道院的天花板。「神統治世界時曾施展很強大的魔法，確保任何人——不管是病人還是健康的人，年輕人或老人，都不會受到氣候或高山病侵擾。」

「高山病？」坦尼爾說。

「跑來這麼高的地方會得的病。」加瑞爾說。「達登和我已經適應了，但其他人會口渴、流鼻血、頭痛、腹痛。當然，你不會有事的。」

「我不會有事？為什麼？」

加瑞爾沒有回答。諾維女子上前。「你們上山前想先休息嗎？」

坦尼爾知道自己應該休息，但他不能冒險讓包得知他前來的消息。「不用，謝謝。」

「上山應該很輕鬆。」她說著，帶他們穿越修道院。「我們開始清理通往山峰的山道了。」

他們走過許多走廊，這些走廊似乎一直延伸到深山中，還經過了數十個小房間。小房間的門都開著，有僧侶待在裡面，有男有女。坦尼爾在一間臥房外停下腳步。有名僧侶盤腿坐在地上，湊在一個彩沙盒前，用長長彎曲的樹枝畫圖。坦尼爾在房外沒看到多少僧侶，但聽見走廊深處傳來人聲。他沒想到諾維棲息修道院這麼大，也沒想過有這麼多人整個冬天都住在這麼高的山上。

卡波路過每個房間和每條走廊都會停下來，臉上的笑容像個想要去探險的小孩。坦尼爾不耐煩地拖著她往前走。

走過很多級石階後，面前突然沒路了。後門看起來和前門一模一樣，那道雙扇門也是。

「你們通過後，門閂就會鎖上。」諾維女子說。「山的這一側有……其他東西。」

這話令坦尼爾停步。他張嘴想問，但她已經退回門廳，把坦尼爾、加瑞爾和卡波留在原地。高大的守山人聳肩。

「僧侶之間流傳著奇怪的故事。」他說。「關於冬季在克雷辛克佳出沒的生物。牠們每年都會拖延讓朝聖者上去的時間。」他再度聳肩。「我自己是沒在這上面見過怪東西，除了偶爾出現的洞穴獅。準備好了嗎？」

坦尼爾用手阻止加瑞爾。「我要自己上去。」說完，他轉向卡波。「我要妳也待在這裡。」

卡波伸出一根手指，然後對自己比大拇指。

「不。」坦尼爾說。「妳留下，和加瑞爾待在一起。」

加瑞爾輕咬嘴唇內側。「我真的該……」他沉聲說道。

「不。」坦尼爾語氣堅決，舉起來福槍。「我有這個應付洞穴獅。」

坦尼爾聽見加瑞爾在他踏出門後鎖上門閂的聲音，好奇這名高大的守山人是否會懷疑自己此行的目的。也許起疑了，但是話說回來，那傢伙是個酒鬼，坦尼爾在離開肩冠堡壘前會再給他灌點酒。

山道稍微變寬，坦尼爾和懸崖邊緣之間有了足夠寬敞的空間。不久後，左側山壁不再那麼陡峭，最後變成覆蓋積雪的岩丘。這裡的山道並不陡峭，他不必穿雪靴。

坦尼爾大老遠就看見那座洞穴。那座洞穴很容易看見——洞口和房子一樣大。沒多久他又找到一座合適的圓丘。那是座小山丘，比山道稍微高一點，位於山道和懸崖之間。他小心翼翼地爬上去，趴在雪地中。這是完美的狙擊點。他藏身在雪堆後，山洞口的景象盡收眼底。

唯一的缺點就是圓丘位於懸崖邊。據坦尼爾所知，這座懸崖搞不好有一萬呎深。他手指插入雪裡。如果包發現了自己，只要輕彈手指就能把他吹下山崖。

坦尼爾在制高點上觀察了幾分鐘。火藥狀態讓他就算距離遙遠也能看清洞穴的細節。洞口的方位和他視線稍有偏差，似乎是鑽進了山的側面，一條狹窄的小徑通往洞穴裡，左邊則是陡峭的冰雪山丘。山洞就位於懸崖邊。

洞穴裡有人。洞口冒出一道炊煙，筆直升上無風的天空，小徑看來時常有人走動。坦尼爾開啟第三眼確認——包就在洞穴裡。粉色靈氣在洞內的火堆旁搖曳。坦尼爾爬下圓丘，打開裝備。

他開始做準備，有條不紊地動作，反覆檢查一切，清理燧發裝置和底火盤上的雪，然後檢查槍管。他咬開彈藥包，裝填底火盤，從槍口倒入火藥和彈丸。他在舌頭上沾了點火藥，加強火藥狀態，再塞入棉布。最後，他拿出素描本，翻開第一頁——包。那是坦尼爾在前往法特拉斯塔途中畫的畫像。包的鬍子刮得很乾淨，頭髮很短，臉頰很寬，面露微笑。坦尼爾手指拍拍畫像，然後爬回圓丘上等候。

他待在那裡，看著太陽升到頭頂，又緩緩西沉。他的視線很清晰，可以從圓丘往右看見凱斯全境，遠方的平原和城市在夕陽照射下，於地平線上閃閃發光。

等待的時間讓坦尼爾有機會思考。他忍不住想起芙蘿拉。他們是一對年輕的戀人，會逃避訓練跑去廉價旅舍做愛。他笑著回想那些往事，感覺心臟越跳越快。不，這可不行。他得保持冷靜，等待獵物。他回想從前某次回家發現湯瑪士在等他。湯瑪士告訴他，他和芙蘿拉日後要結婚，然後他們就算是訂婚了。

芙蘿拉和別的男人上床的畫面自動冒出來。他雙手顫抖，推開那些畫面。他強迫自己在火藥狀態中尋求寧靜。客觀來看，他愛她嗎？或許。他很喜歡和她待在一起，但他真的愛她嗎？

坦尼爾經常思考愛情。有時候愛情彷彿是種陌生的概念，有時候是存在於詩篇裡的詞彙。芙蘿拉是他母親死後第一個和他親近的女人。他對母親大部分的記憶都是後來才聽說的——她是火藥法師，是艾卓貴族，不過她母親是凱斯人。她外表堅強，和湯瑪士一樣堅強，但他依稀記得她在家時也有溫柔的一面。即使坦尼爾有個女家教在照料，母親還是隨時都在。

那一切在她死後就結束了。坦尼爾換過很多女家教，他強烈懷疑湯瑪士和她們睡過。接著就不請女家教了，彷彿湯瑪士幹夠了。下一個進入他們生活的女人就是芙蘿拉。他記得自己和包一起爭著討她歡心，他這輩子就只有那段時間在追求女人方面勝過包。那是否表示她就是他此生的唯一？不，沒那回事，這世界太大了。

在結束婚約這幾週以來，他很驚訝自己如今竟然已經很少想起她了。他摸摸口袋裡那張被他捏縐的畫像。不，他不愛她。她的背叛傷害了他，但主要是傷到他的尊嚴。他們一直以來都認定這場婚姻，如今婚姻從他們的未來消失了，感覺有點奇怪。

坦尼爾發現自己咬牙切齒。哈！這才不是感情用事。湯瑪士為什麼要做這種事？派自己的兒子去殺他最好的朋友，這是在懲罰他放走羅莎莉雅嗎？還是某種測試，確認他是否依然忠誠？

不，都不是，那個老混蛋完全是出於全面性的考量。坦尼爾是部隊中最強的狙擊手，能在颳風的日子從三哩外擊落目標頭上的帽子。如果無法遠距離狙擊，坦尼爾也能在不讓包起疑的情況下接近他，往他肚子捅一刀。湯瑪士什麼時候才能學會全面性的考量並非總是正確的做法？他把尼克史勞斯丟下艾德海時肯定也有他的考量。坦尼爾忍不住為父親感到驕傲，雖然這股驕傲維持的時間很短暫。

「你遲早得出來拉屎。」坦尼爾等了又等，喃喃自語。他記得有一次在艾鐸佩斯特外的國王森林中，他趴在圓丘後的情況。他當時十四歲，包查出了皇后和她的侍女會在哪段河域洗澡，他們在一座圓丘後面躲了將近一天，那些女人才抵達河邊。包帶了望遠鏡，坦尼爾則帶了根火藥筒，擁有火藥狀態中的視覺。這麼做很危險，他們兩個都知道被抓到的話會被打多慘，但據說皇后是九國第一美人。

她確實是。等待——和風險——都很值得。

洞穴裡有了動靜。包出現了，他站在洞口搓揉雙手，在距離懸崖不到一呎的地方看向凱斯。坦尼爾不知道包為什麼不怕摔下去。他深吸口氣，準備開槍。

包轉身打量山丘。他脫掉厚厚的毛兜帽，坦尼爾透過槍管打量他的童年好友。包的頭髮在守山人堡壘長長了，也留了亂糟糟的鬍鬚。他比上次見面時瘦很多。包打量山丘，然後順著山道望向坦尼爾。

坦尼爾抗拒縮頭的衝動。包在直視他。包伸手遮蔽陽光，心不在焉地扯了扯榮寵法師手套，陽光照亮手套背面的魔法圖案。坦尼爾不曉得包有沒有用堅硬的空氣盾護住自己。包最強的元素靈氣是空氣。

包知道他在這裡嗎？包是不是在等待，暗自嘲笑著，打算在坦尼爾洩露行蹤時動手殺了他？他有沒有用第三眼監視坦尼爾？坦尼爾沒察覺到包的第三眼，也沒感應到任何護盾。坦尼爾的手指觸碰扳機。

包又在那裡站了一會兒，瞇眼打量山道，然後回到洞穴裡。

坦尼爾咒罵一聲。為什麼不扣扳機？剛才明明是個大好機會。他嘆氣，他知道答案。

「算了！」他大聲說，站起身來。

他走下圓丘，拿起他的裝備，沿著山道走向包的洞穴。

見鬼了，他該怎麼說？嗨，包，你最近好嗎，我是來殺你的？但是別擔心，我改變主意了，希望這不會影響我們的交情。

坦尼爾整理思緒，下定決心——或者說是僅存的決心。他搖搖頭，被迫在職責和朋友之間做選擇。他希望這能讓他當一個好朋友，因為他是個爛軍人。

坦尼爾才剛朝通往洞穴的小徑踏上一步，便立刻僵住。包又走出洞穴，和他相距或許有五十步。包會清楚地看見坦尼爾肩膀上的來福槍。包能認出他嗎？坦尼爾拉開臉旁的毛皮，努力微笑。他揮手打招呼。

包瞇起雙眼。

坦尼爾吞了口口水。包拉扯著榮寵法師手套。手套是白色的，除了手背上的金色圖案幾乎融入雪地。

坦尼爾開口打招呼。

「不要再前進了。」包喊道。「待在原地！」他又拉了一下手套，坦尼爾在包的臉上看見他不喜歡的表情。看來包知道自己為何而來。

包雙手舉在頭上，那姿勢看起來有點滑稽。包並非壯漢，瘦削的臉頰和稀疏的鬍鬚讓他看起來像個小男孩。包胸口起伏，大口呼吸，蓄勢待發。坦尼爾不必開啟第三眼就知道包已透過戴著手套的手指接觸艾爾斯，讓魔法湧入世界。坦尼爾緊閉雙眼。

「趴下，笨蛋！」包叫道。

坦尼爾連忙睜眼。有東西從後面攻擊他，把他撞倒。他落在一個雪堆上，耳中滲血，看著某樣龐然大物衝過身邊。是全身裹在毛皮裡的加瑞爾嗎？

坦尼爾感覺心臟跳到嗓子眼。不，不是加瑞爾，是一頭洞穴獅。

那名稱根本是誤導。那玩意兒看起來不像獅子，牠的後腳像貓一樣有肉墊，但前腳有類似雞爪的三根大爪子，和鐮刀差不多長。牠的腦袋像老虎，寬厚的胸口和鬃毛肩膀像獅子。這頭獅子比坦尼爾見過或聽說過的都更大。相形之下，法特拉斯塔沼澤熊都變小了。牠以後腳站立，朝包衝過去。

包手指扭動，彷彿正在彈一把隱形的大提琴。空氣劈啪作響，雷聲隆隆，晴朗的天空閃電劈落，擊中了洞穴獅的腦袋。

怪物完全沒有被電擊麻痺。牠變成四腳衝刺，速度快如山貓，濃密的鬃毛冒出黑煙。包高高舉起一隻手，然後向下揮。洞穴獅上方山坡的冰突然滑落，形成小型雪崩，以十輛馬車的衝勢擊中洞穴獅。冰層裂開了，在牠向前奔跑的過程中在牠周圍滑動，好似鯊魚鰭劃破了海面，火焰竄起噴灑在牠臉上。但這招顯然對洞穴獅完全無效。

洞穴獅距離包約有十五步遠，而包看起來很疲憊。他額頭冒汗、手指扭動、拉扯著看不見的琴弦。洞穴獅突然停頓。

牠速度變慢，灰白腦袋搖搖晃晃，繼續前進。

「別呆坐在那裡。」

坦尼爾猛然起身。加瑞爾來了，他的臉因長時間奔跑而面紅耳赤，手裡拿著一支長矛，看起來像獵野豬用的。

「開槍打那可惡的東西！」

坦尼爾甩下來福槍瞄準。怪物搖頭，似乎頭昏眼花，然後發出一陣低吼。牠用雙爪遮住耳朵，跳來跳去，用頭撞地，好像頭顱裡都是蜜蜂。

坦尼爾扣下扳機。怪物的腦袋在中槍時猛然後仰。他感覺自己瞪大了雙眼。子彈擊中怪物醜陋的臉，然後滑開——就和艾鐸佩斯特的榮寵法師一樣。牠又怒吼一聲，伸爪朝坦尼爾比了個下流的手勢。這頭怪物體內魔法流竄，是足以造神的那種魔法。

坦尼爾感覺腳下的積雪爆炸。他被炸入空中，飛向懸崖。他落在雪地裡持續滑行，無法阻止衝勢，手忙腳亂想找地方抓，卻什麼都抓不到，轉眼間掉下山崖。

他的靴子碰到堅硬的地面。山壁上有岩石突出，腳下突然多了片和一個人差不多長的石塊。他很確定一秒前這裡沒有岩石。坦尼爾奮力爬回山道，感覺有隻手抓住他。

「來！」達登說。老戴利芙守山人和加瑞爾一樣，一手拿著長矛，另一隻手拉起坦尼爾。卡波也在上面，以她微薄的力量幫忙。她睜大眼睛瞪了坦尼爾一眼，然後快步跟上其他人。

坦尼爾找尋他的來福槍。槍在地上，離他太遠。他有時間裝填彈藥嗎？他看了包一眼，立刻知道沒有。

包退回洞穴裡，背貼岩牆。洞穴獅雙腳站立朝他衝去。牠吃力前進，彷彿逆流而上，每一步都在掙扎，但還是節節進逼。

加瑞爾率先趕到。他長矛往上一送，刺進洞穴獅柔軟的腹側。牠哀嚎一聲，轉而攻擊他。加瑞爾即時跳出利爪的攻擊範圍滾回洞外小徑。達登跳過加瑞爾的身體，挺起長矛，衝向洞穴獅。

然而，達登突然爆炸了。前一刻他還在，下一刻就消失了。鮮血和肋骨濺落山側。洞穴獅發出勝利的吼叫聲。坦尼爾沒時間思考，沒時間去想達登的血是否染紅了自己的外套。他兩把手槍分別瞄準目標，然後開火。

火藥法師能讓子彈飛行一段距離，這讓他的射程變遠，而且代價只是他的意志力和多一點點火藥。他還可以點燃火藥，透過接觸轉移能量。好的標記師能透過子彈轉移能量，讓子彈有足夠的力道貫穿岩石或鋼鐵。

坦尼爾點燃自己的火藥筒，強化子彈的衝勢。

子彈擊穿洞穴獅。牠慘叫，綠色的血噴濺在結冰的小徑上。洞穴獅自包面前轉身，像受傷的馬一般嘶吼，轉而面對坦尼爾。牠舉起帶有長爪的前肢。坦尼爾感覺魔法高溫來襲。

卡波在狹窄的小徑上擠過坦尼爾，擋在他和怪物之間。

「可惡！波，不要！」

卡波挑釁地高舉雙手。一隻手裡拿著一樣東西——一個娃娃。那是一個手掌大小的裸體娃娃，用蠟捏成，做工絕佳，每個人體部位都很精準——精確來說是一個女人——特別是臉。那是祖蘭。

卡波用一根長針刺那個娃娃，洞穴獅同步吼叫出聲，摀住身側。接著，卡波把針插入娃娃腦袋，在頭顱中攪動，使洞穴獅抽搐大叫。牠抓撓自己的耳朵和臉，留下長長的血痕。卡波彎腰上前，深吸口氣，對娃娃吹氣。

洞穴獅渾身冒火。包再度展開攻擊，手指動得飛快，許多冰錐從洞穴裡飛出來刺中洞穴獅。坦尼爾手指發抖，重新裝填彈藥。他還有一些火藥條，不過他的火藥筒已經空了。他能對這頭怪物做什麼？牠受困在包和卡波的魔法之間，卻拒絕死亡。他們能困住牠多久？

坦尼爾轉身。「加瑞爾，立刻把你的火藥筒給我！」

加瑞爾在距離小徑幾步之外，和坦尼爾瞪視片刻，然後拋出自己的火藥筒。

坦尼爾接過火藥筒，掂了掂重量。很好，幾乎是滿的。他轉身。包看起來一副精疲力竭的模樣，卡波甩甩在手裡燃燒的娃娃，長針和手指亂刺，臉上流露野蠻又開心的表情。

「趴下！」坦尼爾大叫，拋出火藥筒。他抓住卡波的肩膀，把她推向山坡。火藥筒落在山坡和洞穴獅之間。坦尼爾動念點燃火藥筒。

他用意志力控制爆炸，以標記師的魔法引導能量，大幅強化爆炸威力。洞穴獅被震向空中，飛出二十、三十、五十步外，然後才開始下墜。坦尼爾看著牠連抓帶叫地墜落。叫聲變了，隨著獅子軀體變成女人身形而轉為慘叫聲。她撞上下方的岩壁，然後繼續墜落，消失在雲層之中。

18

湯瑪士停在一盞街燈下，檢查他幾小時前寫在一張白紙上的地址。「一七八。」他自言自語，瞇起眼睛看門牌。歐蘭跟在他身後幾步遠，手槍藏在長大衣裡，留意四周環境。

洛特區是城鎮裡的富人區，銀行和古老商會的殘存勢力仍會在週間做生意。這裡幾乎沒有受到地震影響，更遑論受到保王分子起義的衝擊。街道兩側有一排排維護得宜的小屋子，專供生意人、記帳員和商會聯絡員談生意。這裡燈火通明，每條街都有員警在巡邏，多到令湯瑪士懷疑自己是不是走錯地方了。

*這裡可不是適合殺人的地方，*他心想。他停頓了一下，在發現前方的街道上有一片黑影時糾正自己的想法。他走了過去，看到有六盞街燈被風吹熄，或是被人弄熄，後者可能性比較高。他數著街道門牌號碼，確認自己找對房子，然後直接從大街上走了過去，敲三下門。屋裡沒有點燈，也沒有任何有人居住的跡象。這地方看起來已經空置很久了。

門打開一條縫，他和歐蘭立刻獲准進入。歐蘭留在等候室，湯瑪士則被人拉住手臂，領著走過一條走廊，進入應該算是密室的房間。有人摩擦火柴，點燃蠟燭。

湯瑪士在蠟燭後看見一張熟面孔。

「很高興見到你，湯瑪士。」薩邦說。

「我也是。希望我沒有來遲。」

「理髮幫還沒到。」

「很好。我要看看他們是怎麼辦事的。」湯瑪士雙眼適應光線後，開始環顧四周。他們身處一間小廚房，地板和櫥櫃都是空的，一個男人坐在角落的料理台上，嘴角叼著沒點燃的煙斗。他個子很矮小，神色嚴肅，不胖不瘦，臉上留著厚厚的黑色鬍鬚，在這種光線下很難看清楚他的五官。他咬咬煙斗，看著湯瑪士。

「你是我們的聯絡人？」湯瑪士問。

「指頭。」對方說。

「我猜那不是你的本名？」湯瑪士說著，揚起一邊眉毛。

「化名。」他說。「為了我的人身安全。」那人專注地打量湯瑪士，目光緩緩上下移動，判斷、掂量著他。湯瑪士覺得這個人有點特別。

「你擁有技能。」湯瑪士說。

指頭調整他的長黑外套，拍拍前面的灰塵。「啊，沒錯。」他表示。「很多間諜都有。當你擁有他人無法判斷的天賦時，辦事就會容易很多。」

「我殺光皇家法師團後，曼豪奇的間諜系統立刻神隱，我差點沒辦法組織間諜網路。」

「人一旦擔心自身安全，就會想搞失蹤。」指頭的目光在薩邦和湯瑪士之間游移，他顯然不喜歡和兩個火藥法師待在同一個房間裡。

「但你還是來了。」湯瑪士說。

「我要養家餬口。」他頓了一下，然後補充。「我是個微不足道的技能師。我能不用工具開鎖，從門外拉開門閂。」

湯瑪士聽過學者討論這種事，他們說那叫次等心靈傳動能力。「不會對我造成威脅。」湯瑪士說。「對，我懂你的意思，但我對不是皇家法師團的人都沒有意見，除非他們對我有意見。曼豪奇的間諜對我有用處，你去讓他們知道我們願意付雙倍價錢。」

指頭把煙斗從嘴裡拿出，摀嘴咳嗽。

「你在笑我？」湯瑪士問。他看向薩邦，戴利芙人聳肩。

「什麼事這麼好笑？」

「付更多錢的事。」指頭說。「事情不是那樣運作的。」

湯瑪士瞇眼。「那是怎麼運作的？」

「戰地元帥，間諜和軍人不一樣。軍人有忠誠沒錯，但說到底，他從軍是為了填飽肚子、賺取薪資。間諜之所以當間諜，是因為他們熱愛這種遊戲。他們愛自己的國家，或他們的國王。」

「你是說，我沒辦法利用曼豪奇之前的間諜網？」

指頭用煙斗指著湯瑪士。「絕非如此，戰地元帥。我們有些人對曼豪奇本人效忠，那些人老早就遠走他鄉，或是開始幫凱斯辦事。而我們之中剩下的人深愛艾卓，遲早會回來。我想只要我身為一個技能師，活得越久，就會有越多間諜浮上檯面。」

湯瑪士揉揉眼睛。等這些間諜浮上檯面，他就得擔心他們是不是雙面間諜，或還能相信誰。這一切都很令人頭疼。「我以為你說你當間諜是為了養家餬口。」湯瑪士問道。

指頭點頭。「對，好吧，我可能說謊了。」

薩邦輕笑出聲。湯瑪士瞪了他一眼。間諜，他很想讓他們全都待在地獄裡腐爛，不幸的是他們還有用處。

「理髮幫來了嗎？」湯瑪士問。

「我不知道。」指頭說。

湯瑪士用大拇指比向門口。「去看看。」

「會有人通知我們。」

「現在去。」

間諜連忙走出門。湯瑪士走向料理台，坐了上去。他抓了抓胸口的縫線，抵抗想挑掉線頭的衝動。

「我需要一些建議。」湯瑪士說。

「你當然需要別人的建議。少了我，你就像個新生兒。」

屋內陷入一陣沉默。湯瑪士能讀懂薩邦的眼神。他的眼睛說：如果我在場，那個勇衛法師就不可能接近到暗殺你的距離。

「米哈理。」湯瑪士說。「那個瘋主廚。」

「他真的值得你費神嗎？」

「全軍的伙食他都包辦了，士氣從來沒有這麼高昂過，大部分都是他的功勞。」

「所以你對他瞭解多少？」

「他是從哈森堡精神病院逃出來的。」他說。

「啊，是個瘋子。」

「他們肯定是這麼認為。他們派人來帶他回去，而他宣稱自己被判入院是因為親戚和競爭對手嫉妒他。」

「他有偏執妄想？」

湯瑪士聳肩。「有可能。」

「送他回去。」薩邦說。「他的廚藝很好，但不值得你與精神病院的贊助人為敵。你知道他們是什麼人嗎？」

「一個叫作克雷蒙提的傢伙。」

薩邦沉默片刻。「布魯丹尼亞—葛拉貿易公司的新老闆？」

「對。」

「就這樣決定了。我們不能損失硝石來源。」

「我可不這麼肯定。」湯瑪士說。

「你是指報紙上的那些鬼話？」薩邦嗤之以鼻。「米哈理自稱亞頓轉世？我認為那是他發瘋的證據，很少受過教育的人會相信。」

「你沒見過他。」

薩邦伸手摸摸自己光滑的腦袋。「你相信他？」

「不要那樣看我。當然不信，但他不會傷人。」

「那你非留下他不可的理由是？」

「魔法。」湯瑪士說。

「他是榮寵法師？」

「他是技能師。」湯瑪士說。「能力和食物有關，他能無中生有。」

薩邦說：「聽起來不怎麼樣。」

「你聽說過任何人能憑空創造物質出來嗎？就算是技能師？」

「嗯……」薩邦咕噥。「他會變成全世界最有錢的人。」

「必要時，我們可以讓他餵飽全艾卓的人，即使面臨饑荒也能辦到。如果戰事拖太久，他對我們就非常必要。」

「他難道不是在耍把戲？」

湯瑪士說：「我認為不是。歐蘭和我都有仔細盯著他看，他從鉤子上拿下一個空鍋放在火爐上，等我再次查看時，鍋裡已經滿滿都是正在煮的燉肉。他在烤箱裡放了十團麵團，打開就變成一百個麵包。」

薩邦皺眉。「還是有可能是魔法或騙人的把戲。他或許是法力強大的榮寵法師，只是在掩飾真正的實力。誰知道榮寵法師有什麼能力？就連皇家法師團也不清楚所有操縱靈氣的細節。」

「對，我也想過這種可能。然而，現在已經謠言四起，我怕會形成邪教，更別說在我的部隊裡了。歐蘭說他在第七旅很受歡迎，他們都愛他煮的伙食。」

「你想做什麼？」

「我不能就這樣叫他離開，把他還給精神病院。」湯瑪士說。「在見識過他的能耐後更不可能這麼做。他至少是個天賦異稟的技能師，雖然技能很奇特，但希望他和我們同一陣線。如我所說，戰爭期間食物的價值難以估計。」

有人開門打斷他們交談。是指頭。

「都準備好了。」間諜說。「跟我來。」

他們跟著他摸黑走向二樓的小房間。透過房間的對外窗能清楚俯瞰街道。窗簾是拉開的，但屋內仍一片黑暗，阻擋那些想窺探他們的眼睛。指頭指向離窗戶一步之遙的兩張椅子。他們坐下來等待。

「就是他？」湯瑪士輕聲問，朝對街的房子點了點頭，然後才發現他們看不見他的動作。

「是他。」指頭回答。「長年為凱斯工作的間諜。他在艾德海有間小船運公司，暗殺你的勇衛法師就是搭這傢伙的貨船偷渡進來的。」

「你確定他與此事有關？」

「關係可大了。他是洛特區的銀行家，在市議會裡有朋友。他在本地市政廳大放厥詞，宣稱火藥法師會害死所有人，我們應該推翻你的議會，向凱斯投降。」

「言行非常大膽。」湯瑪士說。

指頭說：「沒錯，如果我不是從他十五年前移民到艾卓後就開始監視他，我會認為這麼做對間諜來說太大膽了。他毫無疑問和偷渡勇衛法師的事情有關。」

「我先把話說清楚。」湯瑪士說，聲音低到幾乎細不可聞。「我不屠殺艾卓百姓，我不要警察國家，我們這麼做只是為了除掉凱斯間諜，所以除非你有證據證明發表反對言論的人真的是間諜，否則就向當地警方檢舉，讓他們持續監視他。我不打算同時和本國人民及凱斯開戰。」

一陣沉默。「明白。」

「很好。事情順利嗎？」湯瑪士問。「和理髮幫合作是否順利？我得承認，我對於雇用他們有所保留。」

「他們很厲害。」指頭說。「我從未見過那種技巧，即使是我們自己的殺手也一樣。我很驚訝之前竟然沒雇用過他們。」

「有那麼厲害？」薩邦問。

「徹頭徹尾厲害。」指頭說。「他們殺人無聲，還會完美地清理現場，一滴血都不留，屍體就此消失。無懈可擊。」

湯瑪士回想路障的事，貴族和保王分子的屍體躺在血腥床單上，喉嚨遭到割開。「所以他們還是有分寸？」

指頭輕笑。「是啊，這個嘛，當他們想讓屍體被發現時，就會把場面弄得很血腥，這樣做能維持他們的街頭聲望，不讓大幫派來找他們麻煩。不過我們要求他們低調行事，見鬼了，他們確實有夠低調。」湯瑪士隱約聽見他的語調有點畏懼。

「那問題出在哪裡？」湯瑪士問。

「有時候毫無跡象遠比留下屍體還糟糕。整棟房子沒有任何不對勁的地方，一家人昨天還好好的，偏偏隔天就全部消失，這會引發謠言——不好的謠言，像是鬼魂、惡魔、諸神之類的。」

湯瑪士想起南矛山、遠方的黑煙、阿達瑪對「克雷希米爾的承諾」的解釋，還有米哈理的曖昧警告。全都是鬼話，但一般人什麼都信。「我不想再聽到那種謠言，我們來看看你能不能做得更自然點。」

「盡力而為。」

湯瑪士在街上看見一道黑影。他拍拍薩邦，示意他往那邊看。又有幾道黑影出現。

「我去去就回。」指頭說。間諜無聲無息地離開房間，片刻過後也加入街上黑影的行列。湯瑪士隱約看出熟悉的理髮幫圍裙制服。他搖搖頭。

「我覺得我以後都要自己理髮了。」他低聲道。

「我也是。」薩邦說。

「那是本地警察？」湯瑪士問。

「我們要求他們今晚不要接近這一帶。他們不會來管我們，因為他們知道明天早上當地就會減少一個麻煩。」

湯瑪士開啟第三眼。在魔法視覺下，指頭隱隱發光，即使隔著屋子的牆壁依然很顯眼。他看著指頭進入對街房子的正門，然後上樓到臥房。

「等等，」湯瑪士說。「另外那個間諜，就是他們要對付的那個，他是個法師，比技能師強。他是榮寵法師。」

薩邦沉默片刻。「狗屎。過來看著窗戶。」他離開椅子，感受片刻，然後往湯瑪士手中塞了把來福槍。

湯瑪士憑直覺調整來福槍。「上膛並填好火藥了？」

「對。」薩邦說。

「事情會鬧很大。」湯瑪士說。「不過不會有人對此提出質疑，至少這條街上的人不會。」

「只是以防萬一。」薩邦說。

湯瑪士透過來福槍觀察對面臥房的窗口。他能看見躺在床上的凱斯榮寵法師的魔法光芒，也能感應到指頭站在臥房門口。他似乎看見黑暗中有黑影在移動。

湯瑪士在窗口爆出魔法閃光時矮身避開，緊接著那道光而來的是悶聲撞擊，聲音很輕，接著就悄無聲息了。湯瑪士看向窗外，隨時準備開槍。他透過魔法光芒看見技能師和榮寵法師。指頭趴在樓梯間地板上，凱斯榮寵法師跪在臥室裡。湯瑪士猜想他脖子上有把剃刀，不然肯定會施展更多魔法。指頭緩緩爬起來，進入臥房。湯瑪士壓低來福槍。

幾分鐘後，黑影——理髮幫和他們的囚犯——離開了那棟房子。他們穿越大街，湯瑪士聽見樓下的房門開啟。他待在座位上，趁薩邦去確認狀況時，觀察街上有沒有關心的鄰居或好奇的路人。完全沒有。

不久後，指頭回到房間裡。他一手拿著蠟燭，看起來一臉不高興。「你沒警告我們他是榮寵法師。」

「你應該自己開眼看。」湯瑪士說。「如果你真的是技能師，就該有第三眼。太散漫了。」

「我不能開。」指頭喃喃說道。「開了會虛弱一整週。」

「那個榮寵法師會讓你掉腦袋。」湯瑪士說。

指頭哼了一聲。「只是做效果。強光和聲響並不真的具有威力，雖然有那麼一瞬間我以為自己會融化到只剩下骨頭。」

「恐懼會讓你老實點。」湯瑪士扣回來福槍的擊鎚，靠牆放好。「你把他的妻子帶來了。」他說。

「他釋放閃光時把她驚醒。他肯定在臥房製作了魔法力場。理髮幫的人一靠近他床邊，他立刻就醒了。」指頭搖頭。「我見過這些傢伙殺死抱著妻子的男人，在妻子睡得像小孩的情況下帶走屍體。要不是有魔法力場，事情會順利很多。」

湯瑪士發現指頭在緊張，深怕湯瑪士認定事情是他搞砸的。「做得好。」湯瑪士說。「記得告訴我審訊結果。」

「你不來？」指頭語氣驚訝。

「我不管你聽說了什麼謠言，我並不喜歡折磨榮寵法師。」湯瑪士說。

指頭輕哼一聲，彷彿有點失望。「我想他不會招出什麼，他看起來是個硬骨頭。」

「告訴他如果不招，五分鐘內會失去一隻手掌，十分鐘內換另一隻手。」

指頭瞪大雙眼。「那……」

湯瑪士微微一笑。「好吧，或許我有點喜歡折磨法師，而且我還知道該怎麼對付他們。」

指頭離開房間。湯瑪士試圖傾聽慘叫聲，但是沒聽到。不管他們在哪裡，他們都把隔音做得很好。薩邦幾分鐘後上來了。

「指頭臉色不好。」他說。

「我叫他必要時砍掉榮寵法師的手掌。」

薩邦哼了一聲。「那是很危險的先例。這是我們之後對付艾卓境內非皇家法師團榮寵法師的政策嗎？」

「見鬼，才不是。」湯瑪士說。「不過這個混蛋是凱斯間諜，我們得盡快審問他。」

隔沒多久，指頭也進來了，他的臉色在燭光中顯得十分蒼白，雙手微微顫抖。「他供出三個名字了。」

湯瑪士感到有點不安。「有議會成員嗎？」

「沒有。他宣稱從未直接接觸過比他層級更高的人，都是透過加密信息和中間人。他供出了他妻子的名字。」他停頓。「戰地元帥，一旦把人逼得太緊，他連老媽都會背叛。我們設定刑求限制是有理由的，不然他們為了結束折磨什麼都肯說。」

「純粹是心理戰。」湯瑪士說。「你沒有真的砍下他的手掌，是吧？」他壓下對沒有查出議會叛徒線索的失望之情。

「沒。」

「審問他妻子，查出她知道些什麼，問完之後，把他們交給我的士兵，他們會處理處刑的部分。有小孩嗎？」

「一個。」指頭說。「她在諾維的女子寄宿學校。」

「在中立國。」湯瑪士思忖。「榮寵法師夫婦為這個結果做好準備了。寫信給孩子學校的校長，叫她把那孩子永遠留在學校裡。」

指頭點頭，微微顫抖。

「我們對這些間諜瞭解多少？」湯瑪士問。「像他們這種探子，你認為有多少？」

指頭用力咬他的煙斗。「你不會喜歡聽到答案。」

「我沒必要喜歡。」湯瑪士說。「我只是要知道。」

「幾百個。」指頭說。「才頭幾樁調查，我們就問出了幾十個名字，而且是查證過的名字，不是在刑求下亂說的。已查出確實是凱斯間諜的人，和好幾百個可能有問題的人。凱斯已經深入艾卓，他們籌謀此事好幾十年了。」

湯瑪士閉上雙眼。這不是他想聽的答案。他的部隊裡可能有間諜，城市、鄉村和艾鐸佩斯特所有房屋裡都可能有間諜。他已經知道有個議會成員背叛了他，除此之外還有多少人？「幹得好，指頭。」湯瑪士輕聲讚許。間諜等候片刻，然後離開，從頭到尾目光都沒離開湯瑪士。

「我得多付理髮幫一倍的錢，」湯瑪士說。「只要我出錢，他們就出力。」

薩邦說：「過度仰賴他們很危險。」

「這個險非冒不可。這些間諜，他們會摧毀我們所建立的一切。我們要加派兩倍人手巡邏，給當地警方更多權力。克雷希米爾啊，我們或許得延後建立新政府的計畫。」

「我們已經知道未來的路不好走，只要別把人民忘了就好。」

「當然不會。訓練怎麼樣了？」他問薩邦。「拜託，來點好消息。」

薩邦臉上浮現疲憊的笑容。「比我想像中要好。安卓亞或許是瘋子，但年輕學員喜歡他。而瓦戴史雷夫竟然有點教學天賦。我們教天賦不足的人尋找火藥法師的方法，然後讓他們出去徵才。找到的人選比我預期中還多。」

「多少？」

「目前為止天賦不錯的有十三個，其中兩個或許能練到我這種程度。不幸的是，沒有你這種等級的，或像坦尼爾那種。」

「十三個？」湯瑪士問。「開什麼玩笑，我花了好多年才召集了我們現在的火藥法師團。」

「要不是親眼所見，我也不敢相信。」薩邦說。「記得不到一百五十年前，艾卓才舉辦過一次火藥法師大篩選，所有男女老幼都得接受火藥測試，一旦發現是火藥法師就立刻處決。如今一般人只要發現自己有這種天賦，就會努力隱藏，至少之前是如此。我們正在想辦法有系統地直接找出火藥法師。」

「你是說像榮寵法師探測員那樣？」

薩邦點頭。「皇家法師團可以取用的魔法比我們強大，人數也比我們多。不過我敢說，我們會找到辦法的。」

湯瑪士拍拍他的肩膀。「幹得好，我的朋友。持續回報。我知道你不喜歡這個任務。」

「我還應該問你一件事。」薩邦似乎有點猶豫。

「什麼事？」

薩邦緩緩開口，慎選用字遣詞。「不久前，坦尼爾和芙蘿拉才締結婚約。我得問問你，你是不是刻意讓他們在一起的？」

「什麼意思？」湯瑪士問，雖然他很清楚薩邦在問什麼。

「你要他們結婚，是希望他們的孩子也是火藥法師嗎？」

湯瑪士思考自己該如何回應這個問題。那當然是巧合，不過他鼓勵他們在一起也絕不能說沒有其他用心。「我確實想過。」

「就連皇家法師團都不會想去配種。」薩邦說。他顯然不認同這種做法。

「不會嗎?你以為國王為什麼要提供每名男性法師私人後宮?難不成出於好心?不,薩邦,他們當然是為了要更多榮寵法師。這不是公開的說法,但光是儀仗官就生了一千個小孩。」

「有榮寵法師嗎?」

「一個。」湯瑪士說。「皇家法師團的年輕成員,他連自己父親是誰都不知道。」

薩邦目瞪口呆。「那其他小孩後來?」

「勞動營、孤兒院、守山人。」湯瑪士聳肩。「有些還是嬰兒就被殺了。皇家法師團從來就不是什麼令人愉快的組織,我不會讓我的火藥法師團變成那樣。但沒錯,我希望他們的孩子也是標記師。根據我的私人研究,火藥法師繼承天賦的機會比榮寵法師大多了。」

「你做這個研究多久了?」薩邦問。

「在我們認識前就開始了。」

薩邦瞪大黑眼看著他。「艾莉卡是火藥法師。」

湯瑪士努力壓抑吼叫的衝動。薩邦會這樣假設很合理。「別亂想。」湯瑪士說。不管如何努力,他的聲音聽起來還是充滿憤怒。「我愛我的妻子,我願意放棄一切換回她。」他的聲音顫抖,清了清喉嚨。「坦尼爾不是實驗。」

「很好。」薩邦似乎很滿意這個答案。他停了一會兒,然後說。「我本來希望最近出了那件事後，你會召回我。」

湯瑪士搖頭。「很抱歉，我要你幫忙指導新的火藥法師。我能照顧好自己。」

湯瑪士聽見薩邦咬牙的聲音。「你是個固執的混蛋，總有一天會把自己害死的。」薩邦說。

「下次他們不會只派一個勇衛法師來。」

「或許吧，但還沒發生。我要去睡一下。你回學校前放個風聲出去，我要砍掉那個間諜的腦袋，把他的手和他的寡婦一起送回凱斯。我要伊派爾知道，他的間諜會被裝在越來越小的盒子裡送回去，直到他召回他們。」

他們盡量收集達登的殘骸，埋在一小堆石頭和冰下。加瑞爾告訴他們，後面的路還埋了更多人，沒能成功抵達山峰的朝聖者，或死於冬季、疾病和高山獵食者的僧侶。他向他們保證，達登不會孤獨。

坦尼爾拿起一塊木炭，開始在素描本上畫達登的臉。他已經開始忘記對方的長相了。坦尼爾和他認識並不久。他閉上雙眼，努力回想。

祖蘭的身影——坦尼爾很肯定是她——不斷撞到山壁又彈開，慘叫著墜落山谷，消失在眾人視線裡的影像，糾纏了坦尼爾一整個晚上。他徹夜未眠，因為每當他即將睡著之際，就會看見祖蘭或洞穴獅的身體在他腦中憤怒翻騰並嘲弄他。他怎麼會沒看出來？她的怒氣、她的莽撞，他至少該提防遭到她背叛的可能性才對。結果他坐在洞口，眼看天空逐漸變亮，太陽慢慢自山的另一端升起。

他違背了長官直接下達的命令。湯瑪士會怎麼做？這樣做有什麼好處？湯瑪士只會再派一名火藥法師過來，抑或是親自出馬。他會把坦尼爾扔進軍事法庭。湯瑪士會處決他嗎？坦尼爾認為就連湯瑪士那種人都沒辦法處決親生兒子，至少他希望如此。

坦尼爾要怎麼向湯瑪士解釋？下一個火藥法師來時，他們該怎麼做？坦尼爾把一塊冰踢下山崖。等問題出現再說吧。

他聽見包踏碎冰塊走了過來。坦尼爾趁機觀察他的朋友，包看起來已經好幾週沒睡覺了，雙眼紅通通的，臉頰被太陽曬傷，而且似乎隨時都在冒汗。他神情緊張地摸著翻領，在坦尼爾身旁坐下。

坦尼爾繼續描繪達登時，包凝視著逐漸黯淡的星辰，直到坦尼爾聽見鳥兒開始覓食的第一聲啼叫。

「你的畫功越來越好了。」包說。「看起來很像。」

「很高興你這麼想。」坦尼爾回應道。「我不太記得他的長相了。」他把木炭塞回袋子裡，闔上素描本。

「湯瑪士真有種，派你上來殺我。」包說。他的語氣很輕鬆，他的女人肯定會覺得這種嗓音很紓壓。「別誤會了，」他補充。「我很高興他派你來，換作別人或許會開那一槍。不過你該挑個好一點的時機來的。」

「你在等我來。」坦尼爾說。他發現自己一點也不驚訝，包常常會知道很多事情，包括他不該知道的事。坦尼爾往掌心哈氣取暖。

「我是在等火藥法師。」包說。「事實上，我以為祖蘭會先來。我其實是準備對付她。」他指向山道，沿著懸崖邊一直到遠方的修道院。「我過去兩週都在這條山道上架設力場。打從那個調查員跑來，告訴我她要召喚克雷希米爾開始。」他又摸了摸翻領，手指沿著領口而下。

「她？」

「祖蘭，那個普戴伊婊子。」

「普戴伊人。」坦尼爾說。「我在艾鐸佩斯特追殺的榮寵法師也是普戴伊人。」

包吞嚥口水。「有兩個？見鬼了。」

「普戴伊人是什麼人？」坦尼爾說。

「你不知道？」

「知道還會問嗎？」

包皺緊眉頭。「你在皇家法師團會發現很多事，那些只有學者記得的事，上千年前或更久的祕密。我，嗯……你說湯瑪士殺光了皇家法師團，是嗎？」

「對。」

包抬頭看著黯淡的星光。「那我認為，應該不會有人為了洩密來追殺我了。」他深吸口氣。

「克雷希米爾不是自己降世的。」

坦尼爾一臉懷疑地看著他朋友。「我小時候參加過布道會，這年頭只有鄉下人會聽信那玩意兒了。」

「鄉下人沒你想得那麼蠢。」包說。「迷信都是奠基在事實上。」

「你相信這種迷信的說法?」坦尼爾問,神色不屑地看著包。

包深深地吸了一口氣。「信仰你從未見過或體驗過的事物,跟親身體驗它的真實性,兩者是不同的。」

「你是說你見過克雷希米爾?」

「不,我沒有見……」包嘆氣。「閉嘴聽好。皇家法師團會讓你見識數千年間透過法師的心靈傳承下來的景象。」

坦尼爾嗤之以鼻。「克雷希米爾。好吧,假設他是真的,那也是幾千年前的事了。」

「喔,克雷希米爾當然是真的。不管你認為他是神還是強大的法師,那個年代所有的歷史記載都同意他真實存在。那是差不多一千四百多年前的事了,確切的年代已經在大荒蕪中消失。」包說。「普戴伊人召喚他,將他帶來人間,或者說強迫他進入這個世界。有人甚至認為他受他們使喚。」

「不管是神還是法師,怎麼有人能強迫他來這個世界?」

包摸摸領子。「普戴伊人是榮寵法師的前身,極為強大的法師,能讓現代法師看起來像是在玩火的學生。他們是克雷希米爾年代之前的統治者,而他們想要強化自身力量,所以召喚克雷希米爾,從——」他一手比畫神祕的手勢,然後聳肩。「然後命令他運用力量為九國帶來秩序。」

「聖徒也是?」坦尼爾問。

包搖頭。「不是,雖然這想法不賴。那些聖徒,亞頓、諾維和其他人,他們是之後才來的,當克雷希米爾的能力不足以達成目的，得召喚兄弟姊妹來協助時，他們才來的。他們擁有同樣的力量和智慧，而當克雷希米爾離開時，聖徒也隨之離開。」

「但是普戴伊人留下來了？」坦尼爾問。「他們都好幾千歲了。」

「或許不止。」包說完，又聳了聳肩。「他們在召喚克雷希米爾前，就已經找出不會因年老或疾病死亡的辦法。當年的魔法比現在更強大。我不知道現在是否還有人能殺死普戴伊人。」

坦尼爾吞嚥口水。他看向懸崖邊，看著飄動的雲和空蕩蕩的谷底。「你是說她還沒死？」

包一臉嚴肅。「我不知道。可能沒死，不過我想盡量樂觀一點。不管怎樣，我們得弄清楚這件事。如果她活下來，艾卓的麻煩就大了。」

「怎麼說？」

「她想消滅我們的軍隊、榮寵法師，還有火藥法師。皇家法師團死亡表示她的目的已經達成一半了。如果她召喚克雷希米爾再現，他會幫她完成剩下的工作，艾卓就會成為她的囊中物。克雷希米爾曾經明白表示過他沒興趣統治九國太久。如果祖蘭證明國王和皇家法師團不適任，她認為他會讓她掌權。她等著統治艾卓很久了。」

坦尼爾語氣嘲弄。「克雷希米爾呀，誰會想幹這種事？克雷希米爾早就走了。」

「祖蘭不這麼認為，凱斯貴族也一樣，克雷辛教會裡某些派系也是。」

「她為什麼要神下凡？聽起來她自己就能當神了。」這解釋了艾鐸佩斯特大學之役，羅莎莉雅和祖蘭的力量為何會那麼強大，以及祖蘭能在羅莎莉雅的攻擊下存活的原因。

「力量，掌控其他人的力量，祖蘭只在乎這點。史書上所謂的大荒蕪年代，是關於克雷希米爾記載失傳的時期，只有皇家法師團記得大荒蕪年代所發生的事。那是普戴伊人和九國的新國王及皇家法師團開戰的年代。祖蘭宣稱那場戰爭是她開啟的，而她為此十分自豪。戰爭死傷數百萬人，到最後普戴伊人寡不敵眾戰敗了。有些普戴伊人死亡，有些逃跑，其他人則躲了起來。祖蘭是存活下來的普戴伊人之一。」

「你似乎和她很熟。」

「我們……在一起過……一段時間。」包做了個鬼臉。

坦尼爾忍不住笑出聲。

「我並不引以為傲。」包說。

「她到底有什麼魅力？」

包哼了一聲。「她床上功夫了得。」

「她——很顯然——比你老了五十倍！」

「那表示她經驗老到。」包看著自己的指甲。「而且她被情感沖昏頭時判斷力就會失常。她愛上我，教了我一些本不該教的東西。」

「而現在她想殺你？為什麼？」

包往懸崖下丟了一塊石頭，眼看著石頭消失。「你說湯瑪士雇用她？」

「對，雇她當傭兵獵殺榮寵法師。」

「她八成是看到有機可乘。她不喜歡另外那個普戴伊人，而她肯定不喜歡我，你也看到她多想殺我了。被拋棄的女人就是這副德性，我甚至連拖住她都辦不到。而我在這條山道上的魔法陷阱多到足以消滅軍隊。」他有點不高興地看著坦尼爾。「可惜被你破壞了一半。」

坦尼爾皺眉。

「你不知道？」包揉揉腦側。「天啊，我得解釋多少東西？你身上的層層魔法力場比你的皮膚還緊密，即使最強的榮寵法師也沒辦法在一個人身上架設這麼多保護措施，人體就是這麼複雜。我在這道山坡上架設的法術強到足以阻止神，至少我以為可以，而你不知不覺就通過了。我以前沒見過這種魔法。魔法力場在標記師身邊效果會減弱，而最強的標記師，像湯瑪士那種，能夠完全瓦解力場，但要時間練習。」

「那就是你叫我不要再接近的原因。」

「對。」

「好吧……」坦尼爾拍掉外套上的雪花。他不知道的事情太多了，包似乎能給出不少答案，但就連他也沒辦法全部解答。艾卓即將出大事，比戰爭、政變乃至於一切都嚴重，沒人知道事情有多糟糕。他覺得頭很痛。「到底是誰在我身上設置力場？我甚至不……啊。」是她。

包看向山洞，看著在睡覺的卡波。「跟我說說這個野人的事。」他說。

卡波整個人蜷縮在睡袋裡，從外面完全看不見她的身影，只有幾絲紅髮散了出來。睡袋隨著她的呼吸起起伏伏。

「她是戴奈斯人，」坦尼爾說。「不是來自戴奈斯帝國，而是法特拉斯塔荒原。」

「你怎麼遇上她的？」

坦尼爾說：「法特拉斯塔對凱斯宣告獨立時，我決定參戰。我拿她的村子當作臨時基地，時間長達約十三個月。他們部落和法特拉斯塔人結盟，我和我的部隊在南法特拉斯塔各地攻擊凱斯營地，專殺榮寵法師和軍官，甚至還殺了兩名勇衛法師。她的村子位於沼澤深處，除非有當地人帶路，不然不可能找到。是完美的地點。」

「同一座沼澤裡還有另一個部落。他們在戰爭期間大部分都保持中立，最後卻被凱斯收買。他們攻擊卡波的村子，她的族人擊退他們，但有二、三十個孩子被擄走。」

「村民要法特拉斯塔人幫忙奪回孩子。法特拉斯塔人兵力分散，他們拒絕提供協助，並命令我的部隊離開村子。我留下來，和本地人一起去救小孩。好吧，他們殺了大部分的孩子。」

坦尼爾說得嘴唇發乾。即使到現在，那段記憶還是令他十分不安。數十名孩童被釘死在十字架上，吊在覆蓋苔蘚的沼澤樹彎彎曲曲的樹枝上腐爛。

「為什麼？」

坦尼爾哼了一聲。「他們要讓凱斯知道他們有多野蠻。凱斯提供他們很多桶威士忌、香料、來福槍和馬。只要能除掉我的部隊，條件隨便他們開。那年我們對他們造成很多傷害。」

「你在那村子裡做了什麼？」

坦尼爾丟塊石頭到懸崖下。「公義。」他說。「我不引以為傲，但我也不後悔。」

坦尼爾看著隱形的氣流在懸崖遠方令雲氣翻滾，然後消失。他突然覺得很冷，於是伸手抱住自己。殺人的記憶浮上心頭，那是許久以前塞到內心最深處鎖起來的記憶。或許他有點後悔。

他把自己喚回現實。「總之，」他說。「波比其他小孩大很多，但他們還是把她搶走。或許因為她是一個『骨眼』。我當時不知道那是什麼意思，現在依然不知道。昨天是我第一次看見她把力量用在追蹤以外的情況，雖然我一直知道她算是某種榮寵法師。」坦尼爾在身上和背包裡翻了半天，找出一條火藥條。他咬開末端，舌頭輕舔硫磺味的火藥，然後一口氣吸掉半條。

包看著坦尼爾，神情有點擔憂。他稍微退離火藥一點，不自覺地抓抓皮膚。

「喔，不要那樣看我。」坦尼爾說。

「我從未見過她昨天施展的那種魔法。」包表示。「還有她在你身邊布置的保護力場。以皇家法師團的角度來看，世界上有三種不同的魔法：榮寵法師、標記師和技能師。我們知道世界遙遠的角落有些法力不強的女巫、薩滿或巫師，但沒有哪一種魔法威力能強大成那樣。她能開啟第三眼嗎？」

「能，我確定。」坦尼爾說。「她幫我追蹤榮寵法師。」

包伸出手掌，抵住坦尼爾額頭。他閉上雙眼，喃喃低語，然後突然縮手。他拍拍手掌上的雪。「天呀，你身上都是火藥味，你會讓我眼睛腫起來，還有手指發癢。至於你的保護力場……嗯，我一點概念也沒有，它能輕鬆彈開我的魔法。我不知道那層保護力場能不能擋子彈或匕首，或許純粹是用來對付魔法。無論如何，別冒險。」

坦尼爾回想起對抗洞穴獅——祖蘭——的情況。他差點摔下山崖，墜入萬丈深淵，接著岩石冒出來把他接住。他不知道那是卡波還是包幹的，他沒問，他不喜歡仰賴他人的保護。就算不是包幹的，他或許也會居功，但也可能反過來。他這個人向來難以預料。

「湯瑪士派我來殺你。」坦尼爾說。

「是啊。」

他們沒看對方。

「我沒殺。」

「是啊。」包用挖苦的語氣說道。他斜眼看坦尼爾，然後微微一笑。

「我該殺你？」

包笑容消失。「那表示他知道制約的事情？」

「是真的？」

「是。」包喃喃說道。「加入皇家法師團的必要程序之一。」他輕撫領口。「我遲早得幫國王報仇，我得殺了湯瑪士。」他從上衣中拉出一個墜飾，造型簡單，銀花紋圍繞著一顆寶石。坦尼爾隱約記得在凱斯榮寵法師身上見過差不多的項鍊，就連野人也不撿那玩意兒。

「就是……就是那個？」

「惡魔紅玉。」包解釋。「非常邪惡的東西。你不會想知道的。保護國王或幫國王復仇的制約就和這玩意兒綁在一起。就連此刻，我也能感受到一股拉力，將我扯向艾鐸佩斯特。這股力量目前還不強，但會隨著時間越變越強。我不確定變強的時間有多快，不過如果我抗拒太久，它就會殺了我。」

「破除制約的唯一辦法就是幫國王報仇？」

包沉默不語。

「所以你得殺了我父親。」

包拿起一塊石頭，丟下山崖。他看起來不太高興。

「我們應該想辦法破除制約。」坦尼爾說。他希望自己說的話聽起來充滿自信。「榮寵法師不會把自己和無法擺脫的東西綁在一起。那只能算是另外一個祕密。或許普戴伊人會知道。」

坦尼爾審視著他朋友，發現昨天那一戰消耗了對方很多力量。包臉頰憔悴，皮膚皺巴巴的，彷彿比實際年齡老了四十歲。

「我們一起去查。」坦尼爾說。「我們會破除制約，我保證。」

包發出疲憊的笑聲。「我和你在一起時眼睛就會癢，你這個樂觀的混蛋。來吧。」他起身伸展四肢。「我們得去確認有沒有確實殺了那個婊子。」

20

溫史雷夫家的客廳空間寬敞，有裝飾華麗的磚牆和大到能讓兩頭牛穿越的壁爐。阿達瑪禮貌地拒絕了管家提供的座位，趁等候女主人時在客廳中緩緩踱步。牆上掛著許多幅溫史雷夫女士和亡夫——亨利·溫史雷夫的畫像，還有一幅是他們兩人和四名子女。那幅畫是約五年前畫的，於老公爵逝世前完工。根據阿達瑪的調查，之後那些孩子就被送往寄宿學校，或在鄉下和女家教住在一起。

阿達瑪打量地板、牆壁和門。觀察宅邸的狀況可以看出艾卓貴族的家族興衰。手頭緊的時候他們就會因為解雇員工、物資缺乏而導致打掃和修繕工作無法落實。

不過這裡窗明几淨，木質家具和銅掛勾擦拭得一塵不染，地板經常更換，磚牆上的灰塵也有確實清除。即使沒有溫史雷夫閣下的指導，她麾下的傭兵也表現得可圈可點。他們在法特拉斯塔對抗凱斯，也幫布魯丹尼亞對付葛拉，還有在九國殖民地花得起錢的任何地方作戰。

阿達瑪得提醒自己，亞頓之翼傭兵團並非溫史雷夫閣下一人創立，據說溫史雷夫夫人的洞見足以媲美多數戰地將領，溫史雷夫閣下生前十分仰賴她的建議。閣下十分聰明，擅長言語和交際，女士則精明實際，是有遠見的計畫者。

阿達瑪在聽見走廊上傳來人聲時轉而面相大門，整了整背心。幾個人走進客廳，三男一女，全都身穿白色制服，金色的軍用肩帶斜掛胸口。他們四位是亞頓之翼的旅長。溫史雷夫女士跟在他們後面進來，她身穿上好的紫羊毛騎馬禮服，儘管天氣暖和，領口還是緊密地扣上，一條同樣風格的披肩披在肩上。她的高跟靴在木地板上叩叩作響。

四名指揮官謹慎地打量阿達瑪。他藉由大廳上的畫像認出其中兩名：萊斯旅長年紀較大，甚至比戰地元帥湯瑪士還年長，頭髮和制服一樣白。他手上及臉上有很多疤痕，一隻眼睛上纏著亞麻白布，遮蔽五年前在戰場上受過的傷。

阿布拉克斯旅長是名女性，外表和溫史雷夫女士完全相反，金髮剪到耳上，臉上膚色曬得很深，在葛拉打過太多戰役而顯得久歷風霜。她的制服和其他人一樣，只除了胸口處微微隆起。她冷冷地打量阿達瑪，他很少從其他人身上感受到這種冰冷的目光。

介紹簡潔迅速。兩名年輕旅長是薩巴斯坦尼安和巴瑞特。與年紀較長的兩名旅長相比，他們顯得有些稚嫩，幾乎像是兩名穿父親制服來玩的小孩，看起來都未滿二十五歲。巴瑞特旅長走到阿達瑪面前。

「我想看一下你的證件，請。」他簡短說道。

這種傲慢的態度令阿達瑪瞇起雙眼。「我到的時候就給管家看過了，確定沒有問題。」

「即便如此……」

阿達瑪強忍心中怒火，拿出一個信封交給年輕旅長。亞頓之翼和大部分現代部隊不同，官階不是花錢就能買到的，所有人都得憑實力晉升。這種年紀就能成為旅長絕非等閒之輩。

巴瑞特旅長對阿達瑪的證件做了一番仔細的檢查。他穿越客廳，走到年長的同事身邊，遞給他們一張紙——湯瑪士委任他自由調查此案的信。

「湯瑪士，」萊斯旅長緩緩詢問道。「為什麼認為有必要威脅他最親密的顧問？」

「這是預防措施。」阿達瑪說。「確保我的調查能夠迅速進行，不受到任何……刁難。」但他肯定會遇上很多刁難。湯瑪士在信上保證任何阻擾阿達瑪調查的人都會被視為有罪，但就算有一百張這種信，也無法阻止貴族們試圖保守自己的祕密。阿達瑪有點好奇，如果自己死在屋外的水溝裡，湯瑪士會不會真的貫徹信上的威脅。

萊斯旅長將信交給巴瑞特旅長，後者又把信還給阿達瑪。阿達瑪從年輕旅長手中接過信，看都不看對方一眼，就把信塞回口袋。他幾乎可以感受到巴瑞特走回長官身邊時的那股怒氣。阿達瑪敢說，巴瑞特出身貴族，看不起所有地位比他低的人，卻會對所有地位比他高的人卑躬屈膝。

「快點進行。」萊斯旅長說。「溫史雷夫女士沒有什麼好隱瞞的。」

阿達瑪目光掃過四名旅長，最後若有深意地停在溫史雷夫女士身上。她坐在客廳一角，眾旅長的左後方，彷彿準備在那裡看好戲一樣。她似乎沒想到阿達瑪會直接對她說話。

「妳有告訴凱斯人你們和戰地元帥湯瑪士會面的地點嗎？」

「放肆！」巴瑞特旅長倏地起身，伸手去拔腰間短劍。

阿達瑪等候片刻，讓其他旅長有機會訓斥年輕同儕，但他們並未開口。阿達瑪用手杖點了點巴瑞特的椅子。「坐下。」

旅長眨眼，繃緊下巴，然後坐回原位。

「要我再問一次嗎，女士？」阿達瑪問。

「我沒有。」溫史雷夫女士回應。

阿達瑪微微一笑。「希望你們全都這麼直接坦白。」

「你沒必要說這種話。」阿布拉克斯旅長說。她的語氣很像學校老師，語速很快，收尾得很突然。

阿達瑪稍作停頓。那些旅長的座位相當於是護在溫史雷夫女士外圍的一道盾牌，他不知道這樣不讓她講話是愚蠢之舉，還是他們真有如此強烈的保護心態。

「我是來和妳面談的，女士，」阿達瑪說。「不是來讓妳的旅長羞辱。我敢說妳有僕人專門讓他們羞辱。」阿達瑪內心緊張，讓自己的惱怒主導交談。他彷彿能聽見自己年輕時在警隊的老隊長的聲音，那個老傢伙對待貴族的態度十分明確：永遠不要激怒他們。

溫史雷夫女士透過騎馬帽沿盯著阿達瑪看了一會兒。她眼神冷酷，雙手放在膝蓋上。她起身走過客廳，在阿達瑪對面坐下。

「想問什麼就問，調查員。」她說。儘管語氣很禮貌，她還是散發出一股高高在上的氣場，鼻子還微微上揚。

阿達瑪暗自嘆氣，這已經是他能得到最好的待遇了。「妳為何支持湯瑪士政變？」

「我有很多理由。」溫史雷夫女士說。「比方說，如果曼豪奇和凱斯簽署協議，亞頓之翼就會被迫解散。」

「為什麼？亞頓之翼只是總部在艾卓，但不必遵從國王號令。」

「那是他們協商的條件之一。」她說著湊上前。「你知道伊派爾為什麼想要統治艾卓嗎？」

「我們的天然資源豐富。」阿達瑪說。

「沒錯，那是原因之一，但伊派爾和他的皇家法師團害怕艾卓。在凱斯，國家完全是由皇室管理，沒有他們的同意便什麼都不能做。艾卓不同，儘管缺點很多，曼豪奇還是個開明的國王，他允許工會、火藥法師和我的傭兵能獨立運作，這使得艾卓強大。凱斯皇家法師團擔心火藥法師會淘汰他們，憂心守山人控制九國的主要商路。他們也害怕亞頓之翼，因為亨利找來了九國境內最強的中士將領和勇士，還收買並贏得他們的忠誠。協議規定火藥法師要解散，守山人要減少人數，亞頓之翼不能繼續在艾卓境內運作。」她搖頭。「我不能接受。我也不願接受。」

「妳可以把總部移往國外，甚至是法特拉斯塔，遠離伊派爾的勢力範圍。」

「不。」溫史雷夫女士說。「我丈夫挑選艾卓，是因為這裡是他的國家，他的驕傲。亞頓之翼並非普通傭兵部隊，他們是艾卓的第二道防線。這也是湯瑪士在即將到來的戰爭裡將指派他們擔負的任務。我會實踐亨利的遺願。」

阿達瑪凝視溫史雷夫女士。她的臉頰紅潤，語調上揚。她對丈夫的傭兵團抱有強烈的情感，對於艾卓也是。如果這是在演戲，那麼她的演技相當精湛。

「亞頓之翼幫艾卓打仗有拿錢嗎？」

「他們會拿到從貴族手裡沒收的部分土地。」溫史雷夫女士說。

「如果凱斯出價高於艾卓呢？」

溫史雷夫女士抬頭挺胸。「亞頓之翼從未在接受合約後轉換陣營。你暗指我們會這麼做，讓我深感冒犯。」

「我道歉。」他說。「妳還有什麼參與政變的理由？」

溫史雷夫女士冷靜下來。「我認同湯瑪士對君主制度的看法，那是過時又腐敗的體制。」

「妳本身就是位高權重的貴族。」

溫史雷夫女士從袖子裡拿出口袋繡花扇，甩開扇子，開始搧風。「表面上是，但我並非生下來就是貴族，我丈夫也不是。亨利是葛拉的傭兵，我是商人家的小女兒。亨利在紡織業賺到第一筆財富後，就組織了亞頓之翼，向一位體弱多病又無妻無子的老人購買公爵領地。」

阿達瑪眨眼。「溫史雷夫公爵不是他父親？」

她看著他的表情，輕輕一笑。「克雷希米爾呀，並不是。當然，這不是大家都知道的事。事實上，在這間房子以外，很少有人知道這件事。我會告訴你，純粹是希望能讓你在心裡排除我涉案的可能性。湯瑪士和我志趣相投，我絕不會想殺他。」

阿達瑪目光瞟過四名傭兵指揮官。他們迎向他的目光，沒人眨眼，宛如鷹眼。

「妳有告訴任何人，包括最親近的親信，議會開會的地點嗎？」

「沒有。」溫史雷夫夫人說，揚起下巴。「湯瑪士不准。就連我的旅長也不知道。」她看了他們一眼。「雖然他們對此很不滿。」

阿達瑪又問了幾個基本問題，然後靠回椅背，雙手交疊在膝蓋上。他努力抑制皺眉的衝動。一無所獲。溫史雷夫是個徹頭徹尾的貴族女士，優雅有禮，魅力動人，完全不洩露任何底牌。關於她丈夫購買公爵領地一事——阿達瑪很肯定所有會拿此事來對付她的人，上個月都已經死在斷頭台上了。

「謝謝妳這麼坦白。」阿達瑪小心翼翼地在語氣裡灌注恰當的誠意。「我真的十分感激。」他轉向剛剛進入客廳的管家。「員工都集合好了嗎？」

老人輕輕點頭。

阿達瑪與溫史雷夫女士一同起身，眾旅長也照做。阿達瑪接過她伸來的手，輕輕貼上額頭。

「我會盡快與妳的員工面談完畢。」

「我的員工和寒舍今天都為你效勞，調查員。」她說。

「最後一件事，女士。」阿達瑪在門口停步。「妳有理由懷疑其他議會成員嗎？」

溫史雷夫女士走到椅子邊停下，又坐了回去。「我並不特別懷疑誰。查爾曼是克雷希米爾的信徒。我絕對不會懷疑普蘭校長，他是我們家族的老朋友了，還是位學者。大業主肯定是最有嫌疑的人，不管他人脈有多廣，畢竟是個罪犯。另外，我聽說昂卓斯和湯瑪士為了帳務的事吵了好幾週，不過我敢說，就只是帳務問題而已。」她皺眉。「倒是聽說理卡．譚伯勒在政變過後派了代表團前往凱斯，他似乎想在那裡建立分會。」

溫史雷夫起身向他道別。旅長跟在她身後魚貫而出，把阿達瑪一個人留給管家招呼。

阿達瑪和宅邸員工及園藝師面談了好幾個小時，然後才到門外庭院走動。索史密斯等在門外，一副快要撐爆他的新西裝的模樣。

「怎麼樣？」索史密斯問。

「姑且不論她的旅長希望我們怎麼想，」阿達瑪說。「她的確是名高明的悍婦。」他回頭瞄了一眼。巴瑞特和阿布拉克斯旅長在他離開屋子後就從一扇側門出來，毫不掩飾他們在跟蹤他和索史密斯的事實。阿達瑪看見一旁有間獨棟房舍，於是改變方向朝那走去，只為了看看那兩名旅長會跟多遠。

「那些旅長非常護著她。我覺得比較可能是其中一個旅長背叛湯瑪士，而不是她本人——雖然她宣稱他們都不知道開會地點。當然，那並不能排除有人在監視她，或甚至……」他考慮了一會兒才把想法說出來。「甚至是說夢話。」

索史密斯看他一眼。

「不能排除這個可能。」阿達瑪說。「不管有多不妥，她都和至少一名手下的旅長上床了。我看她不像是會和女人上床的人，所以排除阿布拉克斯。薩巴斯坦尼安和巴瑞特都是英俊的年輕人，萊斯則有一股能吸引所有年齡層女性的成熟特質。」

他們沿著一條小徑走，繞過馬廄，離開大宅的視線範圍，穿越茂密的樹林。兩名旅長始終跟在一段距離外。

「過去兩個月內，沒有員工看見任何可疑的事。他們記得去年湯瑪士來訪過幾次，但是政變之後就沒再來了。附近沒有陌生人，也沒有人看起來像凱斯間諜。」阿達瑪搖了搖頭。「在我看來，她嫌疑不大。不過有件事情很困擾我。她提到理卡·譚伯勒有派代表團去找凱斯的伊派爾王，但我沒有從其他管道聽說過此事，這讓我不禁猜想……」他用手杖敲敲地面。「這裡的線索就到此為止了。」

他們比阿布拉克斯和巴瑞特旅長提早十幾步抵達等候的馬車前。阿達瑪在車門邊轉身，靠著車門等待。那兩人則毫不遲疑地迎上前來。

阿布拉克斯旅長開口。她給人一種遙遠又冷淡的感覺，彷彿她在思索遠方的戰局，幾乎沒時間或興趣和阿達瑪耗。「我希望你針對溫史雷夫女士的調查已經結束。」她說。

「調查還在進行。」阿達瑪回道。「如果有必要，我會率先知會溫史雷夫女士。」

「不准打擾她。」巴瑞特說。阿布拉克斯遞給他一個難以解讀的眼神，他隨即閉嘴。

阿達瑪故意忽視巴瑞特，目光只專注在阿布拉克斯身上，但暗中打量年輕旅長。他為什麼保護心這麼強？是對寡婦有戀母情結，還是有更深層的原因？他嘴上說著：「我是在進行調查，不是銷售員，不會毫無來由騷擾你的主人。現在，」他打開車門。「我要去打擾其他嫌犯了。」

巴瑞特旅長在馬車門關上時迎上前來，一手搭著窗沿。「亞頓之翼的旅長可不是好惹的，調查員。不要挑戰權威的極限。」

阿達瑪用手杖頭推開旅長的手指。「不要挑戰我的耐心，年輕人。我對付過比你凶狠的傢伙。」阿達瑪拍拍馬車頂，馬車開始移動。

那傢伙遲早會出問題。

「包說妳在我身上施展防禦魔法。」

坦尼爾和卡波走在一起。她斜眼看他，綠眼眸讓人看不明白。她在下山時一直避開他，不是走很前面就是走很後面。不知道是不是巧合，每次接近時她總是用衣服包住耳朵，讓他無法跟她交談。他認為不是巧合，她知道他有問題要問。

她又看了他一段時間。他們不時踏入積雪中，腳上的雪靴讓他們走得既緩慢又笨拙，不過能避免摔進鬆軟的積雪中層，也不必跋涉而過。

「謝謝妳。」坦尼爾說。

她表情轉為驚訝。他忍著笑意。

「他說妳法力強大。」坦尼爾又說。

她停下腳步，轉頭看他。

「我不知道我做過什麼值得妳這樣保護我。」

卡波伸手摸他臉頰。

坦尼爾的腦海裡浮現畫面——卡波渾身赤裸躲在一間骯髒小屋後恐懼地哭泣。他們用藥草讓她眼盲，避免她逃跑。那時的她在看不見的情況下揮動尖樹枝想殺一個抓她的人，坦尼爾剛好進入小屋，她認得他的聲音，他讓她冷靜下來。

他還記得她肚子和大腿上的刀痕，以及她臉上的血。

那段影像讓坦尼爾倒抽一口涼氣。他放慢腳步，穩住身體，突然覺得膝蓋一陣痠軟。是她做的嗎？那段影像是他自己的視角。她是怎麼……他搖了搖頭。他早就不再費心去猜測她能做什麼，不能做什麼了。

他們抵達俯瞰守山人堡壘的路口。包走在他們前方幾步，當坦尼爾聽見包突然深吸口氣時，他立刻衝到好友身旁。

全世界彷彿都攤在他們腳下。肩冠堡壘位於下方不遠處分隔凱斯和艾卓的山脊上，宛如塞在水壩中央的軟木塞。儘管從這個高度看什麼都很渺小，坦尼爾還是能看到堡壘之下有很多人。

肩冠堡壘下方，凱斯那一側的盆地裡擠滿了人。他看見一片帳篷海，還有像蛇一樣蜿蜒通往凱斯中央的道路，每一條都像螞蟻隊伍般緩緩蠕動。

「軍隊。」包輕聲道。

「所有天殺的凱斯大軍。」坦尼爾吸了一口黑火藥。

加瑞爾咕噥一聲。「差不多都來了。」

「他們從哪裡冒出來的？」坦尼爾問。「我們上山才……多久？六天？」

「七天。」加瑞爾說。

「我們上山前他們可不在這裡。」坦尼爾說。

加瑞爾聳肩。「我喝太醉了不記得。」

「他們不在。」坦尼爾語氣肯定。「宣戰是——」他在腦中計算。「不到三週前的事。他們怎麼能在這麼短的時間內集結全部部隊？而且他們為什麼要跑來這裡？瑟可夫谷好打多了。」

坦尼爾發現他們全都在看包。

「祖蘭。」包哼了一聲道。

「不。」坦尼爾說。「她不可能知道這支部隊的事，她過去五週都和我在一起。」

「那又不是她的軍隊。」包說。「但我敢說她會利用他們。」

「怎麼用？」

「計中計。」包避開了坦尼爾的目光。「她之前說溜嘴，凱斯宮廷的人和她很熟。」

「我們找不到她的屍體了，是不是？」

包搖頭。「反正她也摔在凱斯那一側。」

「那現在呢？」坦尼爾問。

加瑞爾深吸口氣。「我們堅守守山人的崗位，克盡守山人千年以來的職責。」他站起身來。「我們守護艾卓。」

他們過午時抵達堡壘，一支有男有女的小隊等在東北門。走近後，有三個女人衝上山道。坦尼爾猜都不用猜她們的身分。

榮寵法師對異性有強烈的吸引力，大部分人認為那是出於他們的儀態和力量。眾所周知，持續接觸艾爾斯會激發他們驚人的性慾，所以沒有後宮的榮寵法師屬於極少數，特別是男性榮寵法師，而包也不例外。

包輕輕揮手，推開她們和她們的提問，跟隨費斯尼克和另一名叫摩斯的守山人走。他們一言不發地帶他離開。卡波不知何時消失了，把坦尼爾和加瑞爾留在原地。

「我想找個地方好好看看凱斯軍。」加瑞爾說。

坦尼爾跟著他穿越堡壘。他也得好好看看凱斯軍，然後回報湯瑪士。

到處都是工人。坦尼爾沒想到守山人堡壘裡能擠這麼多人，也不知道他們有沒有派人去艾鐸佩斯特請求支援。守山人四下奔走，多數人手上都有火槍或來福槍。所有人都形色匆匆，但似乎又沒真的在做什麼。守山人狀態甚佳，準備充足，他們就只等著敵人進攻。

堡壘南牆是遠古遺跡，沿著高山地形而建。出現火砲這種現代武器，表示敵軍可以高角度轟炸堡壘，完全不用碰到石牆。堡壘的用途在於架設定點砲座——能塞多少就塞多少。這些火砲蓄勢待發。

坦尼爾和加瑞爾走到堡壘頂端。他們從這裡可以看見整座山坡，而坦尼爾不禁懷疑凱斯士兵要有多強烈的自殺傾向才會攻打守山人堡壘。好幾哩蜿蜒山道都在火砲和小型火器的射程範圍內，通往主堡壘的平坦大道只有一條，沿著道路筆直上來。除了這條路外就得爬山翻牆，將全程暴露在砲火之下。

坦尼爾舉起拇指，試圖估算距離。

「山腰有座小鎮，」加瑞爾說。「叫作莫潘哈克。他們的先鋒在那裡紮營。」

「多遠？」

「直線距離？」加瑞爾說。「三哩。在火砲射程外。」

「這對我來說還不算太遠。」坦尼爾可以在開打時射爆幾顆腦袋，然後他們就得把營地後移一哩。

「諾維的腳趾！」加瑞爾皺眉看向山下。「那些白痴。」他抓住一名年輕守山人的肩膀，指著山坡。「誰讓他們接近到這裡的？他們都進入火槍射程，幾乎跑到我們的防禦工事裡了！」

男孩聳肩。「抱歉，他們就一直往上，沒人下令開火。敵軍出現時，我們派信差去艾鐸佩斯特，目前還沒收到命令。」

坦尼爾在山坡上尋找加瑞爾剛剛指的位置。有一排人在山道蜿蜒而上，他們身穿綠邊沙色制服，是凱斯步兵。士兵們攜帶木材和工具，已經抵達防禦工事下方，而那裡的艾卓士兵就只是愣愣地看著他們忙碌。

「見鬼了。」加瑞爾說。他跑到路上，衝向堡壘大門。坦尼爾拿起來福槍和備用火藥筒也跟了上去。

防禦工事是蜿蜒山道最上面幾個轉角上的六座小堡壘。每座堡壘裡有一個輕型固定砲、火砲操作人員，還有幾名來福槍兵。他們最近剛除過雪，把大砲從堡壘裡移出。坦尼爾猜已經有上百年沒人守過那些堡壘了。

兩人往下走到山坡上最後一座防禦工事後，加瑞爾繼續往下一個山道轉角走去。

「這座堡壘的下士是誰？」加瑞爾問。

有人舉手。他隸屬普通部隊，身穿湯瑪士軍的藍制服，是從艾鐸佩斯特前來支援守山人的士兵。他面露懷疑地看了加瑞爾一眼。「是我。你是誰？」

「守山人。」他說道。「你為什麼坐視凱斯軍設置砲兵陣地和——」他往堡壘牆看了一眼。「挖地道？」

坦尼爾皺眉。凱斯為什麼要挖地道？他們距離太遠，不可能破壞堡壘，而防禦工事只要用人海戰術就能攻陷，大部分將領肯定會採用這種做法。它們只是提前開火的據點，只要敵軍通過下方山道，這裡的人就會退回堡壘。

「聽著，我不必聽你的鬼話。」下士打斷加瑞爾的斥責。「我或許不是守山人，但我官階還是比你高……不管你是誰。」

坦尼爾不確定加瑞爾的官階，守山人有自己的體系，所以他指向自己的火藥桶徽章。「我的官階比你高，聽他的命令。」他說。

下士對加瑞爾怒目而視，雖然加瑞爾比他高兩個頭，體重是他的兩倍。「好吧，那我們該怎麼做？」下士問。

坦尼爾聽見守山人壯漢的咬牙聲。

「你來福槍上膛了？」加瑞爾問。

坦尼爾把槍交給他。加瑞爾粗略檢視一遍，手指沿著槍管輕撫，讚賞地吹了聲口哨。「這樣做。」他說。

他湊到防禦工事外面，開了火。不到五十碼外有個工兵應聲倒地，凱斯工人連忙開始找掩護躲避。

加瑞爾把來福槍還給坦尼爾。「開戰了。」他對下士說。「對那些混蛋開火，直到把他們全部嚇跑為止，或等他們找榮寵法師上來教訓你們。」

下士轉頭看坦尼爾，向他確認命令。「照做。」坦尼爾說。

坦尼爾跟在加瑞爾身邊，朝堡壘走去。他們身後開始斷斷續續傳來火槍擊發的聲響，緊接著是凱斯兵的叫聲。

「榮寵法師不會想都不想就摧毀這些防禦工事嗎？」坦尼爾問。

輕型火砲在他們身後發出砰的開火聲。「開火！」加瑞爾對下一座防禦工事裡的人喊道。

「攻擊所有進入射程範圍內的人！」他又對坦尼爾說。「這整座山坡都有魔法力場，那些防禦工事還有堡壘的每一塊磚頭在建造時，就用防禦魔法加持過。」

「那是幾百年前的事了。」坦尼爾不確定地回頭看。凱斯皇家法師團很快就會趕來，他毫不懷疑這一點。他不知道包能撐多久，想必不會太久，他只是一個榮寵法師。

「當年的魔法可比現在強上許多。」加瑞爾說道。「他們說，榮寵法師的力量自從火藥出現後就開始逐漸變弱。以前的人可以創造出維持上千年的魔法力場，現在能撐到榮寵法師死後就很了不起了。」

加瑞爾似乎懂很多魔法之類的事。坦尼爾打量加瑞爾片刻，他看起來完全不像一週前那個帶自己上山的酒鬼。

兩人抵達堡壘時，摩斯、包、費斯尼克已經等在那邊了。

「看來你開了第一槍。」包說道，拿了塊布遮住口鼻。坦尼爾嗅聞空氣，大片黑火藥煙已開始朝他們飄來，情況很快就會變得更糟。等開砲之後，包的日子就不好過了。

「總要有人開第一槍。」加瑞爾說。守山人聽見槍聲就開始奔跑，如今都在看著工人撤退下山。「喂！」加瑞爾對旁邊一組人說。「裝填火砲，火力支援。我們不缺彈藥，我不要那些工人逃回山下。」

包和摩斯對看一眼。「你要接手指揮？」摩斯問。

「見鬼了，不要。」加瑞爾說。「只是先幫賈若暖場。他人呢？」

摩斯搖了搖頭。「他生了重病，比我們預想得要嚴重許多，幾乎動不了。醫生說他可能撐不過今晚。」

加瑞爾面露哀傷，隨即換上嚴肅的表情。「那就這樣。」他用單腳轉身，沿堡壘牆走。「那邊的人！把那些砲彈拿來，還有火藥桶！」他走過去發號司令，揮動大拳頭。

「等等，」坦尼爾說。賈若肯定是守山人司令。「他是副司令？」

「他以前是司令，後來開始酗酒。」包說。摩斯去追加瑞爾，費斯尼克去拿來福槍。

「他無庸置疑是個很好的嚮導，但……他？」

「對，就他。」包搖頭。「他，呃……好吧，這話輪不到我來說。加瑞爾是適當人選，不必擔心……噢！」他看向堡壘牆外。「看來他們準備反擊了。」

有一個連離開了莫潘哈克，後面還有一連正在整隊，看來他們想要搶攻。等他們抵達射程範圍時，天都要黑了。但戰爭已經正式開打。

「下一個。」有人喊道。

妮拉慢慢走到隊伍前面。她站在貴族議院正門的台階上，艾卓軍的新總部中心。她身後那些殺光貴族的斷頭台早就撤掉了，但是血腥味依然瀰漫空中。陽光灑在她肩上，風吹亂她赤褐色的鬈髮，她把頭髮壓平。身穿新連身裙的她，看起來比所有失業隊伍裡的人有錢一百倍。

桌子後方的男人上下打量她。「妳看起來用不著工作。」他說。他身穿艾卓軍藍制服，胸口三條服役條紋下別著後勤官的徽章。

「我是洗衣工。」妮拉抬頭挺胸地說。「我盡量保持衣服乾淨。」

「嗯，洗衣工？道爾，高貴勞工戰士工會要洗衣工嗎？」

隔壁桌的男人轉頭看向妮拉。「不要，」他說。「老闆說洗衣工已經太多了。」

妮拉理了理裙襬。「我聽說部隊在找洗衣工。」

「小姐，妳這種長相的女人不該加入部隊。」後勤官靠回椅背。「就是不太好。」

「我聽說部隊酬勞豐厚，會提供帳篷和所有的東西。我能賺到比士兵多十倍的錢。」

「那倒是真的。」後勤官說。「但如果我是妳，就不會太招搖。只要妳技術好，我們就會付比工會更多的酬勞。妳確定嗎？」

「我要賺錢。」妮拉說著，朝之前放斷頭台的空地點了點頭。「我前任雇主丟了腦袋，如今沒人付得起這個價錢。」

「最近聽到很多這種故事，」後勤官說。「妳不是保王分子，對吧？」

妮拉湊上前去，低聲說道：「打從十一歲起，我家主人就一天拉我上床兩次。」她以最惡毒的語氣說。「他頭掉下來時，我朝他吐口水。」

「我懂了。」後勤官咬了咬筆頭。「妳內心充滿憤怒，我想妳可以照顧好自己。儘管如此，我還是讓妳去為軍官做事，和他們在一起通常會比較安全。妳會針線活嗎？我想戰地元帥需要一個裁縫師。」

「那太好了。」

妮拉露出幾週以來第一個真心的微笑。

《火藥法師1　血之諾言》上．完

The Powder Mage Trilogy

火藥法師

中英文名詞對照表

A

Abrax 阿布拉克斯

Adamat 阿達瑪

Adom 亞頓

Adopest 艾鐸佩斯特

Adro 艾卓

Adsea 艾德海

Aether 以太

Ajucare 阿祖凱爾

Andriya 安卓亞

Answering Room 接見廳

Arch-Diocel Charlemund 查爾曼大主教

Archives 檔案處

Arena 格鬥場

Astrit 艾絲翠

B

bakerstown 貝克鎮

Banasher's Hall 班納蕭大殿

Barat 巴瑞特

bicorne hat 雙角帽

Black Street Barbers 黑街理髮幫

Bleakening 大荒蕪年代

Bone Eye 骨眼法師

Borbador 包貝德

Brigadier 旅長

Brudania 布魯丹尼亞

Brudania-Gurla Trading Company 布魯丹尼亞—葛拉貿易公司

Budwiel 巴德威爾

Bystre 拜斯特

C

Cave Lion 洞穴獅

Cenka 森卡

Centestershire 森泰斯特夏爾

Claremonte 克雷蒙提

D

Darden 達登

Deliv 戴利芙

demon's carbuncle 惡魔紅玉

Diamond Hall 鑽石廳

Diocel 主教

Dole 道爾

Dowsers 探測員

Dragoon 重裝騎兵

Dynize 戴奈斯

E

Eldaminse 艾達明斯

Elections Square 選舉廣場

Else 艾爾斯

Erika 艾莉卡

Eunuch 閹人

F

Fatrasta 法特拉斯塔

Faye 菲

Fesnik 費斯尼克

Field Marshal 戰地元帥

Fingers 指頭

Formichael 佛麥克

G

Gaes 制約

Ganny 岡妮

Gates of Wasal 瓦賽爾之門

Gavril 加瑞爾

General Westeven 魏斯伊凡將軍

Gostaun 高斯唐

Gothen 高森

Gurla 葛拉

H

Hassenbur Asylum 哈森堡精神病院

Heathlo 西斯羅

Henri Winceslav 亨利・溫史雷夫

Hielmen 黑爾衛士

High Talian 高塔里安

House of Nobles 貴族議院

Howling Wendigo 嚎叫溫迪哥（酒吧）

Hrusch 赫魯斯奇

Hrusch Avenue 赫魯斯奇大道

I

In Service of the King《服侍國王》

Ipille 伊派爾

Iron King 鐵國王

J

Jakob 雅各

Jaro 賈若

Jeram 澤朗

Jileman 捷爾曼

Josep 喬瑟

Julene 祖蘭

K

Ka-poel 卡波

Kez 凱斯

Khen 克汗

King's Garden 國王花園

King's Wood 國王森林

Kirkamshire 克卡夏爾

Kirkham 柯克漢

Knacked 技能師

Krana 克倫納（錢幣）

Kresim 克雷辛

Kresim Church 克雷辛教會

Kresim Kurga 克雷辛克佳

Kresimir 克雷希米爾

Kresimir's Broken Promise 克雷希米爾的破碎承諾

Kresimir's Promise 克雷希米爾的承諾

L

Lajos 拉喬斯

Lord Aumen 奧曼領主

lord of the Golden Chefs 黃金主廚之王

Lord Vetas 維塔斯閣下

Lourent 勞倫

M

Magebreaker 破魔者

Magus Seeker 法師測驗員

Manhouch 曼豪奇

Marked 標記師

Mihali 米哈理

Moaka 莫阿卡

Mopenhague 莫潘哈克

Mountainwatch 守山人

Mozes 摩斯

N

Na-Baron 男爵繼承人

Nafolk 納佛克

Natalija 娜塔莉雅

Nikslaus 尼克史勞斯

Nila 妮拉

Noman's Alley 無人巷

Nopeth 諾培斯

Noubenhaus 諾漢豪斯

Novi 諾維

Novi's Perch 諾維棲息修道院

O

Offendale 歐芬戴爾

Oktersehn 歐克特辛

Olem 歐蘭

Ondraus 昂卓斯

P

Palagyi 帕拉吉

Penn 潘恩

Petrik 佩屈克

Pitlaugh 皮賴夫

Powder blind 火藥癮

Powder horns 牛角火藥筒／火藥筒

Powder keg 火藥桶

Powder mage 火藥法師

Powder trance 火藥狀態

powder charges 火藥條

Predeii 普戴伊人

Prime Lektor 普蘭・雷克特

Privileged 榮寵法師

Proprietor 大業主

Q

Queen Floun Avenue 芙琅皇后街

R

Reeve 總管大臣

Ricard Tumblar 理卡・譚伯勒

Rosvelean 羅斯維

Routs 洛特區

royal cabal 皇家法師團

Rozalia 羅莎莉雅

Ryze 萊斯

S

Sabastenien 薩巴斯坦尼安

Sablethorn 黑刺監獄

Sabon 薩邦

Saddie 莎迪

Samalian District 撒馬利區

Samurset 桑默塞

Sergeant 中士

Shouldercrown Fortress 肩冠堡壘

Skyline / Skyline Palace 天際王宮

SouSmith 索史密斯

South Pike Mountain 南矛山

Surkov's Alley 瑟可夫谷

T

Tamas 湯瑪士

Taniel Two-Shot 雙槍坦尼爾

Tarony 塔朗尼

Teef 提夫

The Age of Kresimir《克雷希米爾時代》

the Jewel of Adro 艾卓之寶

The Rope 聖繩

third eye 第三眼

U

Unice 猶尼斯

Uskan 烏斯肯

V

Vadalslav 瓦戴史雷夫

Viscount Maxil 麥西爾子爵

Vlora 芙蘿拉

W

Warden 勇衛法師

WatchMaster 守山人司令

Winceslav 溫史雷夫

Wings of Adom 亞頓之翼

Y

Yewen 葉文

Z

Zakary the Beadle 儀仗官柴克利

國家圖書館出版品預行編目資料

火藥法師. 1, 血之諾言/布萊恩.麥克蘭(Brian McClellan)著 ; 戚建邦譯. -- 初版. -- 臺北市 : 蓋亞文化有限公司, 2024.10
冊 ; 公分. -- (Fever ; FR091)
譯自 : The powder mage trilogy. book I, promise of blood
ISBN 978-626-384-103-1 (上冊 : 平裝)

874.57 113007354

Fever 091

火藥法師〔1〕血之諾言 Promise of Blood 上

作　　者　布萊恩・麥克蘭（Brian McClellan）
譯　　者　戚建邦
封面設計　莊謹銘
總 編 輯　沈育如
發 行 人　陳常智
出 版 社　蓋亞文化有限公司
地址：台北市 103 承德路二段 75 巷 35 號 1 樓
電話：02-2558-5438　傳真：02-2558-5439
電子信箱：gaea@gaeabooks.com.tw
投稿信箱：editor@gaeabooks.com.tw
郵撥帳號 19769541　戶名：蓋亞文化有限公司
法律顧問　宇達經貿法律事務所
總 經 銷　聯合發行股份有限公司
地址：新北市新店區寶橋路二三五巷六弄六號二樓
電話：02-2917-8022　傳真：02-2915-6275
港澳地區　一代匯集
地址：九龍旺角塘尾道 64 號龍駒企業大廈 10 樓 B&D 室
電話：+852-2783-8102　傳真：+852-2396-0050
初版一刷　2024年10月
定　　價　新台幣 390 元
Published and printed in Taiwan

ISBN 978-626-384-103-1